Verbunden mit dem Dank für
oftmals erwiesene Gastfreundschaft
und Unterstützung, widme ich „Himmelberg“
der Familie derer zu Hoensbroech.

Johannes Hucke

Himmelberg

Eine Kriminalerzählung
aus Kraichgau
und Orient

Lindemanns Bibliothek

Johannes Hucke, geboren 1966, hat mit seinem „Kraichgauer Weinlesebuch" (2007, 2. Auflage 2009) die Landschaft zwischen Schwarz- und Odenwald vinologisch erschlossen. 2010 folgte der Kraichgau-Krimi „Rotstich" (2. Auflage 2010), 2011 ein Krimi zu Peter und Paul, „Die Brettener Methode", der Weingutskrimi „Frühlingsfahrt" sowie die Kriminalerzählung rund ums Weltkulturerbe Kloster Maulbronn „Aqua Asini. Eselswasser". Als Theaterautor ist er erfolgreich, u. a. mit dem Wein-Theaterstück „Kellersequenz". Weitere Veröffentlichungen im Info Verlag: „Bergstraße Weinlesebuch" (2. Auflage 2012), „Südpfalz Weinlesebuch" (2009), außerdem mit Holger Nicklas „Strafraum", ein KSC-Krimi (2. Auflage 2010) und „Totland", KSC-Krimi Nr. 2 (2010), die Unternehmensgeschichte „Das Beste aber ist das Wasser" (2010), „Frankfurter Stückchen. Ein Märchen aus der neuen Altstadt" (2010), „Neckarstadt Western. Der durchgeknallte Mannheim-Roman" (2010), „Libellen greifen selten zu Labello", Gedichte (2010), „Frühlingsfahrt" (2011), „Aqua Asini" (2012) und Mitherausgeber der Karlsruher Kindergedichte „Wo ich hingeh, geh ich hin" (2011).

I.

Wenn die Klinge die Sonne sieht

Wisst ihr denn, auf wen die Teufel lauern
In der Wüste, zwischen Fels und Mauern?
Und wie sie den Augenblick erpassen,
Nach der Hölle sie entführend fassen?

(Goethe / Hafis)

Attaque Simulée

Ein sonderbarer Geruch steigt auf, als Rüdiger Reichsgraf und Marquis zu Hoensbroech (sprich: Hunsbruch) die Truhe öffnet, um den betagten Kavalleriedegen hervorzuholen. Nicht nur Moder und Mottenpulver sind die Urheber dieses Duftgemischs; gewiss, die Truhe stand lange auf dem Dachboden, wer mag zuletzt darin gestöbert haben? Aber es dominiert nicht der erwartete Muff abgetragener Kleidungsstücke, aus der Mode gekommener Vorhänge und Tischdecken, sondern etwas nicht mehr Greifbares, Fremdgewordenes, geradezu Abstraktes vernebelt dem Sucher für den Moment die Sinne: Es ist das Arom eines versunkenen Jahrhunderts, des neunzehnten, als alles noch anders war in Europa – gelegt zu den Akten scheinbar für immer, abgehakt, versiegelt ... und auf einmal wieder emporgeschreckt, ans Licht gezerrt, exhumiert. Unter schweren Samt- und Brokatdecken findet der Graf die Waffe; der Knauf verziert mit dem gekrönten Löwen, dem Familienwappen, die Scheide aus getriebenem Silber. Wie eben erst aus dem Verkehr gezogen, baumeln Kette und Ledergehänge an den Ösen. Es kommt dem Erben zu Bewusstsein, dass dieses handgeschmiedete Werkzeug vermutlich einst in den hölzernen, sargähnlichen Kasten platziert wurde, kurz nachdem Taten damit getan wurden – welche auch immer. Friedlich werden sie vermutlich nicht gewesen sein.

„Wenn die Klinge die Sonne sieht, soll sie Blut schmecken", fällt Graf Hoensbroech jene bitterernste, oftmals missdeutete Spruchweisheit aus dem Japan der Samurai ein, die nicht Blutdurst predigt, sondern vor eilfertigem Missbrauch warnt.

Ohne Hast, doch zügig, senkt er den Truhendeckel, erhebt sich und trägt den Degen nach draußen. Auf dem Treppenabsatz streift er die Reitjacke über und knöpft sie zu. Vor dem Flurspiegel legt er den Gurt um; mürbe ist das Material geworden, hoffentlich hält es noch: Nicht auszudenken, wenn er die Attacke reitet, nach der Waffe greift, und es ist nichts mehr da, womit er angreifen könnte! Dass Heldenmut und Lächerlichkeit nahe beieinander liegen, gehört ebenfalls zu den altbekannten Überlieferungen.

Erstaunlich, wie gut die Handgriffe noch sitzen, nach so langer Zeit. Ob er das alles auch beim Reiten gut hinbekommt, wird sich zeigen. Nie wäre es dem Grafen in den Sinn gekommen, noch einmal auf solche der tiefsten Vergangenheit angehörenden Methoden zurückzugreifen. Doch die ungeheuerlichen Vorkommnisse auf seinem Weingut und in den Reblagen am Himmelberg verlangen nach ebenso drastischen Maßnahmen. Der Reichsgraf, als einziger seiner Familie befugt, den Titel des Marquis zu tragen, weiß sonst keinen Ausweg. Spätestens seit dem Anruf vor einer Stunde liegt klar vor ihm, was er zu tun hat. Man könnte sich ja nicht mehr ins Gesicht sehen, wenn man jetzt zögerte.

Im Geschwindschritt steigt er die Stufen ins Parterre herunter. Erwartungsgemäß wird er hier auf den ersten Widerstand treffen. Doch es sind nicht die unversehens ins Angelbachtal eingefallenen Feinde, die ihn hier aufhalten. Gräfin Maria steht in der Tür. Ihr Blick drückt Sorge und tiefe Missbilligung aus.

„Ich werde jetzt bestimmt nicht die Hände ringen und mich vors Pferd werfen."

„Das verlangt auch keiner. Bleib lieber drin. Es ist frostig heute." Der Marquis eilt an seiner Frau vorbei nach draußen.

Einen letzten Versuch unternimmt die Gräfin, um die Eskalation zu vermeiden: „Ich frage mich nur, wozu die Polizei da ist!"

„Für Angelegenheiten von Staats wegen. So etwas macht man lieber selber."

Gräfin Maria zu Hoensbroech bleibt zurück. Sie schüttelt den Kopf und fasst ihre Gedanken in einem einzigen Wort zusammen.

„Männer."

Das Weingut des Reichsgrafen und Marquis zu Hoensbroech, vor gerade einmal einem halben Jahrhundert mit Sinn für die hellen Seiten der Tradition entgegen dem Zeitgeschmack in einer Talaue unweit des Eichtersheimer Wasserschlosses erbaut, verfügt auf der dem Hoftor abgewandten Seite über Stall und Scheune und eine kleine Pferdekoppel. Seit langem hat sich die Familie auf edle Schimmel spezialisiert, ein im Umkreis oftmals anekdotisch verarbeiteter Gegenstand. Das Lieblingspferd des Grafen, überrascht und erfreut durch den Besuch seines Herrn zu ungewohnter Stunde, streckt seinen Kopf über das Gatter.

„Ja, gleich", ersucht er das hin und her tänzelnde Tier um Geduld und begibt sich ins Stallgebäude.

Wäre doch bloß Sohn Adrian zugegen! Doch der ist am Vortag zur Weinmesse nach München abgereist. – Nun rasch die Reitstiefel überstreifen, eine Jahr um Jahr mehr Anstrengung einfordernde Tätigkeit. Kurz kommt dem Reichsgrafen zu Sinn, dass seine Vorfahren für derlei Verrichtungen über bestens ausgebildete Reitknechte geboten ... Als die Prozedur geglückt ist, stampft Graf Rüdiger mit beiden Stiefeln kurz auf. Jetzt sitzen sie richtig.

Vom Haken nimmt er die Trense mit der Linken, den Sattel trägt er auf dem freien Arm. Trotz seiner Nervosität bleibt das Pferd versammelt stehen, lässt sich brav auftrensen und bewegt sich keinen Deut, als die Gurte festgezurrt und die Steigbügel heruntergelassen werden. Doch schon beim Aufsteigen macht sich das überlegende Feingefühl des Vierbeiners wiederum bemerkbar: Ansatzlos will der Schimmel in Galopp fallen, eine in der Tat ungewöhnliche Reaktion. Kaum ein anderes Lebewesen, so heißt es, hat ein solches Gespür für Gefahren entwickelt wie das Pferd – selbst wenn die Bedrohung nicht ihm selbst, sondern seinem Reiter gilt.

Gefrorener Dunst hängt in den Reben. Es ist noch viel kälter als die Tage zuvor. Kaum ein Blättchen hat sich im Gestänge gehalten, an den eingeschrumpelten Geiztrieben hängt Eis. Nach wenigen Metern Schritt setzt sich das Pferd in Trab. Dumpf trappeln die Hufe auf dem bereiften Gras. Indes der Graf bereits auf das Sträßchen zusteuert, das direkt zur Höhe führt, entscheidet er sich noch einmal um und entschließt sich zu einem Umweg: So spät wie möglich sollen die Angreifer mitbekommen, dass hier jemand gegen sie vorgeht. – Lange vergessene Details aus militärstrategischen Schriften schießen ihm durch den Kopf. Wie lange ist das her, seit er sie lesen musste! Nun, kein Zweifel, bestenfalls einen Scheinangriff vermag er auszuführen. Hauptziel einer Scheinattacke ist die Verwirrung des Feindes. Wer hat sich darüber noch so ausführlich verbreitet? Richtig, dieser Radetzky, Joseph Wenzel Graf Radetzky von Radetz, einer der wenigen österreichischen Taktiker von Rang, über hundert Orden, oftmals verwundet, noch häufiger ausgezeichnet – aber kein Pferdefreund, nein, durchaus nicht. In der Feld-Instruction für die Infanterie, Kavallerie und Artillerie hob dieser Vielbewunderte als Vorbedingung eines jeden Scheinangriffs die Ernsthaftigkeit der Aktion hervor: Der Opponent muss glauben, der Angreifer besitze eine reelle Chance, der Angriff könne zielführend sein.

Freilich, das dürfte kaum gelingen. Sobald die Eindringlinge sich dessen gewiss werden, dass hier ein Einzelner auf sie zustürmt, ist es vorbei mit der List. Wie viele mögen es sein? Zwei, drei ... oder doch mehr? Nasir Shansab, der Freund des Grafen, hat keine Schätzungen angegeben. Kommt die Hilfe womöglich längst zu spät? Ein entsetzlicher Gedanke! Welche Waffen werden sie tragen? Am Ende gar Maschinengewehre? Dann wäre überhaupt nichts auszurichten; sogar der Rückzug könnte schiefgehen. Wer beherzigt heute noch, dass man Leuten nicht in den Rücken schießt! – Eine weitere Randnotiz der Kavalleriegeschichte fällt Graf Hoensbroech ein, als er den Schimmel zwischen die Rebreihen lenkt, nunmehr in leichtem Galopp. War's nicht Graf Pappenheim, der mitten im Dreißigjährigen Krieg gewisse Fährnisregeln während der Feldschlacht einforderte? Caracollieren erachtete der Mann als feige; ein Reiterangriff auf feindliche Infanterie soll in einem Zug ausgeführt werden. Aus sicherer Distanz den Karabiner abfeuern und dann einfach wieder wegreiten, dergleichen entsprach mitnichten der Kriegsethik des katholischen Generals.

Vorsichtig richtet sich der Reiter im Sattel auf. Der Saum des Wäldchens hinter den Rebreihen ist gut erkennbar. Jetzt sieht er auch die Rauchsäule: Tatsächlich, der Verdacht des Freundes, der sich auf dem Hochsitz verschanzt hat, bestätigt sich. Man scheint vor nichts zurückzuschrecken. Indem er sein Lieblingspferd zu schnellerem Galopp antreibt, zieht der Graf den Degen und streckt ihn vor, den Arm straff geradeaus. Die Kenntnis dieser Angriffshaltung verdankt er einem längst verstorbenen Schullehrer, der statt Erdkunde weit lieber Militärgeschichte unterrichtete. Jetzt ist es geschehen: Wer weiß, ob nicht auch zwischen den Weinstöcken Shansabs Verfolger lauern. Wenn hier schon Blut vergossen werden soll, dann wenigstens das richtige.

In dem Sammelsurium aus strategischen Überlegungen, das ihm fortwährend im Hirn herumwirbelt, meldet sich auch noch der alte Clausewitz zu Wort, dessen Schrift „Vom Kriege" die ältesten Erkenntnisse zur siegreichen Kriegsführung enthält und bis in die jüngste Zeit hinein durchsetzungswillige Manager inspiriert. Leider sind die beiden Zitate, die Hoensbroech ins Gedächtnis kommen, nicht eben ermutigend. „Eine Armee ist ein Werkzeug. Ein Werkzeug verschleißt." Oh ja, da sprach er recht, der preußische Militärakademiker. Den Verschleiß von sieben Lebensjahrzehnten spürt auch die Ein-Mann-Armee zu Pferde, die sich in immer rascherem Tempo dem Angriffsziel nähert. Damit taucht zugleich ein weiteres der Clausewitz'schen Axiome im Gedächtnis auf: „Nicht der Angriff ist die beste Verteidigung, sondern die Verteidigung der beste Angriff. Wer attackiert, befindet sich im Risiko, weil er sich somit bewegt und seine Kräfte zerstreut."

Immerhin Letzteres wäre im Falle des Reichsgrafen gar nicht möglich, da er doch allein gegen vermutlich schwer bewaffnete Männer reitet. – Mit einem Mal kann er sie ausmachen: Es sind derer drei. Sie blicken nach oben, gestikulieren. Jetzt scheinen auch sie etwas zu bemerken. Während das Feuer am Hochsitz emporzüngelt, wenden sich die angegriffenen Angreifer überrascht um. Ob sie tatsächlich Maschinengewehre dabei haben, kann der Marquis nicht erkennen. Dass sie nur mit faulen Äpfeln nach ihm werfen, erscheint unwahrscheinlich. Der vordere der Männer nimmt etwas Langes, Dünnes auf, legt an und zielt. Graf Hoensbroech duckt sich so tief wie möglich in die Mähne hinab und treibt seinen Schimmel an zum gestreckten Galopp. Seine größte Sorge gilt im Moment seinem Lieblingstier; nicht auszudenken, wenn es getroffen würde! Schließlich ist es nicht er, sondern der Graf Radetzky, welchselbiger einst stolz darauf gewesen, sich möglichst viele Pferde unterm Leib wegschießen zu lassen.

Begonnen hatten die unerwarteten Wirren auf dem von Hoensbroech'schen Weingut vierzehn Tage zuvor. Die Griechin Paraskevi Pampukidis, von den meisten der Einfachheit halber auf Evi zusammengekürzt, die wohl kenntnisreichste Praktikantin, welche der Kraichgau bis dato gesehen hat, kam aus dem Keller heraufgeeilt. Sie hatte etwas festgestellt, was ihr ausgesprochen merkwürdig vorkam: Ausgerechnet mit dem Weißburgunder, der wichtigsten Sorte im Anbau, nicht nur auf dem Himmelberg, sondern im weiten Kreise, schien etwas nicht in Ordnung zu sein. Eigentlich hatte die angehende Önologin den Wein gar nicht probieren wollen; dieser Morgen gehörte ganz ihren Experimenten, einzigartigen Erkundungen, die auf solche Weise in Deutschland noch nicht vorgekommen waren. Denn es genügte der jungen Hellenin durchaus nicht, die Gefilde Nordbadens allein mit dem Flair ihrer des antiken Götterhimmels würdigen Erscheinung zu beseelen, nein, ihr Ziel war ein veritabler vinologischer Kulturtransfer: Limnio und Monemvassia, zwei uralte Rebsorten aus der Heimat ihrer Vorfahren, hatte sie im Versuchsanbau gepflanzt. Zwei Gebinde, der Jungfernertrag, lagerten nunmehr im Keller der Lehrherren.

Sie lagerten? Nein, sie stellten Fragen! Evis Wissensdurst kannte keine Grenzen: Wie würden diese Reben schmecken, wenn sie im saftigen Löss des Kraichgaus wüchsen und nicht im hitzigen Karst der Archipele? Immerhin, das vergangene Jahr war klimatisch günstig gewesen, die Trauben kamen reif auf die Presse – doch wie sollte es nun weitergehen? Täglich bestürmte die Vinophile die erfahrenen Meister mit neuen Fragen, unterbreitete frische Anregungen, entwickelte unerhörte Ideen: Wie, wenn man die Weine in Amphoren reifen ließe? Oder sollte man sie nicht doch lieber mit Harz versehen, wie dies im alten wie im neuen Griechenland der Tradition entsprach? Oder müsste nicht auf symbolträchtige Weise eine Cuvée gewagt werden, eine Mariage aus Limberger und Limnio, zwischen Kraichgau und Hellas? – Unter solchen Gedanken ging Evi im Keller auf und ab, verkostete wohl zum zehnten Mal an diesem Tage ihre flüssigen, tiefdunklen Lieblinge – und entschied sich, einstweilen nichts zu unternehmen.

Stattdessen, aus Routinegründen, probierte sie erst einen Reichsgräflichen Grauburgunder, dann einen Auxerrois. Beide waren schon sehr schön entwickelt, versprachen viel für den weiteren Reifeprozess. Schließlich, ein wenig unkonzentriert, da ihr schon wieder ein neuer Gedanke durch den Kopf schoss, drehte sie den Hahn am Edelstahltank auf, worin sich der Weißburgunder befand, der einfachere, nicht der Premium-Wein, den hatte sie erst gestern gemeinsam mit Graf Adrian getestet. Schräg hielt sie das Glas unter den Strahl, drehte wieder zu, betrachtete den trüben Tropfen, schwenkte – und roch. Roch abermals ... und wieder ... und verzichtete darauf, den Wein im Munde zu bewegen. Mit einem für eine Praktikantin erstaunlich energischen „Adrian!“ durchmaß sie den Keller. Sie fand den Gesuchten am großen Schreibtisch im Verkostungsraum, wo gewaltige Ahnenprotäts in Schmuckrahmen, feine Tapeten und kostbares Mobiliar aus den verschiedensten Schlössern der Familie eine Aura von Pomp und Erhabenheit, Noblesse und historischem Glamour verbreiten, die jeden Besucher unmittelbar einnimmt, nicht ohne ihm zu verdeutlichen, in welche Sphäre des Erlesenen man sich hier hineinbegibt.

„Adrian, hast du den Weißburgunder noch mal geschwefelt oder was ist da los?“

Der junge Graf Hoensbroech, seit einigen Jahren hauptverantwortlich für die Produktion, blickte amüsiert-gequält von den Rechnungen auf und stellte klar: „Nein. Sollte ich?“

„Dann kann ich mir das überhaupt nicht erklären, was ist denn da nur passiert?“, echauffierte sich die Griechin. Medusenhaft ringelten sich die schwarzen Locken um ihr Haupt; es schien angezeigt, behutsam vorzugehen.

Schmunzelnd klappte Graf Adrian zu Hoensbroech die Mappe zu und erhob sich. Keine Frage, das Anliegen der Praktikantin duldete keinen Aufschub. Mit therapeutisch abgedunkelter Stimme erkundigte er sich, welche Mängel sie denn festgestellt habe. Der Gang in den Weinkeller war begleitet von expressionistischen Beschreibungen der Widerwärtigkeit des Gestanks, welcher mit einem Male von diesem Trank, der noch vor kurzem zu den schönsten Hoffnungen berechtigte, ausgehe. Am fraglichen Tank angekommen, reichte Evi Pampukidis dem Grafen stumm ein Probierglas und wies auf den Hahn. Der Wein sprudelte ins Glas, Hoensbroech roch, schwenkte, roch abermals ... und wieder ... und rief mit dem Ausdruck höchsten Erstaunens:

„Das ist ja ekelhaft!"

Mutmaßungen folgten, was zu dieser unglaublichen Veränderung des Duftbilds geführt haben mochte. Den Senior konnte man nicht befragen; oft, sehr oft befand sich zumindest ein Mitglied der Weinbau treibenden Grafenfamilie auf Dienstreise – in diesem Fall handelte es sich um eine Burgunder-Trophy im Berliner Hotel Adlon. Immer wieder senkten der Winzer und die angehende Winzerin ihre Nasen in die Gläser. Immer wieder machten sie Anstalten, mit den Geschmacksnerven des Gaumens zu überprüfen, was die Rezeptoren im Riechorgan mitgeteilt hatten ... doch ein jedes Mal fiel einem der beiden eine neue Geruchsnuance auf, die mit Empörung annonciert wurde, so dass sie einfach nicht zum Trinken kamen.

„Leder! Da sind ja Ledernoten drin!"

„Stimmt, wie kann denn so was kommen? Und irgend so was wie ... wie Brotaufstrich, igitt, aus dem Reformhaus ..."

„Nein, jetzt hab ich's: Wurst! Das sind Wurstaromen! Rindswurst, Teewurst, Leberwurst ..."

„Pfui Teufel."

„Nicht zu glauben."

Als Paraskevi Pampukidis schließlich dazu überging, jene traumatisierende Situation zu schildern, da sie als kleines Mädchen in der Scheune ihrer Großtante den Kadaver ihrer seit Wochen verschollenen Schmusekatze fand und energisch repetierte „Genau so hat das gestunken! Genau so hat das gestunken!", wusste sich Graf Adrian keinen anderen Rat mehr.

„Den müssen wir sofort abstechen."

Sogleich wurde mit dem zahllose Male auf jedem Weingut geübten Vorgang, welcher der Trennung des Jungweins von den Trubstoffen dient, begonnen. Nach Beendigung der aufwändigen Prozedur sollte der Tank nahezu leer sein. In diesem Falle schien dem keineswegs so: Mit dem Ausdruck der Fassungslosigkeit starrte Adrian von Hoensbroech durch die Öffnung des großen Edelstahltanks hinein.

„Was? Was ist denn da?“ Gemeinhin ein Ausbund an Neugier und Wagemut, zeigten sich auf Evi Pampukidis Antlitz mit einem Mal Spuren von Furcht, als sie die Reaktion des Grafen wahrnahm.

„Schau nicht rein. Schau. Bitte. Nicht. Rein!“, wiederholte Adrian, schob den Deckel wieder über die Öffnung, hielt sich ein Taschentuch vor den Mund und griff nach seinem Handy.

Eine halbe Stunde später summte das Weingut von Kriminalbeamten, Experten der Spurensicherung und weiteren Fachkräften aus dem Wirkungsbereich der Exekutive, dass Außenstehende den Eindruck hätten gewinnen können, es handle sich um Dreharbeiten zu einem Polizeifilm. Der bedauernswerte Winzer musste sämtliche Tankdeckel aufschrauben, indessen die engagierte Praktikantin übergenug damit beschäftigt war, die zahlreichen Beamten davon abzuhalten, den reifenden Gewächsen Schaden zuzufügen. Währenddem koordinierte Gräfin Maria die Versorgung des Einsatzteams mit allgemeinen Informationen und speziellen Häppchen, inständig, wenngleich mit wenig Selbstüberzeugungskraft darauf hoffend, man habe sich geirrt, und all die fürchterlichen Nachrichten aus dem Weinkeller seien nichts als Falschmeldungen.

Der Untersuchungsbericht erwies sich als gekennzeichnet von desillusionierender Präzision. Seit etwa achtundzwanzig Stunden habe die Leiche eines ein Meter vierundsiebig großen und zweiundachtzig Kilogramm schweren Mannes, vermutlich aus dem arabischen Kulturraum entstammend, im Edelstahltank gelegen. Todesursache sei eindeutig ein Stich in den Hals, ausgeführt mit größter Vehemenz. – Wiewohl Graf Adrian zu Hoensbroech mehrfach beteuerte, zuletzt keinerlei Orientalen auf dem Gut gesehen zu haben sowie gleich mehrfach heraushob, dass er einem Weingut vorstehe und keinem Teehaus, sollte ihm die Leichenschau in den Räumlichkeiten der Gerichtsmedizin nicht erspart bleiben. Es war dies die zweite auf den Magen schlagende Missliebigkeit an diesem Tag, weshalb er es vorzog, erst nach dem Abendbrot nach Michelfeld zurückzukehren. Zuvor besuchte er einen engen Vertrauten in Hilsbach, von dem er wusste, dass dessen Spirituosenschrank starke und hochwirksame Kräuterschnäpse enthielt.

Als Graf Adrian heimkehrte, fand er die Familie um den Tisch versammelt. Zu seiner Erleichterung war das Abendessen schon abgetragen. – Der Vater, Graf Rüdiger, war vorzeitig in Berlin aufgebrochen, veranlasst durch zwei Anrufe. Kaum dass ihn seine Gemahlin von dem schauderhaften Fund telefonisch unterrichtet hatte, entdeckte er eine weitere Nachricht auf der Mailbox, die bereits zwei Tage alt war: Nasir Shansab, ein Herzensfreund aus Jugendtagen, gebürtig aus Afghanistan, hatte ihn angefragt, ob er ein paar Tage bei ihm auf dem Weingut unterschlupfen könne. Nicht zufällig weile er in Deutschland, überdies ohne Aufenthaltsgenehmigung; diverse Verschlechterung hätten sich ergeben, etwas wirklich Schreckliches sei passiert. Die Situation sei heikel und Hilfe dringend geboten; außerdem werde er verfolgt.

Dem Oberhaupt der Familie wurde es blümerant zumute: Wie schrecklich! Ein derartiger Notruf erreicht ihn erst nach zwei Tagen! Kombinierte er diese Nachricht mit den Informationen, die ihm seine Frau zuteil werden ließ, blieben nur zwei Möglichkeiten: Entweder Nasir war von seinem Verfolger in Michelfeld gestellt, getötet und in den Wein versenkt worden – oder aber, darauf wagte man kaum zu hoffen, der Freund hatte sich seines Widersachers entledigt; weshalb aber hätte er ihn dann in den guten Weißburgunder stecken sollen, auch noch ohne ihm Bescheid zu geben? – Kaum je zuvor hatte der Graf eine solchermaßen peinigende Reise unternommen wie diese von der Hauptstadt in die Heimat. Seine Nerven waren bis zum Äußersten angespannt.

Nur darauf war zurückzuführen, dass er den Sohn, kaum dass er ihn begrüßt hatte, schonungslos befragte:

„Wie sah sie aus?"

„Was? Wer?“ Auch Adrian von Hoensbroech hatte sich noch nicht erholt. Entsprechend wenig Feingefühl prägte seine Entgegnung.

„Die Leiche natürlich“, beharrte der Senior.

Das Mienenspiel des Sohnes bestätigte sogleich die Vermutung, dass es kein erheiternder Anblick gewesen sein konnte.

„Ich erkläre gleich“, fügte Graf Rüdiger zu Hoensbroech an, „warum ich das wissen muss.“ Einem Kuvert entnahm er eine Fotografie, die einen bärtigen schlanken Herrn mit arabischen Zügen zeigte, offensichtlich zwischen sechzig und siebzig Jahre alt, gehüllt in einen auffallend eleganten Mantel. „Könnte es sein ...“ Hier unterbrach der Senior sich selbst, senkte einen Moment lang das Haupt und fuhr fort: „Könnte es sein, dass es sich bei dem Toten um diesen Mann gehandelt hat?“

„Das geht ja zu wie heute Nachmittag“, warf Gräfin Maria ein. „Da mussten wir auch dauernd Fotos anschauen.“

„Bitte“, insistierte Graf Rüdiger. „Ist es möglich?“

Mit einem Ausdruck im Gesicht, als müsse er einen weiteren in Wein marinierten Erschossenen identifizieren, schaute Graf Adrian auf das Bild.

„Eher unwahrscheinlich. Wobei, ... auch schlanke Menschen schwemmen auf, wenn sie ...“

„Adrian, bitte!“, unterbrach ihn die Mutter, woraus man ersehen konnte, dass dieser Tag auch an ihr nicht spurlos vorübergegangen war.

In den folgenden Stunden berichteten die Mitglieder der gräflichen Familie einander en détail, was man erlebt hatte, welche Umstände man vermute, welche Hoffnungen und – mehr noch – welche Befürchtungen man hege. Den breitesten Raum nahm dabei Reichsgraf Rüdigers Schilderung der Geschichte seiner Freundschaft mit dem Spross aus vermögender, gebildeter afghanischer Tuchhändlerfamilie ein. Im Internat zu Salem hatten sie einander kennengelernt, waren über Schul- und Studienzeit hinaus in Kontakt geblieben; dann entzweiten sich ihre Wege. Den Freund zog es zurück nach Afghanistan, wo er – noch zur Zeit der sowjetischen Besetzung – Reichtum und Ansehen seiner Sippe beträchtlich zu mehren verstand.

Nur ein einziges Mal – „da warst du noch ein Knabe, Adrian" – sei Nasir anlässlich eines Handelsabkommens mit Deutschland zu Besuch in Michelfeld gewesen. „Vermutlich kannst du dich nicht an ihn erinnern."

Verhältnismäßig spät entschloss sich die Gräfin, dem krisenstabsartigen Zusammenkommen ein wenig Form zu geben und holte eine Flasche vom besänftigenden Roten eines spanischen Weinguts aus dem Raritätenschrank.

„Damit wir besser schlafen können."

Auch Weine kann man überfordern. So sehr sich der Spanier auch mühen mochte, mit der Auslöschung all jener frischen Ängste und Furchtsamkeiten zeigte er sich denn doch überfordert. Indessen beide, Mutter und Sohn miserabel schliefen, da ihnen unablässig Szenen des Tages durch den Sinn geisterten, lag Graf Rüdiger vollkommen wach, der Prüfung wegen, die ihm morgen bevorstehen sollte. Wie sollte er den Anblick Nasirs ertragen, entstellt und aufgedunsen und – vor allem – tot? – Da erlöste ihn gegen halb vier Uhr morgens ein Anruf. In Erwartung der fürchterlichen Nachricht griff er nach dem Hörer. Als er die Stimme seines Freundes hörte, übermannte es ihn, und dreimal rief er laut seinen Namen.

Auf diese Weise von den schlimmsten Befürchtungen befreit sowie der Notwendigkeit einer Leichenschau entledigt, fuhr er am nächsten Morgen nach Ochsenfurth, wo er im Schloss der Baronin den alten Spießgesellen anzutreffen hoffte. Schon im Eingang kam Nasir Shansab auf ihn zu: Kaum älter geworden, wie immer tadellos gekleidet, ein Inbild von Geschmeidigkeit und Stil. Die Baronin, auf Diskretion bedacht, ließ die Männer im blauen Salon allein. – Der afghanische Tuchhändler, den sein früher ausgedehnter Europaaufenthalt stark geprägt hatte, Abkömmling einer langen Reihe von Stammesführern, fasste die Geschehnisse zusammen. Mehrmals seit seiner Flucht hatte er geglaubt, den Häschern entkommen zu sein, da musste er spät, viel zu spät feststellen, dass sie ihm die ganze Zeit auf den Fersen gewesen waren: Mitten in der Nacht, in nächster Nähe zum Weingut derer von Hoensbroech. Verzweifelt war er über die Koppel in den Hof eingedrungen, jedoch, in der plötzlichen Sorge, seine Feinde würden auch die Hiesigen nicht verschonen, auf der anderen Seite wieder aus dem Tor hinausgelaufen.

„Wie denn?", unterbrach ihn der Marquis. „Aber du warst doch im Keller!"

„Im Weinkeller? Nein. Warum?"

„Aber weißt du denn nicht ..." Und Hoensbroech setzte Shansab auseinander, was die Familie am gestrigen Tag so ungemein mitgenommen hatte. Er endete mit der sonderbaren Bemerkung: „Und du bist dir sicher, dass du hier niemanden erschossen und in meinen Weißburgunder gestopft hast?"

„Das kannst du nicht ernst meinen."

„Hätte doch sein können – damit er aus dem Weg ist, der Tote."

Im Blick des Afghanen konnte der Graf unschwer erkennen, dass er mit dieser Mutmaßung weit gefehlt hatte. „Aber um Gottes Willen", hob er noch einmal an, „wer ist dieser Mensch denn gewesen? Da weiß ich mir gar keinen Reim mehr drauf."

Dem Gast erging es ebenso. Man kam überein, Shansab solle noch ein paar Tage auf dem Schloss der Baronin Ochsenfurth zubringen, bis man eine Gelegenheit gefunden habe, ihn außer Landes zu bringen. Wohin, das versprach der Marquis zu klären. Am besten wäre es natürlich, man könne Nasir alsbald mit seiner eigenen Familie wieder zusammenführen, die inzwischen auf Umwegen von Afghanistan über Zimbabwe nach Kanada gelangt war. – Die kommenden Tage waren einerseits erfüllt von Planungen, wie man dem Freund der Familie eine gefahrlose Passage zum nordamerikanischen Kontinent verschaffen könne; andererseits machten diverse Ermittler ihre Aufwartung, die sich mit der schnöden Tatsache, dass sich ein ermordeter Wildfremder ganz ohne Anlass und Genehmigung in einem Stahltank zu Michelfeld Aufenthalt verschafft hatte, nicht abfinden mochten.

Den Plan umzusetzen, erwies sich als außerordentlich kompliziert. Wohl waren die Hoensbroech'schen Kontakte international verzweigt, doch die Vielzahl an Vorsichtsmaßregeln erforderte absolute Perfektion in Konzept und Durchführung. Kaum war es dem Grafen geglückt, einen sicheren Transport nach Rotterdam und von dort aus nach New York zu organisieren, kam der nächste Anruf. Gehetzt erzählte Nasir Shansab, die Baronin habe verdächtige Gestalten im Schlosshof ausgemacht und er sei schon auf dem Weg nach Michelfeld.

„Tu das nicht!", wollte ihm Graf Hoensbroech noch durchs Telefon zurufen, da knackte es bereits in der Leitung. In höchster Erregung, unschlüssig, was zu tun sei, verbrachte er eine üble Stunde, als ihn das nächste Klingeln schreckte.

„Rüdiger, ich bin jetzt ganz in deiner Nähe."

„Na, ein Glück, du hast es ..."

„Nichts hab ich, leider. Ich befinde mich auf einem Hochstand, weißt du ... dieses Ding oberhalb vom ... Augenblick mal ... Verschwindet! Da! Ich knall euch ab! – Entschuldigung ... vom Himmelberg. Kannst du mir irgendwie helfen?"

„Nasir! Ich hole sofort die ..."

„Nein! Nein, nein, nein! Keine Polizei! Ich hab doch keine Aufenthaltsgenehmigung, ich will zu meiner Familie ... und jetzt sind sie da und ... und machen Feuer!"

Weitere Rückfragen blieben ohne Antwort. Stattdessen hörte der Graf Schüsse. Dann knackte es wieder. Aus.

Daoud, einer der Begleiter des Beauftragten, hat schon immer an Geister geglaubt. In der Gebirgsregion, wo er aufwuchs, unterteilte man diese verschiedenartigen akustischen und optischen Erscheinungen, die zum Leben gehörten wie Vögel oder Schlangen, in Sippen. Analog zu den menschlichen Gemeinschaften lebten auch die Geister in Treue zueinander; manche waren ehemalige Menschen, andere existierten als Luftwesen seit unvordenklichen Zeiten. Schon als sehr kleiner Junge lernte Daoud mit diesen gefährlichen Wesenheiten umzugehen. Bekannte kleinere Geister konnten ihm nichts anhaben, die größeren musste man bannen. Dafür war eine Tante zuständig, manchmal die Großmutter. Tauchten aber unbekannte, mächtige Geister auf, hinter Felsnasen, aus Erdspalten oder mitten im Zelt, unangekündigt, unter Gezisch, so half nur die Flucht. Doch selbst wenn diese gelang, war noch lange nicht sicher, ob man wirklich entkommen war. Ein Vetter vierten Grades im Süden des Landes galt als verhext; man merkte ihm nichts an, in keiner Weise. Doch einige im Dorf wussten, dass er nicht weit genug weggelaufen war, als ihm ein mächtiger, fremder Dschin erschien. Deshalb würde er, wenn die Zeit gekommen war, selber zum Geist werden.

Als der weißhaarige Reiter auf Daoud zudonnert, in immer schnellerem Tempo, die Nüstern des Pferds atmen Dampf, Nebel umweht die Gestalt, Dunstschleier schließen die Szene nach allen Seiten ab, da verkrampft sich sein Herz.

„Schieß!“, ruft sein Herr Dschamal, „schieß ihn ab!“

Auch Massud, der Onkel, zetert im Hintergrund. Doch im Gegensatz zu Dschamal zeigt Massud große Furcht.

„Tu was, Daoud, du hast die Waffe!“, kreischt er.

Da entdeckt der zögernde Schütze, dass auch der Geisterreiter bewaffnet ist. Einen Moment lang überlegt er, ob er sich dem Unbekannten zu Füßen werfen soll; aber nein, mit solchem Ingrimm kommt dieses Wesen da herangestürmt, wer wollte da auf Gnade hoffen? Gesträubten Haars lässt Daoud die Waffe fallen und stürmt davon. Nach wenigen Metern bemerkt er, dass jemand neben ihm ist. Seit an Seit mit seinem

Onkel sucht Daoud in Panik den Weg in das Wäldchen hinein. – Dschamal schreit, sie sollen stehen bleiben; doch eher würden die Fliehenden versuchen, einen Ölfrachter in voller Fahrt aufzuhalten als dieses rauchende Höllenpferd. Was weiß, Daoud schon von den Geistern des Westens? Nichts weiß er. Nie hat er sich Gedanken darum gemacht, was so weit drüben, hinter dem Kaukasus, vor sich geht. Seitdem der Auftrag des Ältesten an ihn ergangen ist, Dschamal Parhez in dieser grässlichen Stadt mit den Turmhäusern aufzuspüren, ergeht es Daoud sowieso fürchterlich. Wie gerne hätte er in diesem Monat Verlobung gefeiert; stattdessen reist er auf unbequemste Weise, schläft seit Wochen ohne Obdach in der Kälte, jederzeit darauf gefasst, morden zu müssen oder selbst gemordet zu werden, ausgesetzt den Grobheiten dieses gestörten Chaleb, eines Emporkömmlings und Schikanierers, dessen Sadismus selbst vor seinen eigenen Leuten nicht Halt macht. Selbstverständlich bleibt Daoud keine Wahl als mitzumachen, als treuer Vasall; andernfalls verlöre er sein Gesicht. Aber dass es so schrecklich lange dauern würde, das hat ihm keiner gesagt. Und dass es hier so mächtige Geister gibt!

Dschamal Parhez aber hat den Glauben an übernatürliche Erscheinungen längst verloren. Da überwindet er den Schrecken augenblicklich – doch es ist schon zu spät, um die kleine Pistole aus der Jacke zu ziehen. Rasch greift er nach einem der verdorrten Rebstöcke, die auf einem Haufen übereinander liegen: Damit wird er diesen Angreifer aus dem Nichts vom Pferd hauen. Während hinter Dschamal das Feuer unter dem Hochsitz weiter vorankriecht, bereitet er sich auf den Moment des Aufeinanderpralls vor. Aber der junge Mann unterschätzt das Tempo von Ross und Reiter, die mit tobendem Getrappel auf ihn zujagen. Bevor Dschamal zuschlagen kann, sinkt ihm der Knüppel aus der Hand: Ein beißender Schmerz in der Schulter ergreift von seinem Körper Besitz. Sofort spürt er, dass ihm das Blut den Arm hinunterläuft. Mit der anderen Hand fasst er nach der verwundeten Stelle. Dschamal stellt fest, dass der Arm noch dran ist; aber die Schnittwunde blutet heftig.

Indessen Dschamal Parhez mit den Folgen der Attacke beschäftigt ist, springt Rüdiger Reichsgraf zu Hoensbroech vom Pferd und eilt auf den Verletzten zu. Den Degen hält er auf dessen Kehle gerichtet. Selber überrascht vom Erfolg seines Angriffs, steht er auf einmal vor dem Feind seines Freundes. Unversehens hat er einen Gefangenen gemacht. Den ursprünglichen Plan, die Übermacht nur abzulenken, vom Hochsitz wegzulocken, musste er mitten im Ritt aufgeben; weder hätte er zur Seite ausweichen können, da die Rebzeilen dies verhinderten, noch wäre es möglich gewesen, bei dieser Geschwindigkeit umzuwenden. Kaum kam ihm dies zu Bewusstsein, gewahrte er, dass zwei der Fremden, warum auch immer, die Flucht ergriffen. Mit dem einen, der übrig blieb, so hoffte er, würde er fertig werden. Als er sah, wie der Mann sich mit einem Holzstück wappnete, ließ Hoensbroech den rechten Arm vorschnellen, und die Degenspitze traf mit der Wucht des vollen Galopps. Am festen Leder rutschte das Metall ab, sonst wäre der Arm wohl amputiert worden.

„Machen Sie das Feuer aus, sofort!“ Graf Hoensbroech treibt den Fremden vor sich her, zum Hochsitz hin, dessen hölzerne Leiter bereits lodert und glimmt. „Jacke ausziehen. Ersticken sie damit die Flammen!“

Während der Graf mit den Füßen das mehr rauchende als brennende Reisig beiseiteschiebt, gehorcht der Gefangene, streift seine Jacke ab und drückt sie gegen den Schwelbrand. Erst jetzt erkennt der Graf, dass es mit dem Feuer gar nicht so weit her ist; das Material war wohl viel zu feucht, um richtig in Flammen aufgehen zu können.

„Nasir, du kannst runterkommen! Aber pass auf, die Sprossen sind angekokelt.“

Vorsichtig steigt Nasir Shansab hinunter. „Wo sind die andern?“

„Keine Ahnung. Weggerannt."

„Respekt. Das hätte ich nicht für möglich gehalten. Einer gegen drei!"

„Glücksache. – Halt, keinen Schritt!" Entschlossen nähert sich der Graf dem Gefangenen, den Degen unverwandt vorgestreckt. „Bleiben Sie stehen! Halt, sage ich! Ach so, sprechen Sie überhaupt deutsch?"

„Natürlich", flüstert Dschamal Parhez und hält ruckhaft inne.

„Lauter! Ich verstehe Sie nicht."

„Natürlich spreche ich deutsch!"

„Gut. Sind Sie schwer verletzt?"

„Nein."

„Zeigen Sie mal her."

Dschamal rührt sich nicht.

„Sie sollen mir das zeigen!"

Widerwillig nimmt der Verletzte die Hand von der Wunde. Nachdem Graf Hoensbroech die Verletzung in Augenschein genommen hat, den Kavalleriedegen nach wie vor gegen den Besiegten gerichtet, überrascht er diesen mit einem Vorschlag. „Kann ich mich auch darauf verlassen, dass Sie das Gastrecht achten?"

„Bitte?"

„Werden Sie als mein Gefangener auf Gewalttätigkeiten verzichten, wenn ich Sie mit in mein Haus nehme und dort verarzte?"

„Ich brauche keinen Arzt." Der junge Parhez blickt seinen Überwinder wütend an.

„Ich bin auch kein Arzt. Bei mir geht das ohne Betäubung. Aber immerhin habe ich einen Verbandskasten im Haus. Geben Sie mir Ihr Wort?"

Dschamal überlegt. Blickt starr vor sich hin. Dann nickt er langsam. So sehr es ihn schmerzt, aus heiterem Himmel überwunden worden zu sein, ehrt es ihn doch, dass ein Wildfremder seinem Wort Glauben schenkt. Was jetzt kommt, weiß Gott allein! So eine Schmach ... Während Dschamal den Weinberg hinabsteigt, die blankgezogene Klinge immerfort in seinem Rücken wähnend, murmelt er ein Gebet. Aber es kommt ihm nicht so richtig über die Lippen. Die Wunde brennt außerordentlich stark, fest presst er die gesunde Hand dagegen.

„Haben Sie eine Waffe?", will der Mann hinter ihm wissen.

Dschamal schüttelt den Kopf.

Leise bittet Hoensbroech seinen alten Freund Nasir, das Pferd mit nach unten in den Stall zu führen. Bald blickt er nach hinten, ob nicht die beiden Geflohenen wieder auftauchen, bald nach vorn, auf diesen merkwürdigen Menschen, der so unerwartet schnell aufgegeben hat. Wie alt mag er sein? Siebenundzwanzig vielleicht? Wie ein Auftragsmörder sieht er jedenfalls nicht aus. Filigran ist er gebaut, gelenkig, die Figur eines Balletttänzers. Wären sie bloß schon unten am Haus ...

Als Nasir Shansab, den Schimmel an der Hand, Graf Hoensbroech einholt, ist er außer Atem. „Ich kann gar nicht sagen, wie ich dir danke. Hast du wirklich keine Polizei verständigt?"

„Unsinn, selbstverständlich nicht."

„Und deine Frau?"

„Du kennst sie doch."

„Gut. Auch dafür danke ich euch. Und jetzt?"

„Gehen wir erst mal ins Warme."

Aus der Dachluke spähend, das Fernglas in Händen, hat Gräfin Maria den Hergang verfolgt. In der Jackentasche hielt sie ein Handy bereit, eingeschaltet, die Notrufnummer bereits vorgewählt. So irrsinnig sie die Idee fand, auf solch altertümliche Weise dem Freund zu Hilfe zu kommen, so sehr fühlt sie nun Erleichterung. Nein, mehr noch, es ist nicht zu verhehlen: Das hat ihr ganz prachtvoll gefallen, wie ihr Gatte diese haarsträubende Situation gemeistert hat. Ganz bestimmt wird sie ihn nicht sofort dafür loben, sonst reißt das noch ein. Aber zu gegebener Stunde wird sie die richtigen Worte finden. Mit einem Mal hat die Gräfin Zutrauen gefasst; die Hauptgefahr scheint einstweilen überstanden. Zwar weiß sie noch nicht, wie dies alles nun vor sich gehen soll, aber inzwischen traut sie dem Gatten zu, auch hierfür eine Lösung zu finden. Als sie den Männern entgegengeht und ihrem Gemahl zunickt, meint sie ein ungläubiges Lächeln um seine Augen wahrzunehmen. Sie begrüßt Nasir, indem sie ihm mit beiden Händen um die Rechte greift, flüstert ihm ein paar Worte zu. Und dann kümmert sie sich um den Schimmel.

„Das hat er brav gemacht", kommertiert Graf Hoensbroech nach hinten gewandt. „Eine Belohnung hätte er sich verdient."

„Genau das hatte ich gerade vor", lautet die Antwort, und die Gräfin führt das ruhig vor sich hin trottende Pferd in den Stall. „So, mein Guter", tätschelt sie ihm den Hals, „was magst du lieber: Rüben oder Äpfel?"

Ohne die Antwort abzuwarten, greift sie in einen Jutesack voll dicker Gelberüben. – Durch die Stalltür kann sie erkennen, wie Nasir Shansab die Tür zum Degustationsraum zuerst durchschreitet, gefolgt von diesem jungen Kerl mit dem schmalen Wuchs. Hinterdrein kommt ihr Mann. Ein bisschen erschöpft sieht er aus, wie er sich niederbeugt, um den Degen draußen gegen die Hauswand zu lehnen. Nun, ist ja kein Wunder. Eine Kavallerieattacke reitet man heutzutage wirklich nicht mehr so oft.

Die Geschichte des Tuchhändlers

Verwirrt sieht sich Dschamal Parhez um. Der Empfangsraum des Weinguts der Reichsgrafen zu Hoensbroech schimmert in sanftem Rot. Mehrmals war er auf Schlössern zu Besuch, doch eines kommt ihm seltsam vor: Draußen hat er gar keins gesehen! Vielleicht besteht es ja nur aus diesem einen Saal? Kurz blickt er zu den mächtigen Ahnenporträts hinüber, mustert den Tisch mit den aufgeschlagenen Büchern, einen weiteren, langgestreckten, mit glänzender Platte, worauf Gläser stehen, wie Billardkugeln in ein Dreieck geordnet, daneben ein Körbchen mit Brezeln. Im Eck befindet sich ein Schreibtisch, auch dieser antik, ehrwürdig; eine sepiafarbene Fotografie hängt darüber, die eine Militärparade zeigt: Kavallerie, aufmarschiert in breiter Front. Dass man sich in diesem Hause auf solche Dinge zu verstehen scheint, musste Dschamal soeben am eigenen Leibe erfahren.

Widerstreitende Gedanken verknäulen sich in seinem Kopf. Wenn er jetzt, da der Graf Dschamals Feind einen Stuhl anbietet, zur Tür springt und hinausrennt, werden ihn die älteren Herrschaften bestimmt nicht aufhalten können. Sicher, er hat sein Wort gegeben; aber in welchen Zeiten leben wir denn! Haben solche Dinge noch so ein Gewicht, wie es ihm seine Onkels unablässig vorhalten? Offenbar geht doch eine gewisse Wirksamkeit davon aus – denn Dschamal Parhez bringt es nicht fertig zu fliehen. Noch einmal überlegt er, ob er die Pistole aus der Jacke ziehen soll, um die beiden einfach über den Haufen zu schießen. Aber auch das erscheint ihm für den Augenblick unmöglich. Wenn es gar nicht anders geht, kann er ja später immer noch ...

„Bitte, nehmen Sie Platz.“

Der weißhaarige Herr deutet auf einen Stuhl mit geschwungenen Lehnen. Dschamal blickt den Mann, dessen Gefangener er ist, nicht an. Langsam lässt er sich auf den Sitz sinken, dem Feind, dem entkommenen Opfer gegenüber. Als er den verwundeten Arm auf die Lehen legt, läuft Blut aus dem Ärmel.

„Einen Augenblick. Bin sofort wieder da.“

Während der halben Minute, die der Graf benötigt, bis er aus dem Nebenraum mit dem Verbandskasten zurückkehrt, herrscht Schweigen. Überdeutlich kann Dschamal die Atemzüge dieses Mannes hören, den er nicht kennt. Den er töten sollte. Den er immer noch töten könnte, jetzt zum Beispiel. Doch wie gebannt von einer fremden Macht bleibt er sitzen. Gibt keinen Laut von sich. Rührt sich nicht.

„So. Sie müssen die Jacke ausziehen.“

Dschamal stößt einen Schmerzensschrei aus, als der Graf ihm aus der Lederjacke hilft. Es ist der ärgste Moment. Sofort beginnt das Blut üppiger aus der Wunde zu quellen. Mit einer Schere schneidet der Gastgeber den Hemdsärmel des Verletzten auseinander, bis zur Schulter.

„Drücken Sie das da dagegen.“

Eine dicke Mullbinde, bestreut mit weißem Pulver, schiebt Dschamal über die tiefe Schnittwunde. Augenblicklich verstummt der Schmerz.

„Wir müssen das noch zweimal wiederholen. Mindestens. Bis es aufgehört hat zu bluten. Dann mach ich Ihnen einen Druckverband.“

„Kann ich selber“, murmelt Dschamal bockig – und schaut voreilig nach, ob der Blutstrom bereits gestoppt ist. Selbstverständlich nicht. Er stößt einen leisen Fluch aus, nicht auf Deutsch, sondern in Paschtu, der Sprache, die er als Kind gelernt hat.

Nasir Shansab blickt auf. Bislang schien er nach nichts als nach Erholung zu verlangen, doch diese Verwünschung lässt ihn hochschrecken. In knappen Worten gibt er dem jungen Mann zu verstehen, er solle sich zügeln in diesem Hause. Dschamal reagiert mit einem Schimpfwort.

„Darf ich wissen, worum sich's handelt?“, erkundigt sich der Graf, der mehrere Mullbinden aus dem Verbandskasten herausfischt und vor dem Verwundeten auf den Tisch platziert.

„Er hat geflucht“, erklärt Nasir Shansab.

„Das würde ich an seiner Stelle auch“, signalisiert Graf Hoensbroech Verständnis. Dann verlässt er noch einmal kurz den Raum ... und kehrt zurück, eine schlanke grüne Flasche in der Hand. Eines der Weingläser zieht er über die blankpolierte Tischplatte zu Nasir hinüber und schenkt ihm ein, bevor er für sich selber ein Glas füllt.

„Ich glaube, das tut jetzt ganz gut.“

Nasir nickt. Dann riecht er an dem Wein. „Wundervoll. Du erlaubst, dass ich das erste Glas wie ein Barbar herunterstürze?“

„Bitte. Halt dich nicht zurück.“

Dschamal Parhez stürzt von einem Erstaunen ins nächste. Kann das sein, dass diese beiden Alten in so einer Situation gemütlich ein Fläschchen leeren?

Als der Reichsgraf den erstaunten Blick des Fremden registriert, fragt er zuvorkommend: „Sie dürfen ja wahrscheinlich nicht?“

„Ich tu', was ich will“, entgegnet Dschamal missmutig. Und fügt etwas leiser hinzu: „Ich bin kein Taliban, wenn Sie so was vermuten. Aber ich trinke grundsätzlich keinen Alkohol.“

„Ein Glas Wasser?“

„Nein.“

Indessen Dschamal Parhez den finstersten Gedanken nachhängt – wie er diese Wendung wohl seiner Familie beibringt, was dann folgen wird, und was dies für seine eigene Zukunft bedeutet, wenn er hier versagt –, unterhalten sich die alten

Freunde doch tatsächlich erst einmal über den Wein, der sie labt.

„Ich dachte, Traminer beruhigt etwas", hebt der Graf das Glas gegen's Licht.

„Eine gute Wahl. Die Alten hatten doch recht: Nichts gibt mehr Kraft, zur rechten Zeit getrunken", zeigt sich Nasir vollkommen einverstanden. „Was für ein Jahrgang?"

„Oh, der hat fast zehn Jahre auf dem Buckel. Ein guter Traminer braucht das. Verstehe überhaupt nicht, wie man so etwas jung trinken kann ..."

Noch einmal irrt Dschamals Blick durchs Zimmer. Was tut er hier eigentlich? Was soll diese Veranstaltung? Wie kann er nur diesen Leuten da so still gegenübersitzen: dem einen, den er umbringen und dem anderen, den er vom Pferd hauen wollte? Dschamal ist kurz davor aufzuspringen, als sich der Marquis ihm zuwendet.

„Ich möchte", beginnt er und stellt sein Glas auf den Tisch zurück, „dass Sie erfahren, wen Sie da gerade aus der Welt schaffen wollten. Ich fürchte, Sie wissen das nicht. Außerdem habe ich ein gewisses Interesse daran zu erfahren, ob Sie es waren, der mir eine Leiche in meinen Weißburgunder gelegt hat. Aber bevor wir anfangen, nehmen Sie doch noch einmal eine frische Mullbinde. Dort steht ein Abfalleimer."

Beim Abziehen der Binde frischt der Schmerz auf. Schnell betupft Dschamal die Wunde mit dem Mull, betreut eine weitere Kompresse mit Pulver und klemmt sie fest.

„Warum?", stößt er hervor. „Wozu soll das gut sein?"

Dem Reichsgrafen, der eben vom Traminer nachgegossen hat, fällt etwas auf. „Da, sehen Sie: Deswegen." Einhändig drückt er den Korken zurück in die Flasche und stellt sie zu Nasir hinüber. „Du bedienst dich?"

Dschamal wird es sonderbar zumute. Sogleich hat er die Geste verstanden: den Korken in die Flasche stecken! Verblüfft sieht er seinem Überwinder in die Augen. Zumindest ist dies kein Unwürdiger, das versteht er jetzt. Allein dieser kleinen symbolischen Handlung ist es zu verdanken, dass sich der junge Mann zusammenreißt und sich endlich dazu zwingt, auch Nasir Shansab anzuschauen: ein hochgewachsener Mann, so wie er viele Afghanen kennt, formvollendet gekleidet, mit exquisiten Manieren. Ganz und gar ein „Westler", wie seine Onkels die Abtrünnigen zu nennen pflegen. Trotz seines Alters, das Dschamal auf siebzig schätzt, ist das Haar noch nicht vollständig ergraut. Auch der gestutzte Bart zeigt dieses zart durchscheinende Silber. Doch was Parhez am meisten beschäftigt, ist dieser Akzent: Der Mann hört sich an wie so viele Landsleute, die lange im Exil gelebt haben, ja, er klingt exakt wie zwei seiner eigenen Onkels.

Noch einmal riecht Nasir an dem Traminer, dann betrachtet er sein Gegenüber so ausgiebig, bis es Dschamal unangenehm wird. „Bevor ich etwas von mir erzähle", beginnt Shansab, „möchte ich fragen, welcher Familie Sie entstammen."

Dschamal gibt keine Antwort.

„Sehen Sie", insistiert der Freund des Grafen, „es ist für mich von großer Bedeutung, ob ich vielleicht jemanden aus Ihrer Familie kenne."

„Parhez", murmelt Dschamal und presst die Mullbinde fester auf die Wunde.

„Bitte? Ich habe Sie nicht verstanden."

„Dschamal Parhez!", fährt der Gefangene auf und petzt die Augen vor Schmerz zusammen.

„Parhez ... Nein, da kenne ich niemanden näher. Nur diesen Dichter, aber mit dem hat er wohl nichts zu tun", erläutert Nasir dem Grafen gegenüber, der sich in seinen Sessel zurücklehnt. „Entschuldigung, aber ich fühle mich noch ein wenig schwach", fährt er fort, „ich muss erst eine von diesen Brezeln essen."

„Greif nur zu", ermuntert Hoensbroech den alten Gefährten. „Oder soll ich was Gescheites bringen lassen?"

„Nein, nein, das genügt mir fürs Erste." In aller Ruhe kaut Nasir Shansab eine Brezel. Für längere Zeit ist nur dieses Knuspern im Zimmer zu hören. Dschamal ärgert sich über diese große Ruhe, die von seinem Kontrahenten ausgeht. Wann fängt der endlich an?

„Sie sollen wissen, junger Mann", setzt Nasir von Neuem an, „ich bin Ihnen keineswegs gram. Es ist mir vollkommen klar, dass Sie in irgendeinem Auftrag gehandelt haben, irgendeiner Verpflichtung Genüge tun mussten, was weiß ich. Ich kenne das so gut – und habe es immer gehasst. Jede Gesellschaft hat ihre Zwänge, und die unseren sind besonders widerlich. Nun, wir können sie uns nicht aussuchen; aber wir könnten unsere Lebenszeit dazu nutzen, ein bisschen Müll wegzuräumen, nicht wahr? Verstehen Sie mich nicht falsch, ich bin ein sehr traditioneller Mensch, wenn man so sagen darf. Aber – das ist ja keine neue Erkenntnis – ich finde, man erweist sich nur als würdig, wenn man an die Nachkommen eine leicht gereinigte Mischung weitergibt. Den Schund, das Brutale, Unmenschliche ganz auszumerzen, das schaffen wir sowieso nicht mehr – das zu glauben wäre Hybris, nicht wahr? Aber hätten wir nicht schon viel erreicht, wenn unsere Enkel etwas weniger Angst und Qual ausstehen müssten als unsere Großeltern?"

Irgendetwas steigt auf in Dschamals Innerem, er weiß nicht, ist es Empörung oder Hass oder Ekel ... Es lässt sich nicht einmal unterscheiden, wem diese Empfindungen gelten. Die Einsicht, dass dieser Fremde, den auszulöschen der unhinterfragbare Auftrag ist, durch und durch Recht hat, kann unter keinen Umständen zugelassen werden. Gedanklich erschöpft von so vielen Widersprüchen, bringt der junge Mann nur eine schwächliche Unverschämtheit zustande.

„Hören Sie auf zu predigen."

Nasir Shansab übergeht den Kommentar mit einem Schmunzeln, indes der Reichsgraf zu Hoensbroech kaum merklich den Kopf schüttelt.

„Wie dem auch sei, ich stamme“, setzt der Erzähler seine Geschichte fort, „wie Sie ja auch, aus Afghanistan, in Zeiten geboren, die sich von den heutigen in allem unterscheiden, nur in einem nicht: Ständig lag irgendwer mit irgendwem in Krieg und Streit. Wenn schon keine Kolonisatoren das Land besetzten, haben wir uns wenigstens gegenseitig die Familien erschlagen und die Dörfer angezündet. Dabei, man sieht, wenn wir Afghanen mal zusammenhalten, dann kann uns keiner was, oder? War Ihre Familie am Khyber-Pass dabei?“

„Selbstverständlich!“

Die Antwort kam schneller als Dschamal darüber nachgrübeln konnte, ob man diesem Mann, diesem Lästerer der Tradition, überhaupt eine Antwort geben darf.

„Ah, sehen Sie. Wir auch.“

„Ich bin nicht ganz orientiert“, mischt sich der Graf in die Unterhaltung. „Sicher irgendwas Militärisches?“

„Aber ja.“ Nasir Shansab nickt dem Freund kurz zu, fixiert aber sofort wieder den verhinderten Attentäter. „Natürlich zeugt es von Tapferkeit, wenn man mit Gewehren bewaffnete Einheiten mit dem Säbel angreift, nicht wahr? Ob es uns allerdings zum Ruhme gereicht, dass wir keinen einzigen Gefangenen gemacht haben, ist doch immerhin die Frage ...“

„Die Engländer waren Invasoren“, zischt Parhez. „Die hatten nichts anders verdient!“

„Gar keine Frage, das waren sie, ja. Aber sie befanden sich auf dem Rückzug. Indische Soldaten übrigens, weniger Briten. Und Zivilisten. In einer unbeschreiblich langen Kolonne“, erläutert er dem Grafen, „sind sie über den Khyber-Pass gezogen, die uralte Pforte über den Kaukasus nach Indien. Das heißt, sie wollten. Denn die vereinigten Stämme aus den Bergen haben sie angegriffen und alle niedergemacht.“

„Wie viele denn?“, fragt der Gastgeber leicht zurückgeneigt.

„Sechzehntausendfünfhundert, heißt es.“

„Oh.“

„Ja, alle geschlachtet – bis auf einen: Dr. Brydon. Unsere Familienüberlieferung besagt, dass es einer unserer Vorfahren war, der ihn begnadigt hat, damit er Bericht erstatten kann."

„Unsere auch", flüstert Dschamal.

„Na, sehen Sie", wirft Nasir Shansab ein, „dann sind wir ja vielleicht sogar verwandt." Den empörten Blick des Jungen ignorierend, setzt der Hochgewachsene wieder an. „So ist das wohl überall mit den Mythen. Es gibt kein Volk ohne Schweinereien. Und aus den schlimmsten macht man die ehrenhaftesten Geschichten. Bis es einer merkt. Tatsächlich waren die Stämme nicht nur mit Säbeln, sondern mit modernen Gewehren ausgerüstet. Auch ein paar erbeutete Kanonen haben sie gehabt. Damit haben sie aus der Deckung immer munter auf die Wehrlosen hinuntergeschossen. Und den Trupp von hinten angegriffen."

„Ach ja, ach ja", erinnert sich der Graf. „Da gibt's doch so eine Ballade, Fontane, oder? Mit dreizehntausend der Zug begann, einer kam heim von Afghanistan ..."

„Richtig. Tja, wie immer: Die Angaben über die Zahl der Opfer schwanken. Sicher ist jedoch, dass nur zweitausend Soldaten dabei waren. Der Rest: Kranke, Frauen, Kinder."

Jetzt hält es Dschamal nicht mehr an seinem Platz. Er springt auf. Seine Hand zuckt nach der Jacke, die hinter ihm über dem Stuhl hängt, nach der Innentasche, ergreift den Revolver: „Das ist nicht wahr! Das ist die Propaganda der Engländer! Sie ziehen unser Volk in den Dreck, das lasse ich nicht zu!"

Obgleich Dschamal irgendetwas zurückhält, die Waffe aus dem Futteral zu reißen, ist sowohl Shansab als auch dem Grafen aufgefallen, was der junge Mann vorhatte.

„Ich darf Sie daran erinnern", bemüht sich Hoensbroech, seinen Ärger niederzuhalten, „was Sie uns versprochen haben."

Nasir Shansab zeigt sich vollkommen unbeeindruckt. Während Dschamal Parhez noch immer aufrecht steht und ihn hasserfüllt anstiert, fährt er fort, als hätte es keine Unterbrechung gegeben. „Wie gesagt also, Frieden hatten wir zu keiner Zeit. Aber der Vorteil während meiner Kindheit war: Da und dort gab es längere Pausen, Unterbrechungen der Kampfhandlungen, der Stammesfehden, was weiß ich. Mein Vater war ein Mann des Windschattens. Sehr gebildet übrigens. Schon als Jugendlicher hat er sich öfter im Ausland aufgehalten, als Gehilfe eines Onkels, dem ein Tuchhandelsimperium gehörte, mal im Austausch mit den Briten, mal mit den Russen, den Türken ... dann wieder geplündert ... neu aufgebaut ... und so weiter. Meinen Vater jedenfalls faszinierte der Handel und die, sagen wir Lebensqualität, die damit einhergehen kann. Kurzum, er entwickelte ein erstaunliches Geschick, sich stets gerade dort aufzuhalten, wo eben eine Art Separatfrieden geschlossen worden war. Wir zogen also sehr oft um."

Nasir nahm noch einen Schluck vom Traminer. Aus dem Augenwinkel beobachtete er Parhez, der sich ganz langsam wieder hinsetzte. Damit hatte der junge Mann mit Sicherheit nicht gerechnet: dass man ihn einfach ignorieren würde. Nasir Shansab ließ sich nicht stören. Er kam nun ins Erzählen. Weitschweifig beschrieb er das Leben in den Dörfern, wo sie bei Verwandten und Freunden unterkamen. Faszinierender aber sei es gewesen, wenn sie sich in den Städten aufhielten, in Kabul oder Kandahar, damals noch geprägt durch Bauten aus früh- und vorislamischer Zeit. Der Vater führte ihn in die Welt des Tuchhandels ein. In seinen Fabriken gab es genug Licht, damals eine Seltenheit. Es herrschte die größtmögliche Toleranz. Die Frauen, die dort arbeiteten, wurden zu nichts genötigt. Dass Nasirs Vater mehr bezahlen konnte als die meisten anderen, die gewöhnlich grausame Ausbeuter waren, lag an seinem Verhandlungsgeschick. Da gab es Handelsbeziehungen nach England und Deutschland, wo man die Qualität der Stoffe, aber auch die gute Verarbeitung zu schätzen wusste.

Für den kleinen Nasir war es ein einziges Abenteuer, wenn er auf dem Weg zu seiner Privatschule, wo er Englisch, Deutsch und Französisch lernte, über die Bazare strich oder in einer zentral gelegenen Manufaktur vorbeischaute, wo ihn die Näherinnen alle kannten. Es war eine für afghanische Verhältnisse einigermaßen unverklemmte Zeit; um zum Büro seines Vaters vorzudringen, musste er durch den Mittelgang in der großen Halle. Wenn die Arbeiterinnen damit beschäftigt waren, Büstenhalter oder Unterhosen zu nähen, wedelten sie ihm damit gerne vor der Nase herum und ließen es an Anzüglichkeiten nicht fehlen. Zwar bekam er einen roten Kopf, aber irgendwie gefiel es ihm doch, dieses Geschäker, diese Atmosphäre voller Neckereien und guter Laune. Viel später, als alle Textilfabriken längst zerschossen, die weiblichen Angestellten weggesperrt und in Burkas gestopft worden waren, erschien es ihm, dass vor allem dies das Ziel der religiösen Eiferer war: schlechte Laune verbreiten, das Gelächter abstoppen, den Spaß verderben.

Als er zwölf Jahre alt war, hörte dieses bunte Leben plötzlich auf. Kriegerische Handlungen in nahezu sämtlichen Gebieten zwangen seinen Vater, die Textilproduktion ins Ausland zu verlagern. Das war allerdings nur schwer möglich. Außerdem war er zu spät dran: Bei einem Angriff wurde die Familie auseinandergerissen. Wie viele umgekommen waren, man wusste es nicht. Seine Mutter sah Nasir nicht wieder. Nur sein Vater war noch bei ihm. Sie flohen in die Berge des Nordostens, doch der Krieg war schneller. Mit seinem letzten Bargeld kaufte ihm der Vater ein Pferd. Es war mitten in der Nacht, als er aufbrach und Nasir in einem Zelt zurückließ. Eindringlich erklärte er ihm, an wen er sich wenden müsse, wo die Bahnlinie sich befinde, wer ihm von da nach dort vielleicht weiterhelfen könne ... und wo sie sich, mit Gottes Hilfe, wiedersehen würden. Seine neue Schule befinde sich in Deutschland, untergebracht in einem Schloss an einem Meer. Es heiße Salem. Dem Jungen zerriss es die Seele, als der Vater das Zelt verließ. Er lief ihm nach, klammerte sich an seine Füße und weinte, bis er Erstickungsanfälle bekam. Er erwartete, dass ihn sein Vater schlagen würde für diese Schwäche. Doch etwas anderes geschah: Der Mann beugte sich nieder, umarmte seinen Sohn und weinte ebenfalls. Dann sagte er ihm ein Gebet, das er sprechen solle in der Not; es würde gewiss helfen und ein Wiedersehen herbeiführen.

Nasir Shansab schaut zum Fenster hinaus. Seine Stimme ist rauh geworden, die Augen sind glasig. „Ich habe natürlich nicht verstanden, warum er mich alleine ließ. Nach Jahren ist mir klar geworden, dass wir gemeinsam nie und nimmer durchgekommen wären. Man kannte ihn ja – mich nicht. Sie hätten sofort gewusst, dass ich sein Sohn war und auch mir die Kehle durchgeschnitten, wie so vielen anderen. Oder noch Schlimmeres. Es ist unglaublich, was man mit einem Messer alles anrichten kann. – Zurück nach Kabul hat er es noch geschafft, hieß es irgendwann. Gemeinsam mit einigen Angestellten hatte er vor, nach Pakistan zu fliehen. Das hat aber nicht geklappt."

Nach einer Pause fährt Nasir fort. Er sei damals ins Zelt zurückgekrochen. Dort habe er sich zusammengekrümmt und den Morgen abgewartet. Sein einziger Trost war natürlich das Pferd, kein Rassetier, beileibe nicht, aber ein gutmütiger Zottel, kräftig gebaut, mit Liebe in den Augen. In den ersten Tagen diente ihm das Tierchen durchaus nicht dazu, die Strecke schneller zu meistern, eher im Gegenteil: Das Gelände war so steinig und unwegsam, dass Nasir vollauf damit beschäftigt war, das Pferd zu führen. Er nannte es Rafiki: mein Gefährte. Das pelzige Geschöpf musste viel erdulden; beinahe ununterbrochen schmuste und streichelte er es, gab ihm Kosenamen, erzählte ihm seinen ganzen Kummer und seine Hoffnungen. – Tagelang kamen sie auf keinen Weg, immer wieder begann es zu regnen, und der Wind plagte fürchterlich. Zwar gelang es Nasir recht gut, das Zelt auf- und abzubauen, doch die Plane flatterte so laut, dass an Schlaf nicht zu denken war. In der großen Höhe, wo sein Vater ihn hinaufgeführt hatte, fand das Pferd kaum noch Gras. Sie mussten ins Tal hinuntersteigen, den Höhenkamm verlassen. Davor hatte er ihn gewarnt – und mit Recht.

Denn kaum war eine einigermaßen windgeschützte Schlucht erreicht, wo es Weideflächen gab und einen Bach, jagten ein paar Hirten heran, die ihm durchaus keine Gastfreundschaft erwiesen. Wenige Wochen zuvor hatte man sie ausgeplündert und irgendwie waren sie der Ansicht, sie hätten nun ihrerseits das Recht, sich fremdes Eigentum gewaltsam anzueigenen. Nasir hatte nichts dabei als seinen Rucksack, worin sich nur noch wenige Nahrungsmittel befanden – und eben sein Pferd. Ein Hirte schlug den Kleinen nieder und band ihm die Arme rücklings an einen Baumstumpf fest. Sie packten den Rucksack auf das Pferdchen und führten es fort. Als Nasir ihnen hinterherschrie und heulte und schließlich Flüche ausstieß, drehte sich einer der Hirten um und schoss. Nasir meinte, die Kugel auf sich zukommen zu sehen; doch es schien ihm, als beschreibe sie einen Bogen. Hinter seinem Kopf schlug sie ins Holz ein. Augenblicklich verstummte er. Statt zu jammern, mühte er sich, den Strick durchzureiben, doch es glückte ihm nicht. Der Stamm war glatt, die Schnüre schnitten in die Gelenke.

Abends bekam er Angst, dass er hier erfrieren müsste; denn das Material, aus dem das Seil gefertigt worden war, ließ sich auch jetzt noch nicht zerreißen. Da hörte er einen Motor. Aus dem Tal näherte sich ein Jeep. Nasir hatte keine Wahl: Er schrie, so laut er konnte, wie sonst hätte er auf sich aufmerksam machen sollen? Doch das Auto fuhr weiter. Erst, als es an einer Wegbiegung anhielt, schien der Beifahrer etwas zu bemerken. Trotz beträchtlicher Entfernung und schwachen Lichts vermochte Nasir zu erkennen, dass der Soldat dem Fahrer die Hand auf die Schulter legte und horchte. Jetzt brüllte der Junge um sein Leben; entweder, sie würden ihn töten, und das war immerhin besser als an diesem Baumstamm zu verschmachten

– oder aber es wäre zu seinem Besten. Der Wagen hielt dicht vor ihm. Die Männer sahen einander an ... und Empörung zeichnete sich auf ihren Gesichtern ab.

„Junge, was haben die denn mit dir gemacht?“, fragte der eine beinahe väterlich.

Das hatte Nasir nicht erwartet, schon gar nicht von einem Soldaten in Tarnuniform. Die beiden überstürzten sich geradezu, die Fesseln zu lösen, dem Jungen zu essen und zu trinken zu geben, die Wunden an den Handgelenken zu verarzten, Nasir mit Decken zu wärmen ... Sofort wollten sie ihn mit ins Lager nehmen, doch da begann Nasir zu klagen: Das sei ganz unmöglich, er müsse zu seinem Pferd, wer weiß, am Ende würden es die Diebe noch schlachten. Deutlich war ihnen anzumerken, dass es gegen die Befehle verstieß, was die Soldaten nun unternahmen. Aus der Schlucht führte nur ein einziger Pfad. Es dauerte keine halbe Stunde, bis sie das Lager der verwilderten Hirten ausfindig gemacht hatten. Ein Maschinengewehr im Anschlag, forderte der Fahrer die Kerle auf, sich zu ergeben. Es waren vier an der Zahl. Wortreich versuchten sie sich zu verteidigen, doch die Soldaten kannten keine Gnade in ihrem Zorn. – An einen Zaunpfahl angebunden, stand Nasirs Pferdchen; es war ihm nichts zugestoßen. Zum letzten Mal für lange Jahre weinte nun Nasir, diesmal vor übergroßem Glück und Erleichterung. Er umschlang den Hals des Tieres und flüsterte Liebesworte.

Als er sich schließlich umwandte, wurde Nasir Zeuge einer grauenhaften Bestrafungsszene. Indes der Jeepfahrer die Waffe immerfort auf die Hirten gerichtet hielt, zwang sein Kumpan einen schon recht betagten Mann, niederzuknien und den rechten Arm vorzustrecken. Der Soldat zog einen kurzen Säbel hervor, wie er noch heute zur Grundausrüstung der Gebirgstruppen gehört. Kaum hatte er ihn in die Luft gehoben, um dem Dieb die Hand abzuschlagen, schrie Nasir auf und warf sich zwischen seinen Rächer und den Räuber. Die Soldaten waren verwirrt; das Gesetz schrieb diese Bestrafung vor – außerdem gebot die ungeheure Schändlichkeit des Verbrechens härteste Vergeltung. Nasir war außer sich. Er betete laut, bettelte und fluchte gleichzeitig und ließ nicht eher davon ab, bis die Soldaten entnervt nachgaben. Mit Tritten jagten sie die Hirten davon, schossen noch ein paarmal in die Luft und gingen zum Jeep zurück. Dort stritten sie miteinander. Dem einen war diese Anwandlung unverdienter Gnade ganz und gar nicht recht; er war zornig auf Nasir und gebrauchte grässliche Schimpfwörter. Der andere war so erstaunt über die Reaktion des Kindes, dass er schließlich in Lachen ausbrach. Er ließ den Kompagnon weiter vor sich hin meckern, stieg noch einmal aus, öffnete den Kofferraum und überreichte Nasir einen Sack voller Brotreste. Dann stieg er wieder ein, und sie fuhren eilig weiter.

Ohne zu zögern ging Nasir zu seinem Pferd und fütterte es mit dem trockenen Brot. Er selbst vermochte erst ein paar Brocken herunterzuwürgen, nachdem er sein Zelt aufgebaut und sich unter seine Decke verzogen hatte. Längst war es dunkel. Endlich regnete es einmal nicht. Jetzt, jetzt kann ich schlafen, dachte er; was soll mir noch passieren? Das Schreckliche ist überstanden. – Da hörte er das Pferd schnauben und trappeln, und kurz darauf vernahm er Schritte. In Panik wandt er sich aus der Decke und öffnete das Zelt. Der alte Hirte, den er vor der Betrafung gerettet hatte, war zurückgekommen. Er kniete nieder, raufte sich die Haare, riss an seinem Bart und bemühte sämtliche Dankesformeln, die ihm einfielen. Ja, es ging so weit, dass der Mann sich anbot, Nasirs Diener zu sein; was auch immer er sich wünsche, er, Jussuf, werde dies ermöglichen. Verwundert über diese neueste Wendung, die der Tag brachte, nahm Nasir das Angebot an. Aber der Handel könne nur bis zur Bahnlinie, von wo aus er nach Westen weiterreisen müsse, Geltung haben. Dort würden sie sich für immer trennen.

Schon bald stellte sich heraus, dass Nasirs Reise ohne Jussufs Hilfe unmöglich hätte glücken können. Gefahren, von denen der Junge keine Vorstellung hatte, konnten umgangen oder gemeistert werden. Da waren Hängebrücken, die aussahen, als könne eine ganze Herde gefahrlos darüber getrieben werden, doch der Hirte erkannte, dass sie nicht mehr zu gebrauchen waren; andere wiederum, die aussahen, als würden sie bei der geringsten Belastung zerreißen, erwiesen sich als tragfest, und selbst das Pferd konnte, wenngleich gegen seinen Willen, hinübergebracht werden. – Oftmals schlugen sie weiträumige Umwege ein, wo Jussuf feindliche Truppen vermutete. Manchen Bergpass, den Nasir ohne Führer blindlings hinaufgestiefelt wäre, vermieden sie, denn dort gab es Steinschlag oder der Weg hörte an Felsstürzen auf. – Immer wieder fand der erfahrene Berghirt seltene Pflanzen, die genießbar waren, und wenn im Umkreis von vielen Kilometern eine Quelle sprudelte, führte er Pferd und Reiter just dorthin.

Vierzehn Tage lang waren Nasir und Jussuf unterwegs, bis sie zu der Bahnstation kamen, die der Vater ihm angewiesen hatte. Hier nun gelang Jussuf sein wohl wichtigstes Kunststück: Er überredete den Bahnwärter, nicht nur den Jungen, sondern auch das Reittier auf die Reise zu schicken. Das war in der Tat nicht einfach, denn es handelte sich um einen schlichten Personenzug ohne Gepäckwagen. Als die Reihe wackeliger Wägelchen, gezogen von einer Dampflok aus der Kolonialzeit, einfuhr, bekam es Nasir mit der Angst: Wie um alles in der Welt sollte Rafiki da hineinpassen! So viel Grausamkeit und Mitleidlosigkeit der Junge bereits erleben musste, so ausgiebig durfte er sich nunmehr überzeugen, zu welchen Leistungen die Menschen fähig sind, wenn sie sich einmal entschlossen haben, einander zu helfen. Der Zug war besetzt mit Kaufleuten, sämtlich besseren Familien entstammend. Es ging sehr laut zu und lustig; dieser einsame Junge auf einem Bahnsteig in der tiefsten Provinz schien ihnen als zusätzliche Abwechslung willkommen. Als sich schließlich herausstellte, dass einer der Reisenden Nasirs Vater kannte, nahmen die Hilfsbemühungen groteske

Züge an. Da das Pferd durch keine Tür passte, schlug einer vor, es vermittels einer Seilwinde durch ein Abteilfenster zu hiefen. Doch einer Gruppe handwerklich begabter Schafskäsehändler gelang es schließlich, eine der Türen auszubauen, so dass Rafiki in einem Vorraum verstaut werden konnte. Voller Langmut ließ das Tier alles über sich ergehen; nur als der Zug anfuhr und alles um ihn herum holperte und knarzte, wieherte es erschrocken, versuchte zu fliehen und schlug aus.

Nasir brauchte lange, bis er sein Pferd einigermaßen beruhigt hatte. Dann aber musste er den Reisenden haarklein berichten, was er während der vergangenen Wochen erlebt hatte. Der Abschied von Jussuf war ihm schlimm; zum ersten Mal hatte er erfahren, was es bedeutet, wenn ein Feind zum Freund wird und wie viel Glück man sich selber bereitet, wenn man jemandem vergibt. – Kopfschüttelnd hörten seine neuen Reisegefährten zu. Nachdem sie vernommen hatten, was dem Kleinen zugestoßen war, starteten sie ein Verwöhnprogramm, das über Tage anhielt. Gab er vor, satt zu sein, glaubte man ihm nicht und zwang ihn, wenigstens noch ein paar Süßigkeiten und Früchte zu sich zu nehmen. An der Grenze zum Iran gab es erhebliche Probleme; die Beamten verwiesen auf Seuchenschutzbestimmungen, welche die Einfuhr lebender Tiere untersagten. Erst eine Zuwendung in exorbitanter Höhe, zusammengebracht von drei Textilfabrikanten, die auf diese Weise gewissermaßen Branchensolidarität bewiesen, ermöglichte die gemeinsame Weiterreise.

Jede Fahrtunterbrechung wurde von Nasir genutzt, um sein Pferd auf dem Bahnsteig spazieren zu führen. Eines stellte sich dabei bald heraus: Die Menschen scheinen überall einen ähnlichen Sinn für Humor zu haben. Von Station zu Station amüsierte man sich über das Gespann, dem nach und nach ein überregionaler Bekanntheitsgrad zuwuchs. – Als sie endlich in Istanbul ankamen, nahm sich jener Bekannte von Nasirs Vater des Jungen und seines Pferdes an und organisierte unter erheblichem Verwaltungsaufwand einen Tiertransport in Richtung Wien. Bis hierher begleitete ihn sein Gönner. Am Wiener Westbahnhof sollte sich, so hatte es der Vater versprochen, eine Nachricht für Nasir hinterlegt befinden, worin ihm die Adresse eines Mannes genannt werde, der für die weitere Reise ans Schwäbische Meer Sorge trage. Den Zielort hatte er sich gut merken können: Salem – das klang irgendwie heimatlich.

Nunmehr wieder auf sich allein gestellt, forschte Nasir in sämtlichen Abteilungen des gigantischen Bahnhofs der österreichischen Hauptstadt nach der Nachricht, die für ihn bestimmt war. Dabei fiel ihm auf, dass er überhaupt kein Deutsch konnte; oder aber, es handelte sich um ein ganz anderes Deutsch als jenes, das er in Aghanistan gelernt hatte. Auch schien es den Bahnbeamten keineswegs darum zu tun zu sein, ihn, den Auswärtigen, auf den schon aufgrund seiner mittlerweile orientalischen Kleidung die Bezeichnung „wildfremd“ durchaus zutraf, aufmerksam und höflich zu beraten. Nein, man scheuchte ihn unter kehligem Gegrunz hin und her und schließlich davon. – Fassungslos stand Nasir Shansab vor der Anzeigetafel an Bahnsteig 9. Da sprach ihn eine arabische Journalistin an, die ihn wohl für einen Landsmann hielt. Immerhin war Nasir des Arabischen so weit mächtig, dass er der hilfsbereiten Dame seine Schwierigkeiten zu schildern vermochte. Doch auch die Fremde hatte kein Glück; die Nachricht blieb unauffindbar.

In einem Fall, der den einsamen Jungen unaufhörlich beschäftigte, konnte allerdings etwas bewirkt werden: Die Araberin begleitete Nasir zu der Behörde, die für Tiertransporte zuständig war und erreichte, dass ihm das Pferd ausgehändigt wurde. In Eile hinterließ sie Nasir die Visitenkarte ihrer Wiener Adresse – falls weitere Hindernisse auftreten sollten – und entfernte sich. Kaum aber war seine Fürsprecherin verschwunden, begannen die Beamten, neue Hürden aufzubauen. Auf welche Weise der Knabe denn gedenke, das Tier weiterzubefördern; wo es untergebracht werden solle; wie die Erziehungsberechtigten heißen und wo sie wohnen und dergleichen mehr. Nasir Shansab verstand nur so viel, dass er Rafiki nicht mitnehmen durfte. Das Pferd hatte ihn längst erkannt. Es randalierte in seiner Box und wieherte aufgebracht. Ohne das Einverständnis der Zollbeamten abzuwarten, durchschritt Nasir die Sperre und öffnete den Stall. Drei Mann sprangen herzu, doch bekamen sie mächtig Respekt, als das Pferd sich auf die Hinterbeine stellte und auskeilte. Kurz entschlossen sprang der kleine Afghane auf und galoppierte aus der Einfahrt.

Unter Warnrufen und Drohgebärden nahmen die Beamten die Verfolgung auf, aber Nasir und Rafiki waren bei weitem schneller. Zwar hupte es überall und das Pferd reagierte nervös, doch gelang es dem Reiter, oben zu bleiben und, immer auf dem Bürgersteig, zur Ringstraße vorzustoßen. Hier nun staunte er mächtig über die Großzügigkeit der Gesamtanlage, die Paläste, die hohen Baumalleen. Manche Passanten gaben erstaunte Laute von sich, einige lachten, viele drohten ihm. Nasir ließ sich nicht aufhalten. Als er den Volksgarten erblickte, wusste er, was er gesucht hatte: Grün! Wiese! Bäume! Dort musste er hin! – Bei Rot ritt er über die Ampel am Regierungsgebäude; im Trab ging es neben dem Burgtheater in die Grünanlage hinein. Binnen kurzem liefen mehrere Parkwächter und Spaziergänger zusammen, um ihn am Weiterreiten zu hindern; doch ernstlich wagte sich keiner an das Pferd heran. So kam es, dass Nasir und Rafiki schließlich zum Stadtpark gelangten. In einer dichten Baumgruppe fanden sie Schutz. Es wurde dunkel.

Als sich von neuem Verzweiflung seiner bemächtigen wollte, allein gelassen in einer unbekannten Großstadt, fiel Nasir ein, dass er die Visitenkarte in der Hosentasche stecken hatte. Natürlich fehlte ihm die Orientierung. In seiner Not band er sein Pferdchen an und wandte sich an einen Obdachlosen, der ihm nach einigem Hin und Her die ungefähre Richtung zeigen konnte. Den merkwürdigen Lauten entnahm Nasir, dass es noch ziemlich weit war. – Wie auch immer, in dieser Nacht begegnete das sonderbare Gespann keiner einzigen Polizeistreife. Dafür sah Nasir Shansab zum ersten Mal in seinem Leben einen Hippie, seinerzeit noch eine Seltenheit in Wien. Dieser junge Mann mit den zotteligen Haaren schien begeistert zu sein von Ross und Reiter mitten in der Großstadt und mit heißem Vergnügen gab er den Fremdenführer. – Gegen drei Uhr morgens klingelte Nasir an der Tür seiner Wohltäterin. Nachdem diese sich von dem Schrecken erholt hatte, sperrte sie rasch die Garagentür auf. Dort wurde für die nächsten Tage ein Stall eingerichtet. Die Freundlichkeit und Hilfsbereitschaft der Journalistin gingen so weit, dass sie einen Anhänger entlieh und ihre Gäste eines Tages quer durch Österreich bis an die deutsche Grenze fuhr. – Hier nun schien endgültig Schluss zu sein, denn die Zollbeamten verdeutlichten unerbittlich, eine monatelange Quarantäne sei nötig, die zudem hohe Kosten und erheblichen Verwaltungsaufwand verursache.

Zu Nasirs Glück erwies sich die Araberin als hartnäckig. Sie kurvten ins Gebirge hinauf und kamen an einer unbewachten Stelle über die Grenze. Allerdings wurde der Frau die Zeit nun knapp; schleunigst musste sie nach Wien zurück. Unter einigermaßen präzisen Schilderungen, wohin und auf welche Weise Nasir nun weiterreisen solle, verabschiedete sich die Großmütige. Nun, der Junge warf alle Hoffnung auf dieses Salem: Er musste einfach dorthin gelangen! – Im Vergleich zum unwegsamen Afghanistan empfand er den Ritt durch Bayern als geradezu paradiesisch. Überall gab es Früchte zu pflücken, dem Pferd schmeckte das Almgras, und Bäche und Brunnen mussten nie lange gesucht werden. Noch einige Gefahren, die vor allem von missgelaunten Bauern ausgingen, waren zu überstehen, dann tauchte eines Morgens hinter einer Anhöhe bei Wangen der Bodensee auf. Nasir war stolz auf sein Pferd und er hatte den Eindruck, dies Empfinden beruhe auf Gegenseitigkeit.

„Ich erinnere mich noch sehr genau“, unterbricht Graf Hoensbroech die Erzählung des Freundes, „und werde es wohl auch nie vergessen, wie dieser merkwürdige Junge da eines Abends auf einem Pferd durchs Tor getrabt kommt. Du warst sofort die Attraktion im Internat.“

„Das habe ich nicht so genau mitbekommen. Ich hatte ja ganz andere Dinge im Kopf“, entgegnet Nasir Shansab.

Seine große Hoffnung, Nachricht von der Familie zu erhalten, erfüllte sich nur halb. Zwar hatte der Vater sehr wohl vorgesorgt und eine hohe Summe hinterlegt, die nicht nur zur Begleichung der Internatsgebühren bis zum Abitur ausreichte, sondern dem Heranwachsenden ein sehr bequemes Schülerdasein ermöglichte. Doch trotz aller Versuche der Schulleitung war nichts über den Verbleib seiner Eltern und Geschwister in Erfahrung zu bringen. – Erst ein Jahr später kam unangekündigt ein älterer Bruder nach Salem zu Besuch. Der konnte Aufklärung schaffen; die Faktenlage war niederschmetternd: Bis auf eine Schwester, die in Schweden untergekommen war, lebte niemand mehr von der engeren Familie. Zu Nasirs Entsetzen bestätigten sich auch die Gerüchte, wonach Vater und Mutter getötet worden waren.

Wider alle Erwartung fand Nasir Shansab in dieser Zeit der Trauer und Haltlosigkeit gewissermaßen eine neue Familie: Die Mitschüler im Elite-Internat kümmerten sich mit ähnlich selbstloser Hingabe um ihn wie zuvor bereits der Textilkaufmann und die arabische Journalistin aus Wien. Vor allem der junge Graf Rüdiger zu Hoensbroech nahm sich seiner an, lud ihn in den Ferien zu sich nach Hause ein und war ihm bei sämtlichen Ereignissen, die Internatsjugendlichen zu begegnen pflegen, ein treuer Begleiter. – Es dauerte Jahre, bis sich der ausgewanderte Afghane in Deutschland wirklich zurechtfand; gar zu sehr vermisste er die Sitten und die Sprache der Heimat. Doch nach und nach wurde sein Gemüt geprägt von Inhalten der humanistischen Bildung, die ihm in ihrer intensivsten Form zuteil wurde. Er begann für die Klassiker zu schwärmen und argumentierte bald so deutsch, dass es seinen deutschen Mitschülern unheimlich zumute wurde.

Erst bei Eintritt in die Oberstufe kamen neue Nachrichten aus der alten Heimat. Nur zweimal jährlich war es ihm bis dahin vergönnt gewesen, den einzigen Bruder und die einzige Schwester, die ihm geblieben waren, auf wenige Tage zu treffen. Doch jetzt hatte es wieder einmal einen politischen Umschwung im Land gegeben; näher und weiter entfernte Onkels und Tanten meldeten sich auf einmal und teilten Nasir mit, dass er und sein Bruder zu den Ranghöchsten im Clan gehörten. Seine Rückkehr nach bestandener Reifeprüfung sei beschlossene Sache; ob man ihn studieren lasse, werde man sehen. Auf jeden Fall sei im neuen Afghanisten für einen wie ihn durchaus Verwendung.

Nasir geriet in Gewissensnöte: Sollte er hier alle Freunde wieder aufgeben und aufs Geradewohl in sein fremd gewordenes Herkunftsland übersiedeln? Ein paar Besuche verliefen überraschend erfreulich. Nasir genoss es, auf einmal wieder eine richtige Familie zu haben. Auch seine Geschwister kehrten nach Afghanistan zurück. Die zahlreichen Verwandten, über ein Jahrzehnt lang in alle Welt zerstreut, hielten umso inniger zusammen, da sie so schrecklich unter Verfolgung und dem Tod vieler Angehöriger gelitten hatten.

Nasir Shansab nahm sein Pferd, das ihn über all die Jahre hin täglich bei stundenweiten Ausritten getragen hatte, verabschiedete sich von seinen Freunden und reiste zurück nach Afghanistan.

„Sehen Sie, Herr Parhez“, wendet sich Shansab an seinen jungen Kontrahenten, „das ist der abenteuerliche Teil meiner Geschichte. Der Rest ist größtenteils Berufsleben, Familienleben, das Übliche halt. Aber damit will ich Sie nicht langweilen.“

Dschamal stiert unausgesetzt auf den Tisch. Mag sein, dass es dem Grafen nur so vorkommt, doch statt der Verkrampftheit und Strenge liegt Müdigkeit um seine Züge.

Wie ihm vorausgesagt worden war, Nasir Shansab machte Karriere, zunächst in der Branche seiner Vorfahren. Laizistisch erzogen, gewohnt an den Umgang mit unterschiedlichsten Weltbildern, gab es für ihn keine Tabus im Umgang mit den verschiedenen Ethnien, die in dem von immer neuen Kriegen verheerten Land eine Rolle spielten. Shansab trieb Handel mit den Stämmen aus den Bergen, ohne Ansehen der Person stattete er die sowjetische Armee mit Wintermänteln aus, und auch vor den Amerikanern, die irgendwann schubweise aufkamen, kannte er keine Scheu. Längst hatte Nasir erkannt, dass die prozentuale Verteilung zwischen Schwachköpfen, Gewalttätern und friedlich gesinnten Bürgern quer durch alle Nationalitäten in etwa gleich ausfällt. Freilich stimmten viele Afghanen, die in den Kämpfen gegen Russen, Amerikaner und andere Afghanen Freunde und Verwandte verloren hatten, mit dieser toleranzgerpägten Praxis keineswegs überein.

Als man Nasir Shansab nach und nach mit immer mehr und immer bedeutsameren öffentlichen Ämtern betraute, wuchs die Zahl seiner Widersacher und Neider beträchtlich. Um seine Familie und sich selber so weit als möglich zu schützen, ging er alsbald zu einer Lebensführung über, die schon sein Vater praktiztiert hatte: Man zog um, permanent, von Region zu Region. Überall gab es Menschen, die Nasir viel zu verdanken hatten, die ihm freundschaftlich verbunden waren oder die schlicht seine Ansicht teilten: dass nämlich das Gesetz von Rache und Vergeltung endgültig aufgekündigt gehöre – und zwar so rasch als möglich. Zwar gehörte viel Glück und Geschick dazu, den kriegerischen Handlungen sozusagen im Slalom auszuweichen, doch es gelang über nahezu zwei Jahrzehnte hindurch erstauntlich gut. – Aber miteins flammten im gesamten Staatsgebiet Kämpfe auf. Kein Gebiet schien mehr sicher.

Die Sorge um seine beiden Töchter und seine Frau ließ Nasir Shansab die Konsequenz ziehen: Er besorgte ihnen Flugtickets nach Kanada. Die beiden Mädchen sollten ebenfalls in den Genuss einer schulischen Bildung, ausgefeilt und menschenfreundlich wie im Schloss Salem, gelangen. Ein Satz gehörte zu den zentralen Weisheiten des Koran, die Shansab stets im Bewusstsein blieben: Wer mit Liebe eine Tochter großzieht, sie gut erzieht und ausbilden lässt, erwirbt damit das Paradies.

„Und nun sehen Sie, Herr Parhez", wird Nasir Shansab mit einem Mal sehr ernst, und in seiner Stimme klingt Trauer, „das Ungeheuerliche geschah, dass sich nämlich alles wiederholte, wie ich's selbst als Kind erlebt habe – zumindest beinahe."

So wie sein Vater, der sich, bevor er ins Exil zu gehen beabsichtigte, um die Fabrikarbeiterinnen kümmerte, blieb auch Nasir in Afghanistan zurück. Trotz geradezu konvulsivischen Flehens von Frau und Töchtern, die seine Geschichte ja nur zu gut kannten, brachte er es nicht über sich, ein Projekt im äußersten Nordosten ohne Abschluss zu lassen. Es ging um die Gründung einer Handelsakademie, Voraussetzung für die Entwicklung von Wohlstand und Gedeihen einer ganzen Region. Doch statt der Einweihung des auf abenteuerliche Weise finanzierten Gebäudes erlebte Shansab dessen Zerstörung. Der Einmarsch feindlicher Truppen vollzog sich so rasch, dass er, in Begleitung zweier Mitarbeiter, eben noch das Städtchen verlassen konnte.

„Es war dieses Mal kein Pferd, leider, sondern ein schnöder Geländewagen, mit dem ich geflüchtet bin. Ich glaube nicht, dass es Sie besonders interessiert, aber mein kleiner Fluchthelfer von damals wurde über vierzig Jahre alt ..."

„Ich liebe Pferde", gibt Dschamal Parhez mit seiner Flüsterstimme von sich.

Graf Hoensbroech und sein Studienfreund blicken kurz auf: Es ist das erste Anzeichen von Mitgeschöpflichkeit und Kommunikationsbereitschaft, das von dem Attentäter ausgeht.

Nasir Shansab ist feinfühlig genug, um das erfreuliche Rinnsal durch Nachfragen nicht sogleich wieder zum Versiegen zu bringen und berichtet weiter von seiner zweiten Flucht: Sehr bald wurde der Wagen unbrauchbar, schon aufgrund der Tatsache, dass man nirgendwo Benzin auftreiben konnte. Zweimal gerieten sie unter Beschuss; dabei verloren sie einander aus den Augen. Bei der dritten Begegnung mit einer Patrouille geschah die Katastrophe. Zu spät hatte der Flüchtling bemerkt, dass ein Gewehrlauf auf ihn gerichtet war. Nasir erstarrte, dann fiel der Schuss. Die Kugel prallte hinter ihm an einen Felsen. Shansab ging in Deckung, so gut er konnte und zog die Militärpistole hervor, die er für den Notfall mit sich führte.

„Ja, und dann kam es zu dem Ereignis, das, wie ich vermute, dazu geführt hat, dass wir jetzt hier sitzen", formuliert Shansab umständlich, an Dschamal gewandt. So sehr er sich die gesamte Zeit über unter Kontrolle hat, selbst an den haarsträubendsten Stellen, so deutlich ist ihm nun anzumerken, wie wenig er die Sache bislang verarbeiten konnte.

„Das Gewehr ohne Unterlass auf mich gerichtet, kam der Mann auf mich zu. Es handelte sich um keinen regulären Soldaten, das konnte ich sofort erkennen. Es tut mir Leid, aber es hat sich nicht anders zugetragen: Er wollte mich erschießen und dann ausrauben. Als er sah, dass auch ich eine Waffe in der Hand habe, riss er das Gewehr hoch und wollte abdrücken. Aus irgendeinem Grund war ich schneller."

Dschamal zischt einen weiteren Fluch und sieht Nasir hasserfüllt in die Augen. „Der Mann war nicht sofort tot. So schnell ich konnte, bin ich zu ihm gerannt um nachzuschauen, wie stark er verletzt war. Aber dann kamen schon andere über den Berg, und ich bin gelaufen, so schnell ich konnte. Der Schuss hat ihn mitten in die Brust getroffen. Ich weiß nicht warum; ich kann gar nicht schießen."

Die drei Männer im Verkostungsraum des Weinguts starren vor sich hin. Nasir und der Graf erwarten dasselbe: dass der

Gefangene sogleich aufspringen wird, um endlich, ungeachtet aller Versprechungen, sein Rachewerk zu vollziehen. – Tatsächlich, in Dschamal kocht es. Entgegen seinem Willen hat er dem betagten Landsmann immer interessierter zugehört. Vieles, allzu vieles, kommt ihm bekannt vor. Zahllose Parallelen in der eigenen Familiengeschichte wären zu verzeichnen ... Gewalt und Vertreibung, zerstörte Biografien, schließlich der Verlust von nahen Menschen: Dies war auch bei den Seinen mehr die Regel denn die Ausnahme. Gegen Ende des Berichts, als Shansab daran ging, die Wiederholung der ganzen Geschichte, versetzt um eine Generation, zu schildern, vermochte Dschamal kaum noch, ein gewisses Mitgefühl niederzuhalten. Nun aber, da dieser Mann von der Tötung seines Onkels berichtet, überschwemmt ihn uralte Wut. Dschamal Parhez steht auf und zieht den Revolver aus der Tasche. Für sein Handeln gibt er sich selbst den Generalpardon: Unwürdigen gegenüber kann es ein Versprechen, gar ein Ehrenwort unter keinen Umständen geben.

Die Geschichte des Grafen

Über dem Michelfelder Himmelberg zeigt sich keine Sonne. Dunst und Kälte halten bis Mittag unvermindert an. Blechern füllt das Zwölf-Uhr-Läuten die Dorfgassen. Auf dem Weingut des Reichsgrafen und Marquis zu Hoensbroech ist jeder einzelne Ton präzise zu vernehmen; man meint, den Glockenschwengel am Gusseisen entlangkratzen zu hören, bevor der hallende Klang sich ins Hellgrau verbreitet. Niemand ist unterwegs, die Auffahrt zum Gut, jene gewundene Landstraße, sieht für Stunden weder Auto noch Traktor. Es scheint, das Leben im Angelbachtal sei eingefroren an diesem Werktag. Träge bewegen sich die weißen Pferde auf der Koppel hinter dem Weingut, unentschlossen über den Boden schnaubend, bevor sie sich Richtung Stall retirieren. – Endlich öffnet sich eine Tür; Gräfin Maria zu Hoensbroech trägt ein Tablett über den Hof. Sie beschleunigt ihre Schritte, um sich nicht unnötig lange dem Frost auszusetzen. Der lange Mantel umweht sie wie ein Umhang, als sie vor dem Verkostungsraum anlangt. Ohne zu zögern öffnet sie.

Schon beim Eintreten fällt ihr auf, dass etwas Ungewöhnliches vorgeht. Die Männer haben sich erhoben, offensichtlich ist die Stimmung angespannt. Da bemerkt die Gräfin, dass der Jüngste der drei mit einer Pistole auf den Freund des Hauses zielt. Instinktiv beschließt sie, die heikle Konstellation zu ignorieren; würde sie jetzt mitten in der Bewegung abstoppen, müsste dies den Bewaffneten erschrecken und es würde womöglich etwas in Gang setzen, was nicht wieder gutzumachen wäre. Also geht sie geradenwegs zu dem langen Tisch, den die Männer umstehen, und stellt das Tablett ab. Graf Hoensbroech meint, ein winziges Zwinkern wahrzunehmen, als Gräfin Maria in vollendeter Gastgebermanier die Hors d'œuvre annonciert.

„So, meine Herren. Ich dachte, Sie sitzen schon so lange hier, ohne die geringste Kollation. Das geht ja nicht. Nur eine Kleinigkeit, ein paar Häppchen." Mit großer Freundlichkeit wendet sie sich Dschamal Parhez zu. Noch immer simuliert sie Normalität, ohne sich das Geringste anmerken zu lassen. „Es sind eigentlich nur Käsebrote, also es befindet sich gar kein Schweinefleisch auf der Platte. Ich nehme an, das ist in Ihrem Sinne." Im Hinausgehen dreht sie sich noch einmal zu Nasir um: „Das Schwarze auf dem Brie sind grüne Nüsse. Eine Spezialität. Musst du unbedingt probieren, wenn du's noch nicht kennst."

„Oh, selber eingelegt?", entschließt sich der Angesprochene, in der komödienhaften Inszenierung mitzuwirken.

„Nein, leider nicht. Das ist so aufwändig. Aber sie stammen von einem Händler, der unser Vertrauen besitzt."

„Ah, das ist gut. Hatte bislang nur eine Brezel heute." Nasir Shansab lächelt ein wenig mühsam der Gräfin hinterher, die von außen die schwere Holztür zuzieht.

Viel länger hätte sie die Fassade nicht aufrechterhalten können. Vor dem Eingang knickt sie leicht ein. Dann seufzt sie stumm, bewegt sich an der Hauswand entlang und blickt von hinten durch ein Fenster. Was sie dort zu sehen bekommt, hemmt sie in ihrem Entschluss, augenblicklich die Polizei zu verständigen. Denn der junge Mann, offenkundig vollkommen aus dem Konzept gebracht, schiebt soeben die Waffe zurück in die Jackentasche und setzt sich unsicher wieder hin. Maria von Hoensbroech atmet auf. Aber was soll sie jetzt unternehmen? Sich einfach drüben in die Küche setzen und abwarten, das erscheint ihr ganz und gar unmöglich. Ja, zuallererst wird sie noch einmal versuchen, ihren Sohn Adrian ans Telefon zu bekommen. Höchstwahrscheinlich ist er gerade damit beschäftigt, potentiellen Kunden die Probiergläser zu füllen. Hoffentlich hört er's klingeln und geht dran.

„Nun haben Sie gehört", spricht Graf Hoensbroech unterdessen den mitten in der Aktion unterbrochenen bewaffneten Gefangenen an, „wie es meinem Freund erging und was er alles durchgemacht hat. Ich möchte noch ergänzen: Im Hause Hoensbroech war es lange Zeit Sitte, die Kinder bereits mit sechs Jahren aufs Internat zu schicken, danach zum Studium ... und mit vierundzwanzig durften sie dann wieder heim. So wurde zumindest noch in meinem Fall verfahren. Für mich war es ein bedeutendes Glück, Nasir kennengelernt zu haben – und ist bis heute so geblieben. Sie verstehen, einen solchen Freund möchte man unter gar keinen Umständen verlieren. Da unternimmt man so manches, was man sonst wohl besser unterließe. Wie geht es Ihrem Arm?"

Dschamal bringt nur ein Krächzen heraus.

Der Graf scheint nicht gewillt, den einmal eingeschlagenen Weg so bald wieder zu verlassen: „Nun, das freut mich. Ich nehme an, Sie sind nicht in der Stimmung, uns nun Ihrerseits zu unterrichten, was Sie hierher führt? Und wie es dazu kam, dass mein Weißburgunder ...? Nicht. Dachte ich mir. Bevor wir aber auseinandergehen, möchte ich auch noch etwas beitragen. Bitte halten Sie mich für keinen Märchenerzähler, mir liegt das gar nicht. Trotzdem, es könnte sein, dass in der folgenden kleinen Anekdote so manches ein wenig märchenhaft erscheint – ich bitte das mit Nachsicht zu betrachten, die Überlieferung will es so. Die Leute früher, kommt es mir manchmal vor, hatten einfach mehr Phantasie. Überhaupt war vor dem Ersten Weltkrieg das meiste viel interessanter als heute. Aber das ist nur meine Privatmeinung. – Nimm doch ein Häppchen, Nasir, sonst ist Maria beleidigt. Das gilt selbstverständlich auch für Sie."

Einen Augenblick lang überlegt Graf Hoensbroech, ob er dem reizbaren Fremden das Tablett hinüberreichen soll, unterlässt es dann aber doch. Noch einmal entschuldigt er sich, dass er seine Gäste mit so sonderbaren, zu Teilen sogar unglaubwürdigen Begebenheiten behelligen muss, aber das Geschichtchen, das er rasch beizusteuern beabsichtige, beinhalte derer manche. Dennoch, sie wegzulassen, widerstrebe ihm, da womöglich gerade durch das Unverständliche, der Ratio Entgegenstehende, Botschaften auf uns kommen, die andernfalls vollends aus dem Gedächtnis verschwänden.

Während der Graf eine zweite Flasche öffnet („Wir bleiben doch beim Traminer, oder?"), beginnt er kurz die verwandtschaftlichen Verflechtungen zu erläutern, die zu dem Protagonisten des folgenden Berichts aus einem den meisten Heutigen ganz fremd gewordenen Jahrhundert die Brücke schlagen. Nebenbei entschuldigt sich Graf Rüdiger bei Dschamal, dass er ihm etwelche Schlüpfrigkeiten nicht ersparen könne. „Das gehörte damals eben dazu, und ich weiß eigentlich gar nicht, warum man's abgeschafft hat. Nun ja, wenn Sie etwas in Ihrem Schamgefühl verletzt, sagen Sie's rundheraus."

Es zähle ja nun, versetzt der Graf, zu den Vorteilen der Adelshäuser, die sich spätestens seit 1918 beständiger Ridikülisierung ausgesetzt sehen, die Zeiten etwas leichter überschauen zu können als Bürgerliche, allein schon aufgrund der vielen Mühe zur Präzision, die man auf die Lückenlosigkeit der Stammbäume gewandt habe – es sei denn, jemand wäre in Ungnade gefallen, da konnte man mit einem Mal durchaus großzügig verfahren ... Seinem persönlichen Empfinden nach sei beispielsweise das achtzehnte Jahrhundert noch gar nicht so lange her; die Hoffnungen und Ängste der Damaligen könnten von uns durch die Bank nachvollzogen werden, selbst wenn seinerzeit so manches spielerischer, vielleicht auch philosophisch ernster genommen wurde. – Mit den Hompeschs, die im Zentrum der Handlung stehen, verbinde ihn die Urgroßmutter aus dem Hause Mongélas-Arco. Ihr erstes Kind stamme aller Wahrscheinlich nach von Wilhelm von Hompesch. Diese Familie nun habe durch die Jahrhunderte hindurch immer wieder erstaunliche Dichotomien aufzuweisen. Zwei Brüder, geboren nach der Jahrhundertmitte, verkörperten exemplarisch diese widerstrebenden Energien: der wilde Karl und der gute Wilhelm.

„Es ist mir selbst zuwider, aber Held unserer Geschichte ist eben dieser Karl, der eigentlich ein Verbrecher war. Aber wie das so ist: Die sind für die Überlieferung meistens die spannenderen, leider."

Während Graf Hoensbroech die politischen Konstellationen zur Zeit des späten Ancien Régime skizziert, spürt Dschamal Parhez, wie ihm das Blut aus dem Kopf in den Körper zurückfließt. Mehrmals an diesem Tage ist es ihm schon so vorgekommen, dass seine Initiativkraft ins Leere stößt – ein Sachverhalt, den er nicht mehr gewöhnt ist. Normalerweise sollte es doch genügen, jemanden mit einer Pistole zu bedrohen, um Herr der Lage zu werden; hier scheint alles anders. Eine schwer erklärliche Passivität legt sich ihm aufs Gemüt ... wie ein von weither ihn umschwebender, narkotisierender Duft ... Lilien, orientalischer Tabak, Schießpulver ... Hatte er seine Aufmerksamkeit vorher, zu Beginn der Lebensbeichte des Tuchhändlers, noch willentlich abgelenkt und auf andere Dinge gerichtet, verbleibt ihm jetzt keine Energie mehr, die er dem Folgenden entgegensetzen könnte. Dschamal fühlt sich nicht anders wie ein Knabe, der eine Gute-Nacht-Geschichte erzählt bekommt, jedoch – nicht irgendeine. Mit den ersten Worten, die Graf Hoensbroech verlauten lässt, kommt es ihm vor, als werde er aus dem Zimmer wegtransportiert, mittenhinein in die unglaublichsten Geschehnisse, mehr noch, es wird ihm, als seien die Dinge, die da geschildert werden, nichts anderes als seine eigenen Erinnerungen.

Der wilde Karl, so wird berichtet, sei ein Mann ohne Angst gewesen. Neben allerlei Schauderhaftigkeiten, die von ihm erzählt werden, meist verbunden mit verbotenen Spielen, Weiberеskapaden, Duellen und Grausamkeit gegenüber Untergebenen, existieren Überlieferungen eines geradezu übermenschlichen Muts. Wäre die Szene nicht durch dutzende Aussagen verbürgt, teilweise sogar von Feindesseite bestätigt, man würde sie für übel erfunden, ja für abgeschmackt halten. – Während seiner ersten zweieinhalb Lebensjahrzehnte sah sich Karl Hompesch einer ihn persönlich kränkenden Ungeheuerlichkeit ausgesetzt: Es herrschte Frieden. Nirgendwo wollte ein Krieg aufdämmern, zumindest keiner, an dem er hätte teilnehmen, worin er sein Talent hätte beweisen können. Eine geradezu widernatürliche Seltenheit in diesen Tagen! Man stelle sich vor: ein Maler ohne Farben, ein Komponist ohne Töne, ein Dichter ohne Wort – und ein Held ohne Taten! Verzweifelt stürzte sich der Heranwachsende in die unsinnigsten Abenteuer, freilich zwergenhaften Zuschnitts; diese Welt war viel zu dürftig, verzärtelt, endimanchiert für einen wie ihn: Kein Wunder, dass man in ihm nur den Taugenichts und Gewaltmenschen sah.

Viel später erst sollte den Zeitgenossen zu Bewusstsein kommen, dass hier ein aus der Zeit Gefallener, ein Heros des Altertums auf sie gekommen war: berstend vor schierer Tatkraft, unzähmbar und rücksichtslos gegen jedewede Äußerung kleinlauten Lebens. – Jene berüchtigte Szene also spielte sich während der Auseinandersetzungen zwischen Preußen, Bayern und Franzosen zur Zeit der frühen Revolution ab. Endlich durfte Hompesch Pulverdampf schnuppern, die rauhen Freuden eines Heerlagers genießen, an gefahrvollen Kampfattacken teilnehmen. Mancherlei wird schon aus dieser ersten Zeit seiner militärischen Karriere berichtet, das ans Legendenhafte grenzt; das folgende Husarenstück stehe für alles Übrige. – Als man daran ging, die Eroberung einer von den Franzosen gehaltenen Festung vorzubereiten, stellte man im Lager der Verbündeten fest, dass so gut wie keine verlässlichen Informationen über die Wehrhaftigkeit des Feindes vorlagen. Das war darauf zurückzuführen, dass man noch keine Gefangenen gemacht hatte, die man hätte befragen können. Karl von Hompesch fand endlich ein Bestätigungsfeld für seine vom Vater ohne Unterlass beklagte Wildheit: Er sammelte einige wenige Wagemutige um sich, sie bestiegen die Pferde und ritten directemang ins Lager der Feinde.

Dort war der Hauptteil der Division soeben dabei, für den nahe bevorstehenden Ernstfall zu exerzieren. Mehrere hundert vollausgerüstete, uniformierte Soldaten standen und marschierten in Reih und Glied auf einem weiten Platz, einer Art Kasernenhof. Als vom Tor lautes Rufen hinüberdrang, gefolgt vom Geschrei einiger, die von Degenstichen verletzt worden waren, wandte sich die Aufmerksamkeit der Truppe fünf Reitern zu, die direkt auf den hundertfach überlegenen Gegner zuhielten. Hompesch ritt dem Kommando voraus. Ohne dem verhaltenen Widerstand des überraschten Feindes im Mindesten Aufmerksamkeit zu schenken, preschte er in die Reihen, griff sich einen erbarmungswürdigen Einzelnen heraus, zog ihn zu sich hinauf, legte ihn aufs Pferd und sprengte, gefolgt von seinen Kameraden, aus dem Hof hinaus. – Bis die Franzosen ihre Flinten geladen hatten und zu schießen begannen, war Hompeschs Himmelfahrtskommando längst außer Reichweite. Die Schwadron, die ihm nachgesandt wurde, kehrte mit leeren Händen, doch blutigen Häuptern ins Lager zurück.

Dies nur ein Beispiel für die wahrhaft einzig dastehende Erscheinung des jungen Karl von Hompesch. Seine Chuzpe, sein Hasardeursgeist versorgten die Zeitgenossen über Jahre hin mit Redestoff; die Frage jedoch, woher ein solcher jenseits aller Vergleiche rangierender Wagemut wohl stamme, wurde nur von einigen gestellt. Man las ja die antiken Klassiker, man kannte seinen Homer; Alexander der Große war längst anekdotisch verwurstet worden, kurz, die Existenz des Heldischen prägte das Wertesystem jener Zeit mindestens ebensosehr wie die christliche Mitleidsethik – wobei man letzterer gemeinhin eine weitaus geringere Praxisrelevanz zuzubilligen geneigt war. Es waren derer wenige, sehr wenige, die den wahren Hintergrund für Hompeschs unübertreffliche Furchtlosigkeit kannten; wüste Adelssöhne, die sich in einer kraftgenialischen Lebensführung gefielen, gab es ja zuhauf. Doch der Abstand zwischen diesem und jenen erschien so ausgedehnt, dass andere, tiefer liegende Gründe zu vermuten waren.

Und richtig: Es gibt ein Ereignis im Leben des Heranwachsenden, das die – ohnehin spärlichen – Biographen meist verschweigen oder in den Bereich der Legende verweisen. Für einen Zeitraum von knapp anderthalb Jahren klafft eine Lücke in der Überlieferung, die man meist mit dem Stichwort „Liebeshändel" notdürftig zu füllen strebt. Nur ein knapper Hinweis wird allgemein überliefert, allerdings ohne den Zusammenhang zu erwähnen: Der junge Adelsspross ging seinen Vater einmal mehr um Geld an; diesmal war es eine noch unverschämtere Summe als gewöhnlich. Eine Reise nach Malta sei der Plan gewesen, warum auch immer. Tatsache ist, dass der wilde Karl nach einer Gelegenheit suchte, in englische Dienste zu treten, wie dies späterhin ja auch der Fall war. Hompesch mag zweiundzwanzig, vielleicht dreiundzwanzig Jahre alt gewesen sein. Nirgendwo hatte er gut getan: in keiner Schule, keinem befreundeten Fürstenhaus, keiner Kompanie. Noch hatte er keinen Kontakt zu den ungarischen Freiheitshelden gefunden, die ihm kurz darauf vorübergehend eine Art geistige Heimat bieten sollten.

Nein, nach allzu langem Ausharren war nunmehr ein Krieg in Sicht. Man rüstete gegen die Türkei. Freilich war es auch damals nicht einfach, von einer Armee zur andern zu wechseln. Nur unter besonderen Umständen, die nicht selten in einer Ablösezahlung bestanden, wurde ein Kontrakt oder eine Treueverpflichtung aufgekündigt. Karl, der Draufgänger, plante, ganz dem Geist der Zeit entsprechend, sich ohne Erlaubnis in die Kampfhandlungen einzumischen. Er würde nachher behaupten, er habe auf seiner Maltareise Schiffbruch erlitten, sei in die Hände von Piraten gefallen und musste schließlich, schon um sich zu verteidigen, auf Seiten des Vereinigten Königreichs von Großbritannien Krieg führen helfen. – Wie er sich das ausmalte, äußerte er gegenüber einem Gleichgesinnten, einem Baron Fieberg: Nach – selbstverständlich – gewonnener Schlacht gedachte Karl ins Lager des Feindes einzudringen, Schätze von unermesslichem Wert zu stehlen und als umjubelter Kriegsheld nach Hause zurückzukehren, allwo er sich nicht nur des Respekts und des Stolzes seines vielgeplagten Vaters sicher sein könnte, sondern unerwarteter Weise seine Schulden begliche, ja, wenn dann noch etwas übrig bliebe, ein Lustschloss oder ein Kapellchen ad majorem gloriam dei errichten lassen würde.

Zu den Merkwürdigkeiten der Familiengeschichte gehört es, dass beinahe alles so eintraf, wie sich dies der wilde Fant mit dem Ungestüm seiner jugendlichen Phantasie ausgemalt hatte. Nachdem der Vater weiteren Zahlungen eine harsche Absage erteilt hatte, fügte es sich, dass ein schon in frühen Jahren kränkelndes Mitglied der jeunesse dorée Karl Hompesch bat, für ihn auf sein Stammschloss zu reisen, dort mitzuteilen, die Gesundheit des Erstgeborenen falle weiter ab und könne nur durch eine kostspielige Kur wiederhergestellt werden. Sobald die Summe ausgezahlt sei, solle sich Karl unverzüglich auf den Rückweg begeben; sein Lohn bestehe in der Gewährung weiterer unentgeltlicher Teilnahme an Gelagen und Lustpartien aller Art. Übrigens sei geplant, für die mitternächtlichen Bootsfahrten einen Schwung Tänzerinnen anzuschaffen – in Karlsruhe herrsche soeben Geldnot, und der Markgraf müsse einige erfreuliche Exempel aus seiner Tulpenmädchen-Sammlung veräußern. Hompesch dankte artig für das Vertrauen und verfügte sich in Richtung des angewiesenen Ziels.

Mit geheuchelter Sorge, virilem Charme und einem Höchstmaß an Bonhommie verstand er es, ein Kapital aus den besorgten Eltern herauszuschwatzen, das zur Gründung einer neuen Kolonie in den Tropen ausgereicht hätte. Bei allen Heiligen versprach er, kein Reitpferd zu schonen, um nur ja so rasch dem armen Sohne den Beutel in die Hände zu legen. – Bei diesem freilich ist er nie eingetroffen. Karl nahm's als Himmelszeichen, dass ihm zur rechten Stunde aufs Üppigste ausgeholfen wurde. So bequem als möglich reiste er ans Adriatische Meer hinunter. Von dem Vermögen, das er nun mit sich führte, hätte er sich eine kleine Flotte leisten können, jedoch, bedacht auf spätere Genüsse, mietete er nur einen Platz auf einem englischen Segler gen Malta. Die Goldmünzen hatte er sich, wie man's ihn einst gelehrt hatte, in Tüchern um den Leib gewunden; dies sollte sich nach wenigen Tagen bei der Havarie zweihundert Seemeilen von Malta entfernt als geradezu lebensgefährlich herausstellen.

„Das gibt es eigentlich gar nicht so selten", hielt der Marquis für einen Augenblick inne. „Kaum, dass man bekommt, wonach man immer gestrebt hat, hält man den Schlüssel zu seinem Untergang in der Hand. Manchmal kann man wirklich den Eindruck gewinnen, die Götter hätten vielleicht doch Humor ..."

Nasir Shansab rieb sich seinen Bart und schmunzelte verschwommen: „Ist das Haus fertig, kommt der Tod", heißt es bei uns.

Weiterhin müht sich Dschamal ab, reglos ins Leere zu stieren; doch bisweilen fliegen seine Augen hinüber zu dem Erzähler, der es längst verstanden hat, seine Neugier zu wecken.

Was Karl von Hompesch ohnehin vorgehabt hatte, nämlich den Verlust der Gunieen wortreich zu beklagen, vollzog sich nunmehr ohne alle Beugung der Wahrheit. Allein im Meere treibend, weit abgetrieben vom untergehenden Wrack, entledigte er sich unter Wehklagen Stück um Stück der kostbaren Last, zappelte eine zeitlang hoffnungslos im kalten Wasser und erfasste schließlich ein zerschlissenes Brett, das gerade breit genug war, damit er darauf zu liegen kam. Nur eine kleine Gemme war ihm geblieben, geschnitzt von einem Meister aus Prag. Das wertvolle Stück trug er um den Hals; es war ein Geschenk seiner Schwester – übel hatte er ihr's gedankt ... Jetzt warf er alle Hoffnung auf den winzigen Gegenstand, der ein Frauenporträt vorstellte. Nicht umsonst sagte man den Pragern magische Fähigkeiten nach.

Kraftlos geworden, versuchte er, die Augen zu schließen, um sich ein wenig zu erholen. Doch Kälte und Salzwasser setzten ihm gehörig zu. Immer wieder überspülten ihn die Wellen; an Kräftesammeln war nicht zu denken. Eine Nacht lang – die wohl schaudervollste seines Lebens – trieb er im dunklen Ozean. Alle Gebete, derer er sich entsinnen konnte, sprach er, alle Schwüre, die ihm einfielen, schwor er, vor allem jenen, endlich ein besserer Mensch zu werden und zur Freude seines Vaters sein Tagewerk zu verrichten, ohne Ausschweifungen und Abgefeimtheiten, schließlich, sich vor dem unheilbaren Kumpan und seiner Familie in den Staub zu werfen, auf Gedeih und Verderb, ein zu Tode Zerknirschter.

Dann und wann meinte er ein Pfeifen zu vernehmen, wie von einer fernen Flöte. Dann war es wieder still, gefolgt von Tosen und Zischen. – Mit einem Mal gewahrte Karl, wie der Mond aus den Wolken hervorschwamm. Ihm war bitterkalt auf seinem schmalen Floß; die Tatsache aber, dass nach Stunden der hoffnungslosesten Dunkelheit auf einmal Licht am Firmament aufglomm, zartes Licht, bekanntes Licht, erfüllte ihn mit Jubel. Mit allen Fasern glaubte er nun an seine Rettung, welche einzig und allein seiner Bußfertigkeit zu danken sein musste. Wenn er das doch früher gewusst hätte! Kaum entschließt man sich, den Gesetzen, die uns mitgegeben sind, gemäß zu leben, schon sind die höheren Mächte bereit, uns verzeihend zu umarmen!

Als er mit dem ersten Morgenblau einen Streifen Landes zu erkennen vermeinte, wuchs seine Überzeugung, ein Erwählter zu sein. Was hatten ihm die glaubenslosen Kommilitonen nicht alles eingeimpft: Der Himmel sei leer, Gott habe sich umgebracht, aus Gram über den Fall seiner Schöpfung ... und dergleichen Blasphemien mehr. Sobald er zurückkäme in die Zivilisation, würde er ein Prediger werden, ein Eiferer im Namen des Herrn! – Wie wenig linear und nachvollziehbar die Wege, Pläne der Oberen sich jedoch gemeinhin ausnehmen, musste der arme Karl bei Sonnenaufgang bemerken; denn statt des vermeintlichen Ufers, das ihn erwartete, kam eine Gewitterfront auf ihn zu, schwarz und meeraufschäumend. Entsetzte Blicke schickte er nach allen Seiten ... wo war nur diese Insel hingeraten, das Festland? War er wieder davongetrieben in der Strömung oder hatte er die Kontinente der Wolken mit einer schmalen Küste verwechselt? Nur dieses Pfeifen war noch da, seltsam schrill und unwirklich in dieser Einsamkeit. Nun begann ein fürchterlicher Kampf gegen die Wogen, worin er rasch zu unterliegen drohte. Denn die unerbittliche Eisigkeit des Wassers hatte ihn gar zu sehr geschwächt, die Hände waren wie abgestorben. Als er zum hundertsten Mal unter einem Wellenberg emportauchte, hatte er das Brett verloren. Karls Widerstand dauerte noch wenige Minuten, dann verlor er das Bewusstsein. Das war gut – denn hätte er tatsächlich miterleben müssen, was nun mit seinem Leib geschah, seine Seele hätte den Schrecken niemals verwunden.

So aber schlief er in unzugänglicher Ohnmacht, und das Meer jauchzte vor Freude, einen so lustigen Spielball geschenkt bekommen zu haben. Hinauf und hinunter wurde er gewirbelt, Regengüsse stürzten auf die tobende Fläche nieder, dann und wann schlugen Blitze ein. – Aber Karl störte sich nicht daran. Er lag neben seinem Freunde, der ihm den Geldtransport anvertraut hatte, auf einer mildbeschienenen Terrasse hoch über einem Landschaftspark mit freundlichen Tempeln. Der Freund reichte ihm einen Becher voll Rotwein, der war herzerwärmend gut. Karl fragte ihn, ob der Trunk aus Spanien stamme. Statt einer Antwort erhob sich der Geselle und blickte über die Balustrade.

„Wir sind jetzt schon ein Stückchen höher. Sie arbeiten."

Um selber bessren Überblick zu gewinnen und zugleich zu erfahren, was diese Worte bedeuten sollten, versuchte Karl sich zu erheben. Er hatte die Ansicht, es müsse ihm doch bekannt sein, was der Gefährte so vieler froher Stunden mit dieser Aussage meine. Doch als er von der Liege aufstehen wollte, gelang es nicht; ja, es wurde ihm offenbar, dass sich etwas vertauscht hatte, dass sie die Rollen gewechselt hatten! Denn während der Freund munter auf und ab lief und feinen Damen, die Karl nicht sehen, nur riechen und hören konnte, Komplimente machte, fühlte er selbst sich unbeweglich und unterhalb des Bauches wie gelähmt. Als er den Namen des Vertrauten rufen wollte, war es ihm, als ob er ihn vergessen hätte.

Da begann sich die Terrasse zu neigen, und die Liege, worauf Karl gefesselt war, rutschte zum Geländer hin. Dabei vermochte er immerhin auszumachen, dass der Landschaftsgarten nicht wenige, sondern hunderte Meter unter ihm lag. Die unsichtbare Gesellschaft hinter ihm applaudierte irgendwelchen Luftkünstlern, die es fertiggebracht hatten, wie einer behauptete, durch schiere Konzentration diese Terrasse zum Schweben zu bringen. Das Pfeifen wurde lauter und schriller. Noch einmal wollte sich Karl aufrichten, er arbeitete verbissen und vermittels der unbeeinträchtigt gebliebenen Kraft seiner Arme gelang es ihm halbwegs. Zu spät bemerkte er jedoch, dass er selbst es war, der die Gesamtanlage des Schwebekörpers mit seinen Bewegungen in ihrem Flug bestimmte – und schließlich zum Kippen brachte. Zuunterst kehrte sich zuoberst, Karl hörte es kreischen hinter sich, Flüche wurden laut, die galten ihm; schon sah er sich selbst, von schräg unterhalb, durch die Lüfte stürzen. Anderen war es gelungen, sich droben an dem spitzhutförmigen Eiland festzuklammern; doch auch ihnen erging es nicht besser. So wie Karl in die Tiefe, wurden sie mit Macht nach oben weggerissen. Ohne Halt zu finden, taumelte der Träumende in der Höhe umher, wobei er durchaus nicht das Gefühl hatte, sich der in unsäglichem Abstand von ihm wirbelnden Erdoberfläche zu nähern.

Als er zu sich kam, sah er einen Inder, der wenige Meter von ihm entfernt am steinigen Strand saß und beide Hände um eine gebogene Flöte gelegt hatte, in die er hineinblies. Nur ein rotweißer Turban zierte sein Haupt, sonst war er nackt. Er lächelte. Ob es sich um ein freundliches, willkommenheißendes Lächeln oder um ein höhnisches handelte, Karl wusste es nicht.

Was blieb ihm übrig – er streckte seine Rechte aus und bat: „Bitte ... Bitte helfen Sie mir!"

Der Inder lächelte immer weiter, sonst tat er nichts. Erst als Karl immer flehentlicher bat, seine Not gar mit Tränen bekräftigte, redete ihn der merkwürdige Fremde an.

„Komm! Komm noch ein Stück."

Karl versuchte, über den Strand zu kriechen. Doch er war ja gelähmt. War er's wirklich? Galt das nicht nur für die Höhe, durch die er getrieben war wie zuvor durchs Meerwasser? Verwirrt und empört, dass ihm der andere nicht helfen wollte, sank Karl von Hompesch zurück in eine gnädige Ohnmacht. – Sein zweites Erwachen sah ein weißgekalktes Zimmer, möglicherweise in einem Turm, denn es war rund. In einem Fenster sah er den blassblauen Himmel. Keine Zweige, keine Wände gegenüber. Wollte man ihn in einer Dachstube gesund pflegen? – Nun, davon konnte fürs Erste nicht die Rede sein. Erst nach mehrmaligen Versuchen gelang es ihm, seine Zehen zu bewegen. Das war gut. Sein Leib schmerzte zwar an allen Stellen, wo Karl sein Bewusstsein auch hinlenkte, doch schien noch alles vorhanden und für den weiteren Gebrauch intakt. Immer wieder schlief er ein. Als es dunkelte, sah er den ersten Menschen. Der war schwarz verhüllt und trug eine Kanne in der Hand. Auf Karls Nachfrage, wer er sei, ob Frau oder Mann, gab es keine Antwort. Die schlanke Kanne wurde an Karls Lippen geführt. Das Getränk war lauwarm und süß, eine Art Tee. Karl trank so viel er konnte. Dann ließ er sich auf sein Lager fallen. Es waren keine Daunen, aber auch kein Stroh. Müde erwägend, auf welches Material man ihn gebettet habe, in welchem Land er sich befinde, wer seine Gastgeber seien, schlummerte er von neuem ein.

In den nächsten Tagen wiederholte sich der Vorgang. Die schwarze Gestalt kam, schwieg – und tränkte ihn. Wenn er mehr trinken wollte, als ihm zugemessen war, bekam er weniger. Bedrängte er seinen Ernährer, musste er länger warten. Schließlich, Karl konnte nicht ermessen, ob nach einer Woche oder nach zweien, wurde ihm feste Nahrung gebracht. Es war ein zartes Gericht, mild, aber würzig, in einer hellgelben Soße. Karl vermutete Taube. Tee gab es weiterhin. – Der Kranke erholte sich langsam. Wie aber, so dachte er, soll ich hier zu Kräften kommen ohne einen einzigen Schluck Wein? Ohne Gespräche? Ohne zu wissen, wo ich bin und was man mit mir vorhat! – Gegen die Stille und Einsamkeit begann er, mit sich selbst zu reden und leise zu singen. Als er aufstehen konnte, setzte er sich auf den Fenstersims. Dort ging es steil hinunter, er sah nur Felsen. Und in der Ferne das Meer. Er sang:

Hast du dein Lieb verloren,
hab ich ja noch das mein.
So gehn wir beide zusammen
Und winden zwei Kräntzelein.

An einem Morgen erschien ein Diener, livriert nach Art der Orientalen und sprach ihn an in einem ulkigen Deutsch, er solle sich bereit machen, sein Herr wünsche den Gefangenen zu sehen. Also Gefangener – kein Gast! Was konnte man nur mit ihm vorhaben ... Karl von Hompesch erfuhr es am Nachmittag. Da er mit den weißen Gewändern, die man ihm brachte, nicht zurechtkam, bald das Beinkleid mit dem Überwurf verwechselte, bald den Gürtel mit dem Schulterriemen hoffnungslos verknotete, half ihm der Diener eine Stunde lang. Dies stimmte Karl verdrießlich; schon als Kind hatte er es gehasst, wenn man ihm beim Anziehen zusah oder sich aufdrängte, um ihm zu helfen. Übellaunig folgte er dem Bediensteten durch kahle Gänge. Auf einem Schloss hielt man ihn also nicht gefangen. Auch die karge Pracht des Burgsaales, wo der Herrscher ihn erwartete, deutete eher auf das Heim eines Provinzfürsten hin. Flankiert von zwei dunkelhäutigen Bewaffneten, empfing ihn der Kommandant der Burg. Im Hintergrund aber sah er das Männchen wieder, den Inder – Karl hatte ihn längst für eine Fieberphantasie gehalten. Diesmal trug er weiße und rote Flatterkleider.

Karl Hompesch entschloss sich, nicht den Demütigen zu geben, sondern mutig auszusprechen, wonach ihn verlangte: nach Hause zu reisen! Dabei wollte er keineswegs unterlassen, sich für Aufnahme und Pflege zu bedanken; so viel Höflichkeit wollte er schon zollen. Doch kaum hatte er den Mund geöffnet, gebot ihm der Inder zu schweigen.

„Hier spricht nur, wer dazu aufgefordert wird."

Karl war überrascht. Sollte er aufbegehren? Gar Gewalt, eine überstürzte Flucht wagen? Immerhin, dass dieses Kerlchen seine Sprache sprach, machte die Sache einfacher. – Was er aber nunmehr erfuhr, stimmte Karl Hompesch tief herab. Leise sprach der Herrscher zu dem Inder, der übersetzen musste. Karl wurde nach seiner Herkunft befragt. Als er an Land gespült worden war, hatte er die Prager Gemme noch getragen – für die Fremden offenbar ein Zeichen, dass er aus gutem Hause stamme. Es erzürnte Hompesch maßlos, als er die Kostbarkeit in den Händen des düstren Burgherrn baumeln sah. Der Inder deutete seine Reaktion richtig. Ohne sich im Mindesten zu rühren, herrschte er ihn aus dem Hintergrund an, sogleich still zu sein und vor seinem Wohltäter das Knie zu beugen. Andernfalls werde er mit zehn Stockhieben bestraft.

Kaum hatte Karl ein höhnisches Lächeln aufgesetzt – was sollten ihm, der das tobende Meer bezwungen hatte, ein paar Hiebe ausmachen! – , da krachte schon ein gewaltiger Schlag von hinten in seine Kniekehlen, so dass er niederfiel. Die übrigen neun Stockhiebe trafen ihn am Hinterkopf, im Bauch, im Kreuz, auf der rechten Schulter, im Gemächt, am linken Arm, auf der rechten Hand, auf dem rechten Schienbein und – was sich auf Dauer als am übelsten erwies – am rechten Ohr. Karl wandt sich auf dem Boden hin und her. Er sah keinen Schergen, doch die Schläge trafen ihn hart und unerbittlich. – Den Herrscher und den Inder schien das Schauspiel zu erfreuen, beide lachten laut, als wäre eine Komödie vor ihren Augen abgelaufen. Nun stand der Inder auf und kam auf Karl zu. Er stellte ihm einen Fuß auf den Kopf und befragte ihn nach seiner Herkunft. Als Karl nicht sogleich antwortete, wurde der Druck immens. Der am Boden Liegende schrie, ja, er werde seine Heimatadresse preisgeben, sobald er Gelegenheit dazu erhalte.

Das Männchen zog sich zurück und Karl rappelte sich auf. Es verwunderte ihn, über welche Kräfte dieser schmale, winzige Inder verfügte. Der Geschundene nannte seinen Namen und den Ort, wo das Schloss seiner Familie stand. Dass dies sein schlimmster Fehler war, sollte sich erst später herausstellen. Denn freilich ging es den Fremden um nicht anderes als um die Erpressung eines möglichst hohen Lösegelds. – Karls Nachfrage, ob er seinen Glücksbringer zurückerhalten könne, löst abermals ungestümes Gelächter aus. Man schafft ihn zurück in seine Kammer, wo er sich auf die Liegestatt verkriecht und abwartet, bis die Schmerzen gelinder werden. Wie er so daliegt, zusammengekrümmt und bebend, wird ihm miteins bewusst, dass er diesem schauderhaften Inder und dem offensichtlich gnadenlosen Burgherrn vollkommen ausgeliefert ist. Noch einmal rafft er sich auf und humpelt zum Fenster um zu überprüfen, ob eine Flucht möglich sei. Doch da ist kein Felsvorsprung, woran er sich festhalten könnte. Wohl über fünfzig Meter tief geht es die Mauern hinab. Drunten nur Geröll und Fels. Er singt:

Ein Kräntzelein von Rosen,
ein Kräntzelein von Klee,
zu Frankfurt auf der Brücken,
da liegt ein tiefer Schnee.

Da gewahrt er, dass weiter drüben, auf einem kahlen Hügel, der kleine Inder sitzt. Der schaut zu ihm hinüber, lacht und droht scherzhaft mit dem Finger.

In der Nacht bekam es Karl von Hompesch mit der Angst. So hatte er sich sein erstes Abenteuer wahrhaftig nicht vorgestellt. Nichts, gar nichts konnte er selbst zu seiner Rettung unternehmen. Keinesfalls war's ihm vergönnt, seine Kräfte mit einem eindeutigen Gegenüber zu messen. Ja, es schien ihm miteins verwunderlich, dass er in einem einigermaßen komfortablen Zimmer zu liegen gekommen war. Wie leicht hätte man ihn in ein Verließ einsperren können, weit drunten in den Tiefen der Burg, ohne Licht und ohne Bett! Statt Taube und Tee gäbe es Wasser und Brot. Unter Befürchtungen, seine Lage könne sich in dieser Hinsicht verschlechtern, verbrachte er die Nacht. Es gelang ihm nicht zu beten. Die Tatsache, dass man ihn, den Schiffbrüchigen, so mir nichts, dir nichts mit Schlägen traktiert hatte, die zudem äußerst kraftvoll ausgeführt worden waren, stimmte ihn auf eine qualvolle Entwicklung der Ereignisse ein.

Statt des Dieners oder der schwarz vermummten Gestalt erschienen am nächsten Morgen zwei Schergen, die Karl derb anpackten und ihn durch die Gänge schleiften, immer weiter, viele Treppenstufen, immer tiefer nach unten, in den Kerker, wo er in ein lichtloses Verließ geworfen wurde. Dort erwartete ihn durchaus kein Taubenfrühstück; zu seinem Entsetzen gewahrte er einen irdenen Krug voll Wasser und einen Kanten Brot auf einem Holzbrett. Die Mauersteine rochen feucht. Karl wollte um Gnade bitten, als das Gitter vor seinen Augen geschlossen wurde, unterließ es aber, da ihm der Schreck die Stimme wie abgeschnitten hatte. – Hier nun, irgendwohin geworfen, im scheußlichsten Winkel der Burg, verging ihm die Zeit weit unangenehmer als im Turmzimmer mit dem hellen Fenster. Zwei Fackeln erhellten den Gang vor dem Eisengitter notdürftig. Wie schmerzhaft war das, auf groben Steinen zu liegen; keine Haltung konnte ihm länger als wenige Minuten Ruhe schaffen.

Karl kauerte sich dorthin, wo es das meiste Licht gab. Irgendetwas in seinem Rücken ängstigte ihn. Da gingen die Fackeln aus. Nichts konnte er mehr erkennen. Aber die schrecklichsten Vorstellungen plagten ihn über Stunden. Mancherlei vermochte er zu ertragen, aber die Gegenwart von Toten war ihm stets ein unerklärlicher Gräuel. So stellte er sich vor, hinter ihm, verkrümmt und schuppig, läge seit langen Jahren das Skelett eines Gefangenen, den man hier vergessen hatte. Für den man kein Lösegeld gezahlt hatte ... Himmel, wie lange würde es dauern, bis sein Vater von der Gefangenschaft erfuhr! Würde er überhaupt die Summe aufbringen können? Wäre er danach endgültig bankrott? Unter Gewissensqualen und allerlei Ängsten wackelte sich Karl in einen trostlosen Schlaf. Kein Traum wollte ihm die Kerkerhaft versüßen, im Gegenteil: Was ihm im Wachzustand unerträglich erschienen war, steigerte sich während des kurzen Schlummers.

Als irgendwann die Wärter neue Fackeln, Wasser und Brot herunterbrachten, erkannte Karl, dass hinter ihm, nur wenige Meter entfernt, tatsächlich ein Skelett lag, fürchterlich anzuschauen, mit aufgerissenem Mund. Der Ärmste warf sich gegen das Eisen, flehte und schrie, doch die Schergen antworteten bloß mit hallendem Lachen. – So weit weg wie möglich von dieser starrenden Materialisation seiner Angst, krümmte sich Karl von Hompesch zusammen und verschlang das Brot. Es schmeckte nach nichts, ebenso das Wasser. Es gab überhaupt keine Reize mehr, die ihn an frohes Leben erinnerten ... Nein, einen derartigen Zustand kann kein Mensch mehr als eine Woche lang ertragen, dachte der Eingesperrte. Dann wird man krank und immer kränker und verschmachtet schließlich, fern von allen Lieben. Eben dieser Gedanke war es, der ihm zunächst die ärgsten Seelenqualen bereitete: Da waren nämlich gar keine Lieben, die er nennen könnte. Selbst seine nächste Familie hatte sich bislang stets erleichtert gezeigt, wenn er nach kurzem Besuch wieder aufbrach.

Während der nächsten Stunden schwankte seine Einbildungskraft zwischen allerlei Unannehmlichkeiten hin und her, beschäftigte sich immer wieder mit den sterblichen Überresten des ehemaligen Gefangenen, bis sie schließlich am Widerlichsten haften blieb, was ihm seit Kindheitstagen jeden Mai verdarb: Nacktschnecken. Allgegenwärtig waren sie auf den Wegen seiner Heimat, in Massen herbeidrängend, sobald vor und nach dem Regen die Schwüle kam ... Nun, was auch immer man sich hier ausdenken würde, um ihn zu quälen, von diesen ekelhaften Viechern gab es mit Sicherheit kein einziges auf der Wüsteninsel. Noch einmal prüfte Karl von Hompesch die Gitterstäbe; da war tatsächlich nichts zu machen. – Als die Fackeln wieder ausgingen, begann er in die Dunkelheit hinein zu lauschen. Manchmal vermeinte er Stimmen zu vernehmen, dann wieder seltsam sirrende Musik. Eine Art Trommel gab einen Rhythmus vor; deutlich konnte er hören, wie die Schläge schneller gingen. Was dazwischen klang, war das Meeresrauschen? Jubel einer Menschenmenge? Oder hörte er gar nichts? Glaubte er nur zu hören? Auch dies stand ihm vor Augen: Wer in diesem Kerker nicht an Ermattung der Kräfte zu Tode siecht, wird ganz gewiss schwachsinnig binnen kurzem.

Die Wärter fanden Karl von Hompesch wieder weit vorne am Gitter hocken, offenbar sein Lieblingsplatz. Sie machten einander darauf aufmerksam, äfften seine verkrümmte Haltung nach und lachten ausgiebig. Auch Karls Bitten und Rufe, ihn doch ihrem Herrn vorzuführen, denn er könne ganz bestimmt dafür sorgen, dass noch mehr Lösegeld, eine weitaus höhere Summe geschickt werde, wenn er seine Handschrift zur Beglaubigung mitsende, taugten nur zur Erheiterung der tumben Wächter, die selbstverständlich nicht ein Wort seiner Sprache sprachen. Außer den Fackeln, dem Krug und dem Stück Brot auf dem Holzbrett ließen sie diesmal einen Sack aus grobem Leinen da. – Als sie fort waren, eilte Karl rasch zu dem Beutel hin, in der festen Meinung, eine Decke zu seiner Bequemlichkeit oder noch etwas Nahrung, vielleicht Fleisch, darin zu finden. Er befühlte den Sack: Der war weich und prall gefüllt.

Kaum hatte ihn Karl geöffnet und seine Hand hineingestreckt, zuckte er zurück und rannte unter Geheul an die Rückseite der Zelle, wobei er mit den Füßen auf das Skelett trat. Schauder des Ekels jagten über seinen ganzen Körper, denn der Sack war voller Nacktschnecken, schwarzbraun und glitschig, und sie quollen daraus hervor und machten sich auf, das feuchte Gewölbe zu erkunden. Schon zweifelte der Eingeschlossene an seinem Verstand: Unmöglich konnten die Hiesigen von seiner Angst wissen. Unmöglich durften diese Geißeln des Nordens auf solchem Ödland gedeihen. Aber ein Zufall schien gleichfalls ausgeschlossen. In Panik, diese Kreaturen könnten zu ihm hinüberwandern, suchte er Steinchen vom Boden zusammen und baute einen Wall um den Sack, so gut er es vermochte. Immer wieder schrie er auf, wenn er den Eindruck hatte, auf eine Schnecke getreten zu sein oder wähnte, die Viecher hätten ihn bereits umzingelt. – Am Ende weiß er sich keinen Rat als immer wieder die Gitterstäbe emporzuklimmen. Doch seine Kraft reicht nie für lange. Stets beim Niedersinken, wenn er den Boden berührt, steht er Ekelqualen aus, die sich wie Schüttelfrost bemerkbar machen und Geräusche des Irrsinns aus seinem Innern locken.

Beinahe wünschte er sich zurück aufs Meer, in jene Nacht, die ihm den Tod bringen wollte ... und ihn dann doch auf so merkwürdige Weise an den Morgen verlor. Die Erinnerung freilich an die Leiden des Ertrinkens ließ ihn dies nicht ernsthaft wünschen; vielmehr fragte er sich, ob er denn zu Lebzeiten in eine Art Purgatorium geraten war? Vor allem seine Tante Alice, eine strenge, kirchenfromme Dame, war zu Lebzeiten nicht müde geworden, den Wildfang zu ermahnen. „Tu Buße!", das waren ihre Worte, zu jeder Gelegenheit, mit Nachdruck in seine Seele gesenkt. Die Tante gehörte einer Gruppe religiöser Eiferer an, die sich vermittels Askese, nächtelanger Gebetslitaneien und diverser geißlerischer Praktiken eine Verminderung der jenseitigen Pein verprach. Wohlan, kam es Karl zu Sinn, wenn Alice Recht hatte, so konnte man ihn allmählich ohne Umweg ins Paradies entsenden. Genug gelitten für eine Lebensspanne hatte er jetzt auf alle Fälle. Länger auf diese kummervolle Weise fortzuleben, verspürte er nicht die geringste Neigung.

Nachdem er von Stunde zu Stunde immer wieder gerast, zagen Mutes sein Mäuerchen kontrolliert hatte, ob es nicht schon überklettert sei, fiel er irgendwann in einen Starrkrampf. Für einige Augenblicke erschien es ihm, als habe er seine schlimmsten Ängste überwunden. Ein Dämmerzustand, der Ruhe ähnlich, doch dem Verlöschen der Sinneswahrnehmung näher, bemächtigte sich seiner. Karl begann zu spintisieren. Aus dem Garnichtsmehr seiner Empfindungen lösten sich Bilder einer Rettung, die ihm Tränen in die Augen trieben. Doch in seiner Phantasie scheiterte dies immer wieder: Mal taten sich unüberwindliche Schluchten auf, mal endete sein Weg in Hinterhöfen mit turmhohen Mauern. Dann wieder wurde er, kurz bevor er das Schiff, welches zu seiner Befreiung gesandt war, erreichen konnte, von Soldaten gefasst und zu dem erzürnten Herrscher zurückgeschleppt.

Und was konnte ihm dort schon blühen! Man führte ihn in den Kerker zurück, diesmal nicht in seine Zelle, sondern in eine geräumige Gruft, deren roh gemauerte Decke von dicken Säulen getragen wurde. Schmerzhaft band man ihn mit Riemen an einen Pfahl. Zwei Kessel wurden herbeigeschafft, worin weißglühende Kohlen lagen. Der Herrscher spieh vor ihm aus und verließ die Halle. An seiner Statt näherten sich zwei vermummte, gedrungene Kerle. Sie hielten gewaltige Eisenzangen in der Hand. Gleichzeitig stießen sie die grauenhaften Werkzeuge in die Kohlenbecken. – Jetzt endlich wurde Karl bewusst, wovor er sich am meisten gefürchtet hatte. Durchaus, er war der Folter schon begegnet, jedoch noch nie am eigenen Leibe. Bedienstete hatte er selbst bisweilen schwer geprügelt, jedoch stets innegehalten, wenn es ihm genug schien. Die schiere Endlosigkeit der Qual jedoch, wie sie manche Folterknechte den von Gott Verlassenen zu bereiten wussten, hatte er zeitlebens aus seinen Gedanken gedrängt. Wie sollte man leben, wenn einem dergleichen drohte? – Jetzt schrie der Gefangene, so laut er es vermochte, er rief den Burgherrn herbei, die Wärter, schließlich den lieben Gott, den Teufel, alle Heiligen und seinen Vater. Keiner kam.

Beim Öffnen der Zelle sahen sich die Wächter einem Steinhagel ausgesetzt. Karl war entschlossen, sich zu wehren, im Kampf zu sterben, – doch nimmermehr würde er es zulassen, dass man ihn mit glühenden Zangen zwicke. Unbeeindruckt von seinen Unternehmungen, offenbar gänzlich unempfindlich gegen Steinwürfe, gingen die Bediensteten stoisch zu Werke. Karls Schläge und Tritte und Fluchtversuche zeitigten ebenfalls keinerlei Wirkung. Mit der sturen Folgerichtigkeit, die man einem Schlachtvieh angedeihen lässt, fassten ihn die Wärter, fesselten ihn und schleiften ihn durch manche Gänge, bis sie einen Raum erreicht hatten, der just so aussah, wie Karl ihn in seiner Angstvorstellung geschaut hatte. So, als könne es gar nichts anderes geben auf Erden, banden sie ihn an den bewussten Pfahl und brachten die Kessel. Der Herrscher näherte sich, er trug Karls Gemme um den Hals. Bedächtig nickte er, spieh auf den Boden und verließ, ungeachtet des tränenheißen Flehens seines Gefangenen, den Kerker. Stattdessen tauchten die gedrungenen Folterknechte wieder auf; selbstverständlich hatten sie gewaltige, geschmiedete Zangen mitgebracht.

„Ihr seid gar nicht wirklich, ihr seid gar nicht echt!", schrie Karl von Hompesch den Henkern entgegen, doch ließen diese sich partout nicht davon überzeugen, nicht vorhanden zu sein.

„Es herrscht Uneinigkeit", unterbricht Graf Hoensbroech seine Erzählung, „wie lange der arme wilde Karl in Gefangenschaft blieb. Eine Version spricht von sieben Tagen, eine von sieben Wochen. Hauptsache die Sieben, nicht wahr? Die muss immer dabei sein."

Angesichts der ungemeinen theoretischen Popularität, die der Begriff der Gnade in den verschiedensten Formen der Zivilisation genießt, kommt es erstaunlich selten vor in der Geschichte, dass sie tatsächlich ausgeübt wird, dass, entgegen des Erwartbaren, was nichts anderes heißt als: das Schlimmstmögliche, die Dinge eine glückhafte Wendung nehmen. Überhaupt scheint das Phänomen der Rettung in letzter Sekunde für die Gattung des Romans aufgespart worden zu sein und glaubt sich darum im täglichen Miteinander nicht mehr vollziehen zu müssen. – Bevor jedenfalls eine der beiden Zangen Karls Fleisch durchzwacken konnte, betrat die schwarz vermummte Gestalt, welche in den Tagen zuvor die Kanne mit dem süßen Tee gebracht hatte, den Kerker, gefolgt von jenem Diener in Livree. Ein paar Worte an die Folterer genügten, und sie verzogen sich unter Verbeugungen.

Kurz darauf saß Karl von Hompesch wieder auf seiner Liege im Turmzimmer und wusste nicht, wie ihm geschah. Die schwarze Gestalt warf das burkaartige Gewand ab, und es kam ein junger Mann zum Vorschein, ungefähr in Karls Alter. Es war ein Araber von beeindruckender Schönheit, feingliedrig gebaut, von geradezu tänzerischer Gewandtheit, ausgestattet mit einem ernsten, präzisen Blick.

In seiner lustigen Diktion begann der Diener zu übersetzen: „Mein junger Herr hat euch singen hören."

„Oh, tatsächlich?" Der Gefangene wusste nicht, ob ihm das peinlich sein sollte. „Leider habe ich keine besondere Stimme."

„Er sagt, Ihr müsst Euch vor dem Magier in Acht nehmen."

Karl fuhr auf: „Der Inder? Seit unserer ersten Begegnung unten am Strand ist er mir unangenehm. Ein beängstigender Mensch!"

Der junge Araber lächelte und nickte: Eben darin bestehe seine Macht. Wie andere von Brot und Wein, so lebe er von der Angst der Menschen. Darin sei er der größte Meister unter allen.

„Ist es denn richtig," fragte Karl, und neue Befürchtungen flackerten in ihm auf, „kann es denn sein, dass dieses Schreckgespenst meine ... meine Gedanken lesen kann? Denn jedesmal, wenn ich ..."

Sein Retter unterbrach ihn: Selbstverständlich verhalte es sich so – wie denn anders? Doch von nun an sei es wichtig, die eigenen Gedanken unter Kontrolle zu bekommen. All die scheußlichen Vorkommnisse der letzten Tage seien allein Karls Ängsten zu verdanken. Ob sie wirklich passiert sind, wer kann das schon sagen ... Mithin, er gebe zu bedenken: Nur die schwarze Seite der Zauberkunst sei dem Inder zugänglich – und auch das nur, weil er sich im Besitz eines verschwiegenen Heiligtums befinde, das er schände, indem er es nutze: ein kleines Kistchen, eine Truhe, keine besondere Silberschmiedearbeit, doch von unendlich kostbarem Inhalt. Welcher, das könne er nicht sagen. Für die nächsten Tage sei es von entscheidender Bedeutung, dass sich Karl nicht mehr kindisch seiner Angst überlasse; es nütze ebenso wenig, an schöne Dinge zu denken – die wären dem Magier ohnehin nicht zugänglich. Vielmehr solle er sich darin üben, alles, aber auch alles, wovor er zurückschrecke, sich zu vergegenwärtigen, um es gewissermaßen mit furchtlosem Blick zu bannen.

Karl Hompesch versprach, darüber nachzudenken; dabei schauderte ihn bereits vor den allerersten Imaginationen, die ihm in den Sinn kamen. Bevor aber der junge Mann sich zurückziehen konnte, drang Karl auf ihn ein: Wer er denn überhaupt sei, um alles in der Welt, und warum er es auf sich nehme, ihn zu bewahren und zu beraten? – Sein Name, antwortete der Wohltäter schnell, sei Raschid. Er sei kein anderer als der Sohn des Herrschers, übrigens ein zu Vermögen gelangter ehemaliger Pirat. Früher einmal habe man hier recht leben können, bis die Mutter gestorben und der Vater unter den Einfluss des Inders geraten sei. Es habe ihn, Raschid, gerührt, als er sah, wie der fast leblose Körper eines Menschen seines Alters vom Strand heraufgebracht wurde. Immer wieder musste er sich vorstellen, ihm selbst sei so ein Schicksal beschieden: vom Meer an fremder Küste ausgespuckt zu werden, ausgeliefert den Launen derer, die zufällig dort lebten. Da man in dieser Burg so gut wie keinem trauen könne, habe er sich die Gewänder der Magd geborgt und sich um Karl gekümmert. Nur der kleine Übersetzer, lange Jahre selbst Gefangener in der Hafenstadt Triest, sei vertrauenswürdig.

Für Karl von Hompesch begannen nun Exerzitien der außergewöhnlichsten Weise. Dass er es durchhielt, nach und nach, mit einer Disziplin, die ihm früher niemals in seinem Charakter aufgefallen war, sämtliche Grauenhaftigkeiten sich vor Augen zu führen, die für ihn von Belang waren, lag merkwürdigerweise in einem recht banalen Umstand begründet: Er war aus dem Kerker heraus, er durfte auf einem leidlich bequemen Bett liegen, er hatte es einigermaßen warm und trocken. Allein diese körperlichen Annehmlichkeiten befähigten ihn, sich den geistigen Übungen zu stellen. – Nicht selten schrie er dann auf, wenn etwa Riesenschlangen gar zu plastisch sich durchs Zimmer wandten, wenn die Decke schier unaufhaltsam auf ihn niedersank und ihn zu zerquetschen drohte, wenn sich die Rachen von Drachen und Raubtieren vor ihm öffneten oder unheilbare Krankheit mit grauen Pusteln seinen Leib übersäte. Einmal wäre er fast nicht mehr zurückgekommen, als nämlich die Tür aufging und die ihm bekannten Schergen Karl zu seiner Hinrichtung abholten. Schon stand er hoch droben auf dem Blutgerüst, doch seine widerstreitenden Einbildungen hielten die Todesart gewissermaßen in der Schwebe: Mal senkte sich eine grobe Schlinge über seinen Hals herunter, mal schwang ein Henker das Richtschwert, mal prasselte unter seinen Füßen Feuer auf. Doch stets im letzten Augenblick verschwand die Vision und wurde durch eine neue ersetzt.

Das ging so eine Weile fort, mit sich vervielfachender Geschwindigkeit, bis Karl schließlich, so erledigt, als hätte er tatsächlich diverse Hinrichtungen hinter sich gebracht, platt auf dem Boden lag und wie ein Jagdhund hechelte, der jedes Wild im Wald gehetzt, keines jedoch erbeutet hatte. – Bald kam der Diener und brachte Kaffee und Gebäck. Langsam verzehrte Karl zwei Honigbuchteln, trank einige Tässchen Mokka und starrte blicklos aus dem Fenster. Dabei bemerkte er, dass sich seine Ängste mit einem Male von ihm selber fortbewegten. Nicht mehr er selbst befand sich im Zentrum seiner Sorge; nun sah er seine Brüder vor sich, seine Schwestern ... und allerlei Widriges, was jedem Menschen jederzeit widerfahren kann, deutete sich an, über sie hereinzubrechen. Er sah den Vater bestohlen, die Brüder überfallen, die Schwester von groben Gesellen belästigt. Als ihm aber seine Mutter erschien, die vor vielen Jahren bei einer Totgeburt gestorben war, und er befürchten musste, sie niemals wiederzusehen, in keiner Ewigkeit, da stellte er das Tässchen ab, weinte wie ein Kleinkind und betete bis in die Nacht. Am Morgen saß er am Fenster und sang:

Der Schnee, der ist geschmolzen,
das Wasser läuft dahin,
kommst du mir aus den Augen,
kommst du mir aus dem Sinn.

Dem indischen Magier war Karls Verwandlung freilich nicht verborgen geblieben. Auch ahnte er, wer letztlich dafür verantwortlich war. So drang er in den grausamen Herrscher, den Fremden doch endlich von der Klippe zu stürzen; keiner der Boten sei zurückgekehrt, was nichts anderes bedeuten konnte, als dass die Ungläubigen sie nun ihrerseits als Geißeln festhielten oder aber, jede sittliche Gepflogenheit missachtend, längst ermordet hatten. Dem sesshaft gewordenen Piraten leuchtete das ein, und er wurde zornig. Ungeachtet der Bitten seines Sohnes Raschid, setzte er die Stunde der Exekution fest. Mehrmals trafen Karl, Raschid und der Diener in diesen Tagen noch zusammen, allein, es wollte ihnen kein Ausweg einfallen. „Welch ein Hohn!", schüttelte Karl den Kopf. „Jetzt ist es mir doch tatsächlich gelungem, jedem Schrecknis, wie grauenerregend es auch sein mochte, vollkommen ohne Angst ins Angesicht zu blicken – auch meine Hinrichtung schreckt mich keineswegs –, da soll ich auf einmal aus der Welt geschafft werden, ohne mich dieser exquisiten Fähigkeit auch nur ein einziges Mal bedient zu haben?"

Kalt und sonnig war der Tag, als Karl von Hompesch von der Klippe gestoßen werden sollte – eine seit Urtagen auf der Insel gebräuchliche Weise, in Ungnade Gefallene zum Tode zu befördern. Ein paar Bewaffnete bildeten Spalier, vermutlich alles ehemalige Piraten. Am Ende der aus Menschen gebildeten Gasse warteten der Herrscher, die beiden dem Delinquenten seit längerem bekannten Henkersknechte, der Inder – und Raschid. Nichts hatte sich Karl ausgeknobelt, keinen letzten Plan zu seiner Rettung ersonnen; nicht einmal verzweifelte Gegenwehr, wie kürzlich, da er die Wächter mit Steinen bewarf – hatte dies überhaupt stattgefunden? –, gedachte er zu leisten. Überhaupt, es schien, als sei mit seiner Angst auch alle Phantasie, wie man das Leben verteidigen, wie man vielleicht doch noch überleben könne, aus ihm verschwunden.

Doch das schien nur so. Mag sein, es war der Einfall des Moments, mag sein, das neue Bewusstsein der Angstlosigkeit benötigte schlicht viel weniger Zeit, um eine Handlung auszulösen, Karl sah den Magier grinsen, und Hass schwoll in seinem Hals. Ohne auch nur einen Augenblick nachzudenken, riss er einem der Spalier stehenden Männer den Speer aus der Hand, holte aus ... und bevor er überwältigt werden konnte, warf er die Waffe seinem Feind in den Leib. – Der Inder aber, sonderbar schmunzelnd, stand auf einmal gar nicht mehr an der Stelle, wo er eben noch gestanden hatte; statt seiner bäumte sich der Burgherr auf, vor Schmerzen schreiend, und stürzte, den Speer in der Brust, die Klippe hinab ins Meer. – In dem unsäglichen Tumult, der nun einsetzte, erwies sich Raschid als der Kühnste. Er vermochte es, die Bediensteten seines Vaters in die Schranken zu weisen; er selbst, der Sohn und Nachfolger, werde über den Missetäter richten.

Tatsächlich gab es für Raschid zunächst keinen anderen Gedanken: Der Mann, den er selbst vor Jammer und Tod bewahrt hatte, musste sterben. Aber auch dieser Magier, welcher all die bösen Entwicklungen in Gang gesetzt hatte, durfte nicht länger auf der Burg geduldet werden. Er sollte verbannt werden auf Lebenszeit. – Kaum eine Stunde nach dem unglückseligen Speerwurf fand sich Karl in jenem Kerker wieder, den er auf immer glaubte verlassen zu haben. Er sah keine Toten, keine Folterwerkzeuge und keine Schnecken hier; ein viel mächtigerer Gegner als die Einbildungskraft der Angst verheerte sein Inneres: der Zweifel. War er denn schuld am Tod des Burgherrn? Hatte der Zauberer ihn nicht schändlich hinters Licht geführt? Oder war es einfach arglos, in einem gefährlichen Grade dumm gewesen zu glauben, man könne so einen auslöschen wie einen Beliebigen? So wand sich der neuerlich Gefangene viele Stunden hin und her und haderte, ob er richtig gehandelt hatte ... und auf welche Weise er Sühne schaffen könne.

Diesmal waren es andere Burgdiener, die ihn abholten. Karl Hompesch ging mit, ohne Widerstand zu leisten. Selbstverständlich erwartete er seinen Tod. Er war sich gewiss, dass der junge Raschid ihn enthaupten lassen würde; barbarische Methoden, wie der ehemalige Kommandant sie bevorzugte, würden wohl nicht zur Anwendung kommen. – Es erstaunte den Europäer, als ihn die Wächter zu einer mit weißen Lilien geschmückten Halle brachten, wo seitlich zwei Springbrunnen über dunkelblaue Fliesen rauschten. Sogleich zogen sie sich zurück, als der Thronfolger von seinem Kissen aufstand. Der kleine Diener kam zu Karl hinübergewieselt und führte ihn zu seinem Herrn. Kaum wagte es der unfreiwillige Mörder, dem Sohn des Toten gegenüber Platz zu nehmen.

„Ich sehe", begann der Leibdiener zu übersetzen, „dass du dich grämst. Du brauchst mir davon nichts zu sagen. Wenn du denn eine Strafe verdient hättest, wie du wohl glaubst, diese Nacht wäre genug."

„Ja, werde ich denn nicht hingerichtet?", ereiferte sich der verwunderte Gast, beinahe so, als beharre er auf seinem Recht, zu sterben.

„Warum denn? Du konntest nichts dafür." Raschid sah Karl in die Augen.

Der aber verstand nicht. Wurden nicht überall zu allen Zeiten Menschenleben ausgelöscht, allein, um das sogenannte Gleichgewicht wiederherzustellen, ein prekäres, nirgendwo festgeschriebenes zwar, gleichwohl schon immer und von allen gefühltes?

„Das ist es ja gerade", ließ Raschid übersetzen, wobei der Diener immer wieder abenteuerliche Formulierungen einstreute, „womit wir den Fluch verlängern, den wir über unsere eigene Gattung gebracht haben."

Hompesch meinte nicht recht zu hören: Vergleichbare Gedanken hatte er bislang, wenn auch nur am Rande, bestenfalls von verfemten Philosophen des Westens vernommen, von französischen Agnostikern oder Anhängern irgendeines Verrückten aus Königsberg, dem eine gewisse Intelligenz zugeschrieben wurde. – Raschid ließ ihn wissen, er habe die Nacht über auf dem Söller zugebracht, ungewiss, welche Bestrafung er für angemessen, welches Gesetz er für rechtmäßig, welche Wahrheit er für wahr halten solle. Da er aber nichts fand, was ihn überzeugte, entschloss er sich, allein das gelten zu lassen, was er – neben Kummer und Verzweiflung – am stärksten wollte: Der Fremde soll heimkehren zu den Seinen.

„Nichts weiter?"

„Nichts weiter."

Damit stand Raschid auf und reichte dem Verwunderten eine Schale, woraus er trinken sollte. Der Trank war süß und stark, und Karl wusste sich nicht anders zu helfen, als den Gnadenspender zu umarmen.

Der Graf greift nach seinem Glas. Er lehnt sich zurück, nimmt einen Schluck Traminer und sieht zu seinem Freund Nasir hinüber. Der nickt versonnen. Zu beider Überraschung beginnt nun aber Dschamal Parhez zu sprechen. Es sind die längsten Sätze, die er bislang gewagt hat. Weder Hoensbroech noch Shansab haben im Entferntesten mit einem Einwurf von solcher Eloquenz gerechnet.

Noch immer starrt Dschamal vor sich hin. „Das ist sehr schön, was sie da erzählen. Ein schönes Märchen, ganz wie aus Tausend und einer Nacht, ist es nicht so? Nur weniger grausam. Glauben Sie denn, ich hätte nicht von Anfang an gewusst, worauf Sie hinaus wollen?"

Statt einer Antwort zieht Graf Hoensbroech die Augenbrauen hoch. „Es ist aller Ehren wert, dass Sie für uns den Nathan spielen. Ich weiß das zu schätzen, die gute Absicht, meine ich. Aber glauben Sie denn, man kann mit Gleichnissen Probleme lösen?"

„Das nicht. So naiv ist nicht einmal der Adel“, versetzt Hoensbroech ironisch. „Aber vielleicht findet man auf diese Weise eine Grundlage, auf der sich alle so sicher fühlen, dass sie es wagen können, miteinander zu reden.“ Hoensbroechs Blick wird nicht erwidert.

Dafür gönnt Dschamal Parhez den älteren Herren zum ersten Mal mehr als ein Flüstern. „Es gibt, daran können weder Sie noch ich etwas ändern, eindeutige Bestimmungen. Die sind sehr alt, und fragen Sie mich nicht, ob sie gut sind. Ich weiß nur eins: Da kann keiner raus. Ich will es noch deutlicher sagen: Wenn es Ihnen tatsächlich gelingt, mich zu überreden, das Gesetz der Rache zu durchbrechen, verdoppeln Sie nur die Zahl der Opfer. Sie, Herr Shansab, werden sowieso getötet. Führe ich die Tat nicht selber aus, bin ich bald selber dran. So geht die Bestimmung, nicht anders.“

„Das ist mir bekannt“, entgegnet der Marquis. „Ich danke Ihnen trotzdem, dass Sie uns erinnert haben. Aber meine Geschichte – oder vielmehr die vom wilden Karl – , sie ist noch nicht ganz fertig. Erlauben Sie mir, Sie zu Ende zu erzählen?“

„Bitte.“

„Wobei ... Da verspreche ich vielleicht zu viel. Zu Ende ist sie eigentlich nie. Aber hören Sie weiter.“

Raschid, der Nachfolger des Burgherrn, bat den Gleichaltrigen, sich niederzusetzen. Besorgt teilte er ihm mit, auf der Burg könne Karl keinen Tag länger bleiben. Es sei noch nicht abzusehen, wie sich die Dinge entwickelten. Möglicherweise habe er mit einer Palastrevolution zu rechnen; offenkundig habe es nicht genügt, den mit übersinnlichen Kräften ausgestatteten Querulanten davonzujagen.

„Wohin?“, wollte Karl von Hompesch sogleich wissen.

Raschid zuckte mit den Schultern. Man habe ihn in eine Jolle verfrachtet und den Winden überlassen. Karl sprang auf: Wenn er denn wirklich gehen dürfe, dann am besten noch zu dieser Stunde! Gar zu gerne wollte er das Schicksal des Verfemten teilen, jedoch nur insofern, als er gedenke, den Verursacher so vieler Leiden zur Rede zu stellen.

Zuerst wollte Raschid auffahren und seinem Gast ein solch unsinniges Unterfangen schlicht verbieten. Doch dann entsann er sich, dass er einem, den er freigelassen hatte, überhaupt nichts mehr untersagen konnte. Nach einigen wenigen Rückfragen erkannte er, dass es Karl ernst war mit seiner Entscheidung, und er bewilligte den Wunsch. Eine Warnung allerdings fügte er bei: Keiner, nicht der Mutigste, vermag etwas auszurichten gegen einen, der im Besitz dunkler Kräfte steht.

„Habt Ihr ihm dieses Kästchen, das ihn, wie man sagt, zu alledem befähigt, denn gelassen?"

„Selbstverständlich. Es war ja seins."

Raschid begleitete Karl bis zur Küste. Hompesch fürchtete, der Wind könne drehen, und so eilten sie sich. Säcke voller Nahrungsmittel, Schläuche voller Wasser, Wein und Milch lagerten bereits in dem kleinen Segelboot, das den Reisenden abtransportieren sollte. Zum Abschied besiegelten der Europäer und der Araber ihre Freundschaft mit einem Kuss. Karl sprang ins Boot, das sogleich von der Strömung ergriffen wurde. Solange er Raschid am Ufer stehen sah, blickte er zu ihm hin. Seltsam, er fühlte Abschiedsschmerz. – Dann aber, auf hoher See, bemächtigte sich seiner ein aufjubelndes Gefühl: Er war wieder in Freiheit, nach so langem! Wie er dem Magier begegnen sollte, falls er ihn überhaupt zu Gesicht bekäme, darüber machte er sich keine Gedanken. Am Ende würde er aus der Situation heraus entscheiden, so wie droben an der Klippe, wo er den Speer geworfen hatte. Zwar hatte er sein eigentliches Ziel verfehlt, doch hatte es nicht unbedingt den Falschen getroffen ...

Das Segel bauschte sich nur gelegentlich, Karl konnte sein Schiff dem Willen des Wassers überlassen. Es war warm, nicht heiß, und er gönnte sich eine Tabakspfeife; sogar daran hatte

Raschid gedacht. Weit entfernt tauchte eine Küste auf am Horizont; es gelüstete Karl keineswegs, schon wieder an Land zu gehen. Andererseits, wenn es den Inder dorthin getrieben hatte, so musste er ihm wohl oder übel folgen. Zudem, die Erinnerungen an jene Sturmnacht im Ozean waren trotz der neu erworbenen Angstlosigkeit einprägsam und warnend. Jederzeit konnte in diesen Breiten das Wetter umschlagen, und da war es gut, wenn man vor der Dämmerung einen Hafen erreichte. Karl aß sich satt an Ziegenkäse und hellem Brot, Feigen und unbekannten Früchten, trank einen halben Schlauch Muskatwein aus und überließ das Boot Wind und Strömung. Bald stellte sich heraus, dass er tatsächlich noch vor Abend das Ufer gewinnen würde, und es war ihm sehr recht.

Die Küste nun aber, wo er anlandete, entbehrte durchaus jeglichen Komforts. Außer verdorrten Sträuchern und karstigem Gestein war hier gar nichts zu sehen. Karl von Hompesch vertäute das Boot und stieg einen Hügel hinan. Auch droben dasselbe Bild: Steinwüste, so weit er blicken konnte. Sonderbar aber kam ihm dieses Pfeifen vor; es war ihm, als hätte er es schon einmal irgendwo gehört. Und richtig! Konnte das wahr sein? Die Flöte des Inders. Kein Zweifel war möglich: Der Gesuchte musste in der Nähe sein. Wie unvorsichtig von ihm, sorglos auf seinem Instrument zu spielen, während sein Verfolger nahte! Sicherlich war der Missetäter davon ausgegangen, dass ihn niemand hören konnte in dieser Einöde. Eilends machte Karl sich auf, die Vorräte blieben im Boot.

Immer tiefer hinein ins karge Land zogen ihn die Flötentöne. Bald hörte er sie ganz nah, dann wieder weit entfernt, schließlich überhaupt nicht mehr. Karl entschloss sich, an die Küste zurückzukehren, denn es wurde heiß, und keine Wolke zeigte sich am Himmel. Das Boot aber fand er nicht, nein, da war gar kein Strand mehr zu sehen. Wenn er auf kleine Anhöhen stieg, vermochten seine Augen nur verödetes Gebiet zu erblicken. Kein Wasser, kein Baum, keine Siedlung. Ein ängstlicher Mensch wäre längst verzagt, doch Karl von Hompesch hatte diesen Zustand ja hinter sich gelassen. Nur eines hatte er jetzt im Sinn: diesen Tönen folgen, bis er den Inder gestellt hatte. Dann erst würde er sich um seine Weiterfahrt kümmern. – Doch Durst und Hunger setzten ihm bald zu, in einer Weise, wie er dies nicht einmal im Kerker erlebt hatte. Aus seinen Beinen wich die Kraft, es wurde ihm schwindlig, und die Sonne gloste. Einen Moment lang wollte er sich niedersetzen, die Jacke zum Schutz über seine sonnenverbrannte Stirn breiten und ausruhen.

In diesem Augenblick schien der Pfeifton wieder ganz nah. Weiter taumelte der Ermattete – aber umsonst. Dieses Spiel wiederholte sich mehrmals. Endlich, als er sich nicht mehr verlocken lassen wollte und einfach sitzen blieb, ungeachtet der nunmehr schmerzhaft schrillen Töne, sah er den Schwarzkünstler direkt vor sich. An einen Felsen gelehnt, lag er da in seinem Blute. Wiederum lächelte er, aber ein ganz anderes Lächeln als vordem.

„Siehst du", redete er ihn an mit matter Stimme. „Jetzt bist du doch zu spät gekommen."

„Wo ist die Truhe?", fragte Karl von Hompesch barsch.

„Weg", antwortete der Inder und lachte scheppernd.

„Wo ist sie? Wo hast du sie hin?"

„Ich hab sie überhaupt nicht mehr." Unterbrochen von Seufzern und Schmerzenslauten, erklärte ihm der Verletzte, er sei es gewesen, der Karl herbeigelockt habe mit seiner Flöte – wie beim ersten Mal, auf dem Meer. Nur an eines habe er nicht gedacht: dass in dieser Gegend Nomaden lebten, die ebenfalls über Ohren verfügten. Vor kaum zwei Stunden sei er überfallen worden. Da er überrascht gewesen sei, habe er sich nicht einmal seiner magischen Fähigkeiten bedienen können. Nur dem einen, der ihn niederschlug, habe er ein Horn auf den Rücken gezaubert, zum Zeichen, dass er einen vom Stamm der Magier getötet hatte. – Vieles wollte Karl von dem Sterbenden noch wissen, doch er erfuhr gar nichts mehr. Nur die Richtung, wohin die Räuber geritten waren, konnte ihm der Mann noch weisen. Damit war auch das vorbei. Der Inder starb, und Karl ließ ihn in der Sonne liegen.

Seltsamerweise fühlte er sich gekräftigt, als er weiterging. War es die erquickende Befriedigung, dass der Übeltäter sein Ende gefunden hatte, oder stand er unter irgendeinem Einfluss, der von diesem immer noch ausging? – Wie dem auch sei, der Boden wurde sandiger, und er entdeckte Spuren. Bei dem heißen Wind, der in der Gegend herrschte, wären die Abdrücke im Sand längst zugeweht worden, wenn die Diebe nicht eben erst hier entlanggekommen wären. Karl versuchte, schneller zu laufen – das war schwierig, denn bald stolperte er über die halb offen liegenden Steine, bald sank er ein in weiche Kuhlen. Da geriet er auf einen Höhenkamm, von dem aus er die Gruppe sehen konnte: Es waren derer fünf, zwei ritten auf Kamelen, die anderen wurden von Pferden getragen. Doch auch diese kamen nur mühsam voran, denn der Wind wurde stärker, und der kam von vorn.

Entweder Karl würde den Abstand wahren und warten, bis die Nacht hereingebrochen war, oder aber, seine Kräfte ließen doch einmal nach und er bliebe zurück. Es kam ganz anders, denn der starke Wind zwang die Reiter, innezuhalten. Sie berieten, ob es nicht angezeigt sei, das Lager für die Nacht schon aufzubauen. Noch während sie die Zelte aufrichteten, begann es heftiger zu wehen, so dass sie gehörige Mühe damit hatten. – Indessen, Karl von Hompesch nutzte die Gelegenheit. Mitten aus einer Sandböe heraus stürzte er sich auf die Räuber, den Säbel, welchen ihm Raschid für Notfälle überlassen hatte, munter schwingend. Dabei veranstaltete er ein Spektakel, als befände er sich inmitten einer rächenden Streitmacht, die mit vielfacher Überlegenheit den Gegner auseinander trieb. Mit Sicherheit verstärkte die Tatsache, dass dies der allererste Moment in seinem Leben war, da er seinen Wunsch, sich kämpfend zu bewähren, endlich erfüllt sah, sein Ungestüm und seinen Mut beträchtlich.

Karls Hiebe, so kraftvoll wie zahlreich, verfehlten ihre Wirkung nicht. Kurzum, die Vorübung auf jene Ruhmestat im Krieg gegen die Franzosen viele Jahre später glückte vollends. Die Räuber flohen in den Sandsturm hinaus, während Karl das Hauptzelt durchsuchte. Zwar fand er die kleine Truhe, wie Raschid sie ihm beschrieben hatte, recht bald, aber zu seinem Unmut war sie leer. Kurz entschlossen befüllte er sie mit Goldmünzen und Silberkettchen, die zuhauf in anderen Behältnissen angesammelt waren, und verließ das Lager, wobei er noch einen schwarzbraunen, glänzenden Hengst erbeutete, den die Geflohenen in ihrer Eile nicht loszubinden vermocht hatten. Mit Macht widersetzte sich das Tier dem neuen Besitzer, allein vergeblich. Hompesch war ein vorzüglicher Reiter; wohl nirgendwo auf Erden hätte es ein Ross gegeben, das seiner Reitkunst, gepaart mit immenser Kraft, gewachsen gewesen wäre.

Noch vor Einbruch der Dunkelheit erreichte Karl von Hompesch die Küste – den Rückweg fand er wie von selbst. Nun dauerte es wohl ein Weilchen, bis er das Boot wiedersah, doch lag es noch an derselben Stelle, unberührt und wohlbehalten. Nur ein Kormoran saß obenauf und pickte vom Fladenbrot, das aus einem Sack hervorragte. – Himmelstürmend begeistert von seinem Coup, ließ Hompesch das Pferd zurücklaufen, dem Vogel warf er zur Atzung das Brot auf den Strand. Mit Muskelkraft und gutem Wind kam er gefahrlos aus der Bucht und glitt unbehelligt aufs Meer hinaus. – Mondstill war's dort draußen, landher wehte ein Arom von Kräutern, gedarrt an langen Sonnentagen. Nun, es würde eine getrübte Freude sein, Raschid die leere Schatztruhe in die Hände zu legen, doch immerhin mochte es als Symbol taugen, dass er der Gnade und Liebe würdig war, die der neue Herrscher ihm erwiesen hatte.

Es wurde gar keine Freude, nicht für den deutschen noch für den arabischen Herrscherspross. Denn als Karl nach einer

Irrfahrt von mehreren Tagen die Insel wiederfand, standen nur noch Trümmer darauf. Zunächst dachte er in seinem Schreck, die Revolte, wovon Raschid gesprochen hatte, sei ausgebrochen und die hohe Burg einer Art Bürgerkrieg zum Opfer gefallen. Ziellos streifte er an den Ruinen entlang, doch fand er niemanden, nicht Lebende noch Tote. Das war doch sonderbar ... und immer wahrscheinlicher erschien es ihm, dass eine fremde Macht, Engländer oder Franzosen, vielleicht auch Holländer oder Portugiesen, am Ende gar andere Piraten mit kanonenbewehrten Schiffen die Insel heimgesucht hatten um zu zerstören, was stand, zu plündern, was sie fanden, und zu verschleppen, wer noch lebte.

Unbefriedigt und traurig begab sich Karl von Hompesch auf den Heimweg. Das Truhchen verwahrte er wohl, in der unbestimmten Hoffnung, eines Tages würde er von Raschid hören. Dann wollte er sich aber aufmachen und zu ihm reisen und dieses Unterpfand zurückerstatten. – Den Inhalt, jene zusammengeklaubten Münzen und das Geschmeide aus dem Nomadenzelt, versetzte Karl in einer italienischen Hafenstadt; allmählich kehrten nämlich seine altgewohnten Neigungen zurück, vor allem die Trunksucht, das Glücksspiel und die Lust am Weibe. – Zu Hause, wo er mit einer Verspätung von anderthalb Jahren eintraf, schenkte seiner Erzählung niemand Glauben, am allerwenigsten der Vater, so dass Karl von Hompesch fortan nicht mehr davon sprach. Sogar den Kameraden gegenüber, derer er zahlreiche gewann während all der ausgedehnten Kriegszüge, die sich anschließen sollten, verhielt er sich schweigsam, was diese Phase seines Lebens anbetraf. Gar zu märchenhaft-unwahrscheinlich erschienen ihm selber seine Erlebnisse nach und nach, so dass er ab einem gewissen Alter nicht mehr daran dachte.

Erst gegen Ende seines Lebens, längst hatte sich Karl auf seinen Alterssitz zurückgezogen, fesselte eines Morgens eine fremdländisch anmutende Gestalt, die ratlos vor dem Tore auf-

und abschritt, die Aufmerksamkeit des Schlossherrn. Die plötzlich aufkeimende Sehnsucht wusste schon mehr als sein rechnender Verstand: Kaum hatten sich die beiden durch das verschlungene schmiedeeiserne Gitter erblickt, da wussten sie schon, wer der andere war.

„Raschid – ." Mehr brachte Hompesch nicht heraus.

Der unerwartete Gast nickte. Karl öffnete das Tor, und sie begrüßten einander, wie sie vor dreißig Jahren voneinander Abschied genommen hatten. Tatsächlich war der Sohn des Piraten und nachmaligen Burgherrn zweimal in Gefangenschaft geraten, hatte sein Erbe verloren und seine Familie, seine Freunde, schließlich seine Heimat. Die Erinnerung an den jungen Fremden von einst ließ ihn durch Europa irren, von Hof zu Hof fragte er sich durch. Mal wurde er freundlich und wissbegierig empfangen, dann wieder zum Tor hinaus gejagt wie ein Vagabund. Eine Hofdame in Wien, die einst zu Karls zahlreichen Geliebten gehört hatte, konnte ihm schließlich weiterhelfen. – Karl ließ auffahren, was das Haus hergab, eine späte Revanche für das üppig mit Speisen bestückte Fluchtboot von einst. Sie erzählten und unterbrachen und ergänzten einander und tranken dabei so viel Tokajer, dass Karl ums Haar vergessen hatte, was er über Jahrzehnte in einer Kammer verwahrte.

Als er, in der Annahme, ein schnödes Kästchen zu überreichen, das lediglich von symbolischem Wert sei, die silberbeschlagene Truhe hervorzog, fiel Raschid zu Boden, wehklagte laut, sprach Gebete und tat so närrisch, dass Karl nicht anders konnte als ihn an beiden Ohren zu sich heraufzuziehen.

„Was hast du denn bloß?", fuhr er den Besinnungslosen an.

Statt einer Antwort öffnete Raschid das Kistchen.

Hompesch breitete die Arme aus. „Siehst du – leider. Es ist gar nichts drin. Der Inder ..."

Aber in diesem Augenblick gab das Gebilde ein knirschendes Geräusch von sich, da Raschid an verschiedenen Ecken gleichzeitig drückte, und ein zweiter Boden gab eine Silberplatte frei, die eindeutige Einbuchtungen aufwies.

„Verstehst du denn nicht", rief Raschid jauchzend vor Freude, „warum solche Kräfte davon ausgehen? Es ist unendlich kostbar, was du hier vor dir siehst – und mehr als das. Ein Heiligtum, eines der höchsten! Es handelt sich, sei dessen versichert, um nichts Geringeres als um einen Fußabdruck des Propheten Mohammed!"

Die Geschichte des Attentäters

Zur Verblüffung von Rüdiger Graf Hoensbroech und seinem Schulfreund Nasir Shansab greift Dschamal Parhez quer über den Tisch, zieht ein Weinglas zu sich herüber und nimmt die Flasche in die andere Hand. Darin befindet sich nur noch die Neige.

„Einen Augenblick", erhebt sich der Graf von seinem Stuhl und eilt hinaus.

In der Zwischenzeit, bis er zurückkehrt, wagt es Dschamal zum ersten Mal, dem Feind seiner Familie in die Augen zu sehen. Es ist nicht zu sagen, ob sein Blick wirklich feindselig ist; Nasir kommt es eher so vor, als liege etwas zugleich Bekümmertes wie Hoffnungsvolles darin. Als Graf Hoensbroech dem jungen Mann das Glas vollgeschenkt hat, deutet er ein Zuprosten an. Vorsichtig erwidert Parhez den Salut. Er trinkt. Schweigt. Schließt kurz die Augen.

Und dann rückt er mit seiner Frage heraus. „Dieses Kistchen ... das ist doch wohl verschwunden, in der Wirren der Zeit. Oder?"

„Durchaus nicht." Hoensbroech beugt sich weit vor und schenkt noch einmal nach, da Dschamal Parhez in einem Zug leer getrunken hat. „Sie ahnen wohl, worauf ich hinauswill? Um es kurz zu machen: Nach dem Tod Karl Hompeschs wurde sein Besitz unter mehrere Erben verteilt, sprich auf verschiedene Schlösser verbracht. In einer komplizierten Abfolge von Ansprüchen und Besitzverhältnissen – das soll uns hier nicht weiter beschäftigten – erhielt auch meine Familie eine ganze

Reihe von Gegenständen, größtenteils minderen Werts, wie es heißt. Darunter eben auch die kleine Truhe. Sie befindet sich auf unserem Stammschloss, Schloss Hoensbroek, in Heerlen, heutige Niederlande, unweit Maastricht."

„Das kann doch nicht ...", greift sich Nasir an den Kopf. „Hat das denn niemals einer ..."

„Nein. Nur ganz wenige erlangten davon Kenntnis. Im dritten Stock des Schlosses hat man es sozusagen unter „Vermischtes aus der Türkenzeit" eingeordnet. Ich habe es dort selbst gesehen, etliche Jahre her allerdings."

„Und Sie sind sich ganz sicher", beginnt Dschamal mit rauer Stimme, „dass es sich noch um dieselbe Truhe handelt?"

„Absolut. Es weiß eben keiner, welchen Wert sie hat – natürlich vor allem für die Anhänger Ihrer Religion. Auch von der Vorrichtung eines zweiten Bodens ahnt zur Stunde niemand etwas. Mein Vater hat es mir weitergesagt, der hatte es von dem seinen. Über die Jahrzehnte wurde immer wieder geplant, es zurückzugeben; das Problem war: Wir hatten keine Ahnung wem. Einmal wollte ich einen muslimischen Geistlichen dazu befragen, aber der war Sunnit und hat so auf die Schiiten geschimpft, dass ich dachte, nein, so ist das auch keine Lösung."

„Sie würden also ... Nein, ich kann mir das alles nicht vorstellen." Dschamal stellt das zweite Glas auf den Tisch zurück. Er hat es ebenso schnell ausgetrunken wie das erste.

„Doch. Ich würde. Es gibt ja", führt Hoensbroech aus, „diese uralte Tradition des Sühnegeschenks. Ich weiß nicht, ob Ihnen das bekannt ist. Weißt du es, Nasir? In den ältesten Zeiten, wenn es Streit zwischen zwei Stämmen oder Sippen gab, hat man es vorgezogen, einander etwas überaus Kostbares zu überreichen, anstatt einander die Köpfe einzuschlagen. Es gab ja noch nicht so furchtbar viele Leute, da wäre bald gar keiner mehr da gewesen, nicht wahr? Also, Herr Parhez, ich möchte Sie bitten, mit Ihrer Familie Kontakt aufzunehmen und zu prüfen, ob so ein Handel möglich ist. Für die Echtheit der Truhe kann ich mich verbürgen. Ob der Fußabdruck noch drin ist, ich nehme es an. Aber das müsste man prüfen."

Dschamal stottert ein wenig, als er zur Antwort ansetzt. „Das ... wäre natürlich sehr großzügig von Ihnen. Überaus großzügig. Ich habe keine Ahnung, ob so etwas denkbar ist. Ich meine aber, davon gehört zu haben, dass solche Dinge da und dort noch praktiziert werden ... Nur, wie stellen Sie sich das präzise vor?"

„Präzise überhaupt nicht." Graf Hoensbroech schaut drein wie jemand, der in Kürze seinen Urlaub, auf den er sich lange gefreut hat, abbrechen muss. „Es gibt nämlich zwei Dinge, die vor allen anderen erledigt werden müssten."

„Und die wären?", fragt Nasir, der noch nicht weiß, ob er sich freuen oder fürchten soll; mit einem Mal steht da etwas in Aussicht, wovon er nichts ahnen konnte. Es wäre gar zu traurig, schon bald von dieser unbekannten dritten Möglichkeit wieder Abschied nehmen zu müssen ...

„Nun, zuallererst sollte unser junger Gast hier genau berichten, wie ein toter Mensch in meinen Weißburgunder gelangt. Wäre das machbar?"

„Das würde ich tun", versetzt Parhez, dessen starre Haltung allmählich einer temperamentvollen Entschlossenheit weicht.

„Gut. Dann gäbe es nur noch ein klitzekleines Problem: Ich müsste mich sozusagen selbst bestehlen."

„Wie denn das?"

„Ich habe ja schon gesagt, das gute Stück steht in unserem Stammschloss. Aber das gehört uns nicht mehr, schon lange nicht. Leider. Andererseits, es wäre viel zu kostspielig in der Unterhaltung. Aber darum geht es jetzt ja gar nicht. Kurzum, das Gebäude samt Truhe befindet sich im Eigentum des niederländischen Staates. Insofern stimmt es natürlich nur symbolisch, dass ich mich selbst zu bestehlen beabsichtige."

„Oh weh, oh weh", wedelt Nasir Shansab mit der Rechten. „Das ist aber eine heikle Sache."

„In der Tat."

„Wenn ... also im Falle, der Familienrat wäre mit so einer ungewöhnlichen Maßnahme einverstanden", überlegt Dschamal, „dann könnten ja auch wir das Kistchen stehlen. Also vielleicht ich ... und Ihr Sohn?"

„Adrian? Ja, das ist doch mal eine fabelhafte Idee! Darauf bin ich gar nicht gekommen. Richtig: der Jugend den Vortritt! Ich werde ihn sozusagen höchstperönlich zum schweren Diebstahl autorisieren."

„Dann bin ich natürlich auch mit dabei", beharrt Nasir Shansab. „Schließlich geht es ja um meine Haut – und um den Frieden zwischen unseren Familien, Herr Parhez."

„Da ist etwas dran", gibt der Graf zu. „Da ist tatsächlich etwas dran ..."

Nachdem die drei Männer verschiedene Pläne zur Beschaffung des Objekts erörtert haben, beschließen sie, einstweilen das Placet des Familienältesten abzuwarten. Angelegentlich erinnert der Reichsgraf zu Hoensbroech den plötzlich so kooperativ gewordenen Repräsentanten der Familie Parhez daran, ihm doch bitteschön nunmehr ausführlich zu schildern, wie sich die Dinge zugetragen haben ... und selbstverständlich, warum der bedauernswerte, unschuldige Weißburgunder in Mitleidenschaft gezogen werden musste. Dschamal ist damit einverstanden. Noch einmal lässt er sich vom Traminer geben. Es sei dies im Übrigen ein Sonderfall: Nur in Sonderfällen nämlich erlaube er sich den Genuss von Wein, darin mit dem überwiegenden Teil seiner Vorfahren übereinstimmend, deren Gesetzesauslegung vom Gros der Gläubigen abweicht. Also wie gesagt, nur in Sonderfällen ...

Mit Erleichterung hat Gräfin Maria von Hoensbroech die Entwicklung vermittels gelegentlicher Blicke durch das Fenster verfolgt. Vor wenigen Minuten ist es geglückt, Adrian telefonisch zu verständigen: Schnellstmöglich möge er sich zurück nach Hause begeben! Denn keiner kann wissen, ob der Waffenstillstand im Degustationszimmer anhält. Besser, es ist noch ein Mann auf dem Gut, so ihre geschulte Ansicht.

In ihrer Unruhe spürt die Gräfin tatsächlich etwas von den unerfreulichen Vorgängen, die sich zu dieser Zeit in der Nähe des Weinguts ankündigen. Die beiden geflohenen Begleiter des Dschamal Parhez haben mittlerweile Scheu und Geisterfurcht überwunden. Im Wald droben fassen sie den Entschluss, alles zu unternehmen, um ihren Anführer zu befreien. Ihm zur Seite stehen, ihn schützen – das ist ihre Aufgabe, punktum. Von überstürzten Fluchtattacken ins Waldesinnere war nie die Rede. Zu ihrer Verteidigung haben sie immerhin vorzubringen, dass sie nie geglaubt hätten, der kleine Dschamal bringe solchen Mut auf und trotze einem herangaloppierenden Feind. Mittlerweile kann kein Zweifel mehr bestehen, dass der Kleine gefangen genommen wurde. Man wird ihn befreien müssen – koste es, was es wolle.

„Es ist wohl notwendig", beginnt Dschamal Parhez seine Schilderung, „dass ich mich etwas kürzer fasse als Sie dies im Augenblick vielleicht wünschen. Ich weiß nicht, was meine beiden Adjutanten zur Stunde planen; in jedem Fall sollte ich sie bald in Kenntnis setzen, dass sie sich einstweilen zurückhalten."

Nasir Shansab und Rüdiger Graf Hoensbroech tauschen erstaunte Blicke. Die hervorragende Diktion, die gelehrte Wortwahl des jungen Mannes treten umso deutlicher hervor, da Parhez zum ersten Mal mehrere Sätze hintereinander spricht.

„Wie Sie bestimmt bemerken", geht Dschamal sogleich auf die Mimik seiner Tischgenossen ein, „spreche ich kein Phrasendeutsch wie die meisten meiner Landsleute, die Ihre Sprache auf die Schnelle und ohne solide Anleitung lernen müssen. Das liegt natürlich daran, dass ich in Deutschland aufgewachsen bin und – wie Sie beide – längere Jahre auf einem Internat verbracht habe. In Afghanistan war ich überhaupt zum ersten Mal mit vierzehn. Da wollte ich mich umbringen, zuerst. Aber der Reihe nach."

Dschamal erzählt, die ersten Jahre seines Lebens habe er nahe der Innenstadt von Frankfurt am Main zugebracht. Er sei Vollwaise. Im Alter von neun oder zehn Jahren habe er erfahren, dass das Ehepaar, bei dem er, umgeben von sechs vermeintlichen Geschwistern, aufwuchs, nicht einmal mit ihm verwandt war. Zur Zeit der hartnäckigsten Verfolgung durch die russischen Besatzer hatte man das Baby zuerst nach Schweden, dann nach England, schließlich nach Deutschland geschafft. Seine Zieheltern waren der Familie Parhez dankbar, für welche Dienste, das konnte man nie in Erfahrung bringen. – Dschamal wuchs nicht anders auf als die meisten anderen Kinder in Frankfurt. Seine Kameraden auf dem Spielplatz, den sie zu einem Basketballfeld umfunktionierten, hießen Jürgen, Achmed, Hannibal, Andreas, Jesus, Mohammed und Thomas. Bis zum Ende der Grundschulzeit gab es außer Korbball keinen weiteren Interessenschwerpunkt. Dennoch, seine schulischen Leistungen waren vielversprechend; die Klassenlehrerin empfahl ein Gymnasium. Damit waren seine Zieheltern aber nicht einverstanden – das galt als unnütz. Dschamal Parhez besuchte fortan eine Realschule in Sachsenhausen. Ihm selbst war das gar nicht recht, da er auf diese Weise seine Kameraden seltener sah. Die durften fast alle aufs Gymnasium.

Andererseits, er hätte es schlimmer treffen können. Solange er genug Zeit für seinen Lieblingssport fand, zeigte er sich kompromissbereit. Inzwischen spielte er bei einem Verein, dem PSV Frankfurt, auf der Position des schnellen Angreifers. Da galt er als konkurrenzlos. Flink wie kein anderer, entwischte er den Hünen der Abwehr mit Geschick. Ein wenig größer wäre er ja gerne gewesen, um insgesamt ernster genommen zu werden; zwar konnte er in puncto Treffsicherheit mit den Besten konkurrieren, doch ging es um das männliche Imponiergehabe vor und nach dem Spiel, wurden die Bemühungen des schmalen Knaben schlankweg ignoriert.

Eines Abends, als er nach Hause kam, saßen zwei Herren auf dem Sofa der Stiefeltern. Sie musterten ihn und setzten ihn in Kenntnis, seine Spielweise sei ihnen aufgefallen. Man wolle ihn zum Probetraining einladen. Die Herren waren Vertreter eines Bundesligaclubs, der Frankfurt Skyliners.

In den Wochen vor dem Termin war Dschamal völlig überdreht. Zu Hause gab es häufig Streit, für die Schule tat er so gut wie gar nichts mehr. Sein Ziel stand ja nun fest: Er würde sich bei den Profis durchsetzen. Wer weiß, womöglich legte er ja noch ein paar Zentimeter zu ... und mit etwas Krafttraining wäre er dann der perfekte Bundesligaspieler. – Es war der Donnerstag vor dem sehnsuchtsvoll erwarteten Wochenende, als ihn der Stiefvater mit tiefernstem Gesicht begrüßte und zu einem „Gespräch unter Männern" bat. Leider, so rückte er bald heraus, könne er Dschamal nicht zu diesem Training fahren lassen. Dschamal explodierte: Unter Tränen schilderte er sein Unverständnis. Schließlich wurde er bockig und erklärte rundheraus, man werde ihn gehen lassen müssen; schließlich sei er bereits vierzehn und somit in Deutschland sozial handlungsfähig. Der Stiefvater schmunzelte bitter: Eben darum gehe es im Kern. Ein Bruder seines Vaters habe sich gemeldet und sich Bericht geben lassen, wie es dem einzigen männlichen Erben zuletzt ergangen sei.

Dschamal war getroffen. Konnte es sein, dass man ihm die Existenz naher Verwandter, ja von direkten Familienangehörigen so lange verschwiegen hatte? Warum um alles in der Welt meldeten sich diese Leute ausgerechnet jetzt? Und schließlich: Musste es sein, dass sie mit ihrer allerersten Handlung ihm zu verbieten versuchten, seinen leidenschaftlichsten Wunsch Wirklichkeit werden zu lassen? – Der Junge war entschlossen, sich nichts mehr gefallen zu lassen. Er packte die Sporttasche und verließ die Wohnung, begleitet vom Gezeter der Stiefmutter und der falschen Geschwister. Der Mann, den er so lange für seinen Vater gehalten hatte, stand stumm im Flur. Das war schlimm. Aber Dschamal war viel zu empört für einen milderen Abschied. Er strich durch die Straßen, überlegte, wo er übernachten könne und begab sich endlich zu der Turnhalle, wo er meistens trainierte.

Zu seinem Glück spielten dort die alten Herren soeben ihre Abendeinheit zu Ende. Dschamal gelang es, sich in die Kammer zu den Gummibällen und Turnmatten zu schleichen. Als die Männer fortgingen und die Halle abschlossen, bettete er sich auf eine weiche Matte und deckte sich mit einem Sporthandtuch zu. – Die Entscheidung, was er fortan unternehmen, wo er überhaupt leben solle, wurde ihm schon am nächsten Morgen abgenommen. Vor der Schule warteten drei junge Männer, nur unwesentlich älter als er selbst. Sie sprachen ihn an, taten zutraulich und ersuchten ihn schließlich, wieder nach Hause zu gehen. Als Dschamal nicht dergleichen tat, spürte er plötzlich einen entsetzlichen Schmerz, der sich vom Nacken her über den ganzen Körper verbreitete. Einer der Typen hatte ihn mit einem Elektroschockgerät niedergestreckt.

Auf der Rückbank eines Autos fand sich der Junge wieder, rundum mit Nylonschnur gefesselt. An den Handgelenken und über dem Bauch schnitten die Fesseln grausam ein. Dschamal schrie, aber keiner der Männer antwortete ihm. Als er sich immer mehr aufregte und zu wehklagen begann vor Schmerz, drehte sich der Beifahrer rum und verkündete, wenn er sich endlich friedlich betrage, würde man ihm die Schnüre lockern. Stattdessen schimpfte Dschamal mit größter Vehemenz, bis es den Entführern zu viel wurde. Der Wagen hielt auf einem Seitenstreifen und der Beifahrer öffnete die Tür. Dschamal versuchte, ihn zu treten, doch der andere war stärker und offensichtlich gut ausgebildet im Kampf. Ehe er sich versah, hatte er ein paar harte Hiebe eingesteckt und wurde gezwungen, eine Tablette zu schlucken.

Als Dschamal wieder zu sich kam, lag er auf dem Boden in einer Hütte. Es war kalt. Er begann zu rufen. Endlich erschien eine schwarzverhüllte Frau und stellte ihm eine Schale mit Trockenfrüchten hin. Auf seine Fragen reagierte sie nicht. Er wollte ihr hinterher, auskundschaften, wohin man ihn gebracht hatte; da bemerkte er, dass man seinen linken Fuß angekettet hatte. – Drei Tage verbrachte er auf diese unbequeme, beängstigende Weise. Außer Trockenfrüchten brachte die Frau ihm einen sonderbar schmeckenden süßen Tee, den er in großen Mengen trank. Davon wurde Dschamal schläfrig. Manchmal fühlte er ein Weinen in sich aufsteigen, aber er unterdrückte es.

Zu seinem Schrecken weckten ihn am vierten Morgen zwei Uniformierte. Sie trugen Tarnanzüge, das abstoßende Dress aller Gewaltmenschen und Dummköpfe weltweit. Sie schlossen die Fußfessel auf und führten ihn nach draußen. Immerhin gelang es ihm auf diese Weise herauszufinden, wo er war: In eine steinige, kahle Bergregion hatte man ihn verschleppt; da und dort konnte er Schneeflecken ausmachen. – In einem Steinhäuschen wartete ein bärtiger Mann, der ebenfalls eine Tarnuniform anhatte. Dschamal stellte sich auf das Schlimmste ein. Doch wie überrascht war er, als der Fremde sich erhob, Dschamal in seine Arme nahm und auf beide Wangen küsste. Da der Mann nur Paschtu sprechen konnte, verständigten sie sich auf Englisch. Drei Jahre lang hatte Dschamal die Fremdsprache in der Schule gelernt; es fiel ihm sehr schwer, sich verständlich zu machen.

Immerhin erfuhr er, dieser Soldat sei sein leibhaftiger Onkel, Bruder seines Vaters, allerdings nicht das Familienoberhaupt. Dieses, Dschamals Großvater, lebe im Ausland an einem unbekannten Ort. Man sei, so berichtete der Mann, ganz und gar nicht zufrieden mit der Entwicklung, die Dschamal genommen habe. Es ging weniger um Fragen der Religionsausübung, sondern um ernsthaftes Lernenwollen und die Zugehörigkeit zum Stamm. Keinesfalls gehöre es sich für einen Heranwachsenden, die Zeit mit kindischen Spielen zu vertrödeln. Hier werde er Sinnvolleres lernen. Dschamal wollte protestieren; vor allem erzürnte ihn, dass man Dinge von ihm forderte, wovon ihn keiner je unterrichtet hatte. Warum nur hatte man ihn im Unklaren gelassen? Der Onkel schien die Gedanken des Neffen zu ahnen. Knapp, aber freundlich, erklärte er, man habe ihn schützen müssen – durch Unwissenheit. Als Angehöriger einer Sippe, die mit mehreren anderen in Blutfehde liege, sei er permanent gefährdet – auch im Ausland. Man habe abgewartet, bis er das rechte Alter erreicht hätte. Nun komme es darauf an, dass er sich der Familie, den Ahnen, seiner Kultur würdig erweise.

Erschüttert ging Dschamal zurück zu seiner Hütte. Er war so in Gedanken, dass er überhaupt nicht bemerkte, wie die schwarzverhüllte Frau, die Milizionäre und der Onkel hinter ihm herlachten.

„Das ist nicht mehr dein Platz“, sagte einer der Soldaten auf Englisch. „Du gehörst jetzt zu uns. Du bist kein Gefangener mehr.“

Die Frau brachte Dschamal in einem einfachen Wohnhaus unter. Dort fand er ein Zimmer, erhellt vom warmem Herdfeuer, vor. Auf dem Tisch standen wiederum Trockenfrüchte, aber auch helle Brote und eine Schale mit Getreidebrei sowie eine große Kanne Tee. Dschamal aß und legte sich auf eine Couch, die mit vielen bunten Decken versehen war. Seine Gedanken schossen hin und her zwischen dieser unfasslichen Situation, in die er hineingeraten war und dem Probetraining der Skyliners in Frankfurt. Doch schon in diesem Augenblick wusste er, dass er nicht weglaufen würde. Das konnte er dem Fremden, der vorgab, sein Onkel zu sein, nicht antun. Es war seltsam: Obwohl man ihn entführt hatte, hegte er keinen Groll gegen diese Leute. Im Gegenteil, er war nun begierig darauf, sie kennenzulernen. Viel zu erfahren von alledem, wo sie herkamen. Wo er selber herkam ...

Doch die Dinge nahmen abermals eine Wendung, keine erfreuliche, durchaus nicht. Einer anderen Art Training wurde er unterzogen, als er sich dies gewünscht hatte; man mochte es Grundausbildung nennen. Ein paar Burschen, die weder Deutsch noch Englisch verstanden, schleiften ihn zu tagelangen Geländegängen mit; dies sollte wohl seiner Abhärtung dienen. Sie nötigten Dschamal, an Schießübungen teilzunehmen. Des Morgens lernte ein vierschrötiger Hüne mit ihm Paschtu. Das fiel Dschamal so schwer, dass er sich weigerte. Auf diese Weise erfuhr er, dass die Prügelstrafe an Afghanistans Schulen keinesfalls abgeschafft war. Zwei Monate vergingen, und Dschamal wünschte sich, lieber zu sterben als auf diese Weise vegetieren zu müssen. Auf einer Brücke über einen Gebirgsbach überlegte er sich, ob er springen solle. Stattdessen wurde er von erbarmungslosen Armen gepackt und von nicht weniger entschlossenen Fäusten durchgebläut.

Der Jugendliche verfiel in einen seelischen Dauerkrampf. Um weitere Schläge zu vermeiden, gehorchte er vorbildlich. Das Bergaufmarschieren mit schwerem Gepäck fiel ihm bald nicht mehr so schwer. Auch machte er gute Fortschritte beim Schießen; wenn es nicht immer so scheußlich kalt gewesen wäre, er hätte beinahe Vergnügen daran gefunden. Als er nach Ablauf einer festgesetzten Frist dem Onkel erneut vorgeführt wurde, strahlte dieser: Es war nicht zu leugnen, Dschamal entsprach nun weitaus mehr dem Inbild dessen, was man sich in dieser Gegend unter einem jungen Mann vorstellte. Er hatte dulden gelernt, zugleich war er mutiger, härter geworden, gegen sich und andere. Es war dies der Grundstock zu einem Selbstbewusstsein, das ihn von all seinen Mitschülern daheim abheben sollte. Dass er schon bald Gelegenheit haben würde, dies unter Beweis zu stellen, ahnte er zu diesem Zeitpunkt nicht.

Zunächst stand ein Ereignis von umfassender Bedeutung an: Der Stammesälteste kam zu Besuch, sein leiblicher Großvater! Nie zuvor in seinem Leben hatte er einen so schönen Menschen gesehen. Deutlich über sechzig Jahre alt, hochaufrecht schritt er durch die Menge der Uniformierten auf den Enkel zu. Das Schwarzweiß dieser Erscheinung stimmte den Jungen feierlich: unter dem halblangen weißen Kaftan sah eine schwarze Anzughose hervor, lang und weiß war der Bart, schwarz die Augen, selbst die merkwürdige Kopfbedeckung changierte in Schwarz und Weiß. Da rührte sich etwas in Dschamal, was er zu keiner Zeit gefühlt hatte; von irgendwoher kam es und ergriff ihn und nahm Besitz von ihm. Von dieser Sekunde an liebte er den Mann, dessen Würde die Atmosphäre durchdrang. Jetzt nur nicht weinen, sich nur keine Blöße geben, dachte Dschamal. Wie erstaunt war er, dass sein Großvater ganz andere Vorstellungen von mannhaftem Betragen hegte: Denn er nahm den Enkel in die Arme, legte langsam sein Gesicht auf dessen Schulter und vergoss viele Tränen. Nichts würde er diesem Menschen je verwehren können, niemals, das wusste Dschamal Parhez von diesem Augenblick an – und sei es gegen seine eigenen Überzeugungen.

Wenige Tage waren den beiden vergönnt, sich auszutauschen. Nun wollte Dschamal alles wissen: Über seine Familie, über den Glauben, wie man sich richtig benimmt und wie man leben soll. Zwar geizte das Oberhaupt nicht mit lehrreichen Erzählungen, doch legte er noch größeren Wert darauf, von Dschamal zu erfahren, wie er in dieser Großstadt sein Leben bisher zugebracht habe; ob er Freunde besitze oder nur Kameraden; was ihn am Basketball so fasziniere – und dergleichen mehr. Stundenlang saßen sie beim Tee beieinander. Der Onkel ließ ein paar Hammel schlachten, es gab ein Fest mit Gesang, so voller Lebenslust, dass Dschamal seinen Sinnen nicht traute: Waren dies die herben Männer, die ihn an die Härte der Wildnis gewöhnt hatten, die tagelang nicht sprachen, zumeist stier und unzugänglich vor sich hinstarrten? Wahrhaftig, diese Gebirgskrieger konnten feiern, Zoten erzählen und bechern, nicht ein paar Stunden, sondern tagelang!

Wie hätte der junge Dschamal wissen können, dass dieser Höhepunkt seines Aufenthalts zugleich ein Abschlussfest war? Nachdem er ausgeschlafen hatte, stellte er hektische Bewegungen im Lager fest. In Eile erklärte ihm der Onkel, die politische Situation habe sich erneut geändert, man müsse höher hinauf in die Berge, der Großvater sei bereits abgereist und er, Dschamal, werde in Kürze zurück nach Frankfurt reisen. So wenig er seine Verbringung ins Bergland Afghanistans vor wenigen Monaten gewünscht hatte, so sehr schmerzte es ihn nun, die Seinen so überstürzt wieder verlassen zu müssen, ja, Dschamal brach regelrecht zusammen. Ein Empfinden von auswegloser Verlassenheit bemächtigte sich seiner.

„Wann darf ich denn wieder kommen?", schluchzte er, für den Augenblick nicht mehr eingedenk seiner neuen Würde als Stammhalter.

Für diesmal nahm ihm der Onkel die Schwäche nicht übel. Es wisse es nicht, gab er zur Antwort. Doch eines dürfte Dschamal wohl gelernt haben: Die Bindungen innerhalb der Familie seien weitaus mächtiger als geographische Entfernungen. Sobald als möglich werde man sich wiedersehen, das sei versprochen. Zunächst aber gelte es, sich im Westen noch einmal zu bewähren, einen guten Schulabschluss zu machen, etwas zu lernen, was der Familie dienlich sein könnte. Dschamal versprach es und nahm unter zahllosen Umarmungen Abschied von all den rauhen Gesellen, die ihm noch vor kurzem solchen Schrecken eingejagt hatten. – Auf der langen Fahrt über baumlose Pisten, eingepfercht zwischen zwei Wassertonnen auf der Rückbank eines sowjetischen Jeeps, bekümmerte ihn am schwersten, dass er seinem Großvater nicht noch einmal gedankt hatte. Wie lange würde das dauern, bis sie sich wiedersähen?

Zurück in Frankfurt, zeigte sich umgehend, wie sehr ihn das Familienoberhaupt liebte. Denn Dschamals Ziehvater eröffnete ihm, der Clan-Chef habe ein Vermögen investiert, um dem Enkel eine vorzügliche Schulbildung zu ermöglichen: in einem Internat im Taunus. Im ersten Augenblick wollte Dschamal verzagen; sollte er's schon wieder mit einer fremden Umgebung aufnehmen? Durfte er denn nie, wie alle andern, im Kreis von Menschen, die ihm wohlwollten, eine fröhliche Jugendzeit verbringen? – Zu seiner Überraschung widerfuhr ihm eben dies: Das Internat, untergebracht in einer ehemaligen Fabrikantenvilla, vor hundert Jahren am oberen Ende eines Landschaftsparks errichtet im neugotischen Stil, gehörte tatsächlich zu den hervorragenden im Lande, nicht allein aufgrund der humanistischen Lehre, die man den Zöglingen mit Gespür vermittelte, sondern in der Tat auch eines Umstands wegen, den Institutsleiter Kottmüller selbst „Herzensbildung" nannte.

Nahezu alle, die hierorts ihr Abitur bestehen sollten, stammten aus betuchten Häusern, hatten sich infolgedessen eine bisweilen mitleidlose und eindimensionale Weltsicht zugelegt. „Jeder ist seines Glückes Schmied lautet die Devise derer, die nie einen Hammer in die Hand genommen haben", pflegte Kottmüller sich selbst zu zitieren. In umgekehrter Richtung zu anderen Schulen, wo es den Kindern obliegt, den verknöcherten Lehrkörper mit Lebendigkeit und Übermut aufzuladen, achteten an diesem Taunus-Internat die Lehrkräfte auf Solidarität und Ehrlichkeit der Lernenden untereinander – sowie auf eine Interessenausweitung vom schlicht Ökonomischen zum Zivilisierten hin. – Vom ersten Tag an fand Dschamal neue Freunde. Zu seiner größten Freude machte er schon auf der Hinfahrt ein Basketballfeld inmitten der weitläufigen Sportanlagen aus. Eine Selbstverständlichkeit, dass er zum Vorzeige-Athleten der Schule avancierte.

Zweimal während der Sommerferien, nach der neunten und nach der elften Klasse, durfte er nach Afghanistan reisen. Ein jedes Mal kam auch der Großvater zu Besuch. Einmütig stellte man fest, dieser Bursche entwickle sich prächtig. Später, während seines Maschinenbaustudiums, war dies nicht mehr möglich; neue Koalitionen innerhalb der Stammesverbände hatten die Lage derart unübersichtlich gemacht, dass an weitere Heimatreisen nicht zu denken war. Dschamal schicke sich darein, so gut es ging. Er hatte gelernt, in größer dimensionierten Zeitabschnitten zu denken als seine Kommilitonen. Nur unregelmäßig bekam er Nachricht vom Stammesoberhaupt. Der Onkel, hieß es zwischendurch, sei bei einem Überraschungsangriff einer der Gegenparteien umgekommen. Dann wieder kamen Nachrichten, die dies in Zweifel zogen. Es waren unruhige Jahre. Nur mit äußerster Disziplin ließen sich die täglichen Anforderungen des Studiums meistern.

„Entschuldigen Sie bitte", unterbricht Dschamal Parhez seinen Bericht, „es ist nicht meine Absicht, mich permanent selbst zu loben. Ich wollte nur sagen: Ich habe wirklich mit Leidenschaft gelernt. Alle Fächer. In der Schule wie auf der Uni. Viele finden so etwas befremdlich."

Bevor Dschamal fortfahren kann, bemerkt er den Blick von der anderen Seite des Tisches. Mehrmals beim Erzählen hatte er Mühe, sich zu konzentrieren, weil ihm etwas auffiel, was gar nicht sein durfte: In weiten Teilen verlief seine Biografie parallel oder zumindest in umgekehrter Spiegelung zu der seines Feindes; vielleicht weniger abenteuerlich, jedoch bis in Details hinein ähnlich und von ähnlichen Empfindungen begleitet. – Beinahe zeitgleich stehen die beiden Landsleute vom Tisch auf. Sie gehen aufeinander zu, geben sich die Hände und umarmen sich mehrmals, wie es in ihren Familien Sitte ist. Graf Hoensbroech verfolgt die Szene nicht ohne Rührung; wie selten darf man zugegen sein, wenn irgendwo Frieden geschlossen wird! Gegenteilige Entwicklungen zu verfolgen, hat man weit öfter Gelegenheit. Von nun an steht außer Zweifel: Wie auch immer sich die übrigen Familienmitglieder verhalten mögen, diese beiden hier werden sich nicht mehr mit Waffengewalt auf den Leib rücken; vielmehr, sie werden künftig alles Erdenkliche unternehmen, um ihre Sippen miteinander auszusöhnen.

„Es tut mir Leid, aber jetzt wird es wieder unerfreulich, was ich zu sagen habe", spricht Dschamal finster, als er sich wieder niedersetzt.

Er überspringt ein paar Jahre und setzt wieder an zu jener Stunde, als er den Anruf des Fremden erhielt. Längst war das Geld des Großvaters zur Neige gegangen. Dschamal hauste in einem Studentenwohnheim im Frankfurter Westend, Dietrich-Bonhoeffer-Haus genannt. Sieben Komma fünf Quadratmeter, Aussicht auf Müllcontainer, dünne Wände zum Nebenzimmer, wo eine fürchterlich beliebte Studentin lange aufzubleiben pflegte. – Abends arbeitete er in einem Café als Bedienung; anderweitige Nebenbeschäftigungen, die er als würdevoller empfand, brachten auf Dauer zu wenig ein. – Der Mann am Telefon sprach Paschtu. Dschamal gab sich Mühe, ihn zu verstehen; jahrelang hatte er die Sprache seiner Ahnen vernachlässigt. Unmissverständlich war die Absicht des Anrufers herauszuhören: Dschamal werde benötigt. Eine Aufgabe äußerst ernsthaften Charakters sei ihm von der Familie übertragen worden. Es bleibe ihm ein Tag Zeit, sich in Berlin einzufinden. Dort sei eine Zusammenkunft vereinbart.

Der Student war hin- und hergerissen. Einerseits fühlte er sich geehrt und freute sich, endlich wieder von seiner Familie zu hören, mehr noch, einer bestimmten Aufgabe für würdig befunden zu werden. Andererseits klang der Vermittler – wer war der eigentlich? – so unheimlich, barsch und kompromisslos, dass er wenig Neigung zu einem Treffen verspürte. Zudem, der Anruf fiel in der Zeit von Dschamals Vordiplomsprüfung; tagaus, tagein war er damit beschäftigt, Unmengen Lernstoff in sich hineinzupauken, da blieb für sonstige Tätigkeiten, gar für Fernreisen, keine Zeit mehr. Und noch ein Umstand hielt ihn zurück, eine Verbindung, die für ältere Außenstehende meist vernachlässigbar erscheint, dem Einzelnen jedoch – zumal in so jungen Jahren – die Welt bedeuten kann. Ja, zum ersten Mal hatte sich Dschamal verliebt, mit der Folge, dass es mit der Konzentration auf Studienangelegenheiten sowieso nicht zum Besten bestellt war.

Seufzend und hadernd packte er also seinen Laptop, mehrere Reader und sämtliche Aufzeichnungen zu dem ersprießlichen Thema Adaptronik in einen Rucksack, löste eine verbilligte Karte und begab sich auf Umwegen und unter häufigem Umsteigen als Fahrgast diverser Regionalzüge in Richtung Hauptstadt. – Das erste Treffen fand auf einem Parkplatz in der Nähe des alten Bahnhofs Zoo statt. Für Momente kam sich Dschamal wie ein Spion vor. Drei Herren, deren Gesichtszüge die afghanische Abkunft sogleich verrieten, warteten auf ihn in einem alten Skoda. Die Begrüßung verlief formell, Herzlichkeit wurde in keiner Weise ausgedrückt. Vor allem der Älteste der drei, Chaleb, schien von einer starken Feindseligkeit beherrscht, warum auch immer. – Bevor sie ihm auseinandersetzten, was von ihm erwartet werde, ließen sie ihn einen Brief seines Großvaters lesen.

Diese Vorbereitung erwies sich als außerordentlich wirkungsvoll. Dschamal fühlte sich an innerster Stelle gepackt, so liebevoll und vertraulich war das Schreiben abgefasst. Er fand sich zu allem bereit; hätte in dem Brief gestanden, er solle sich vor einen Zug werfen, sogleich und ohne nachzufragen hätte er dem Folge geleistet. – Wahrhaftig, bei dem Auftrag handelte es sich um die Zerstörung eines Lebens, nicht Dschamals, sondern eines Unbekannten namens Nasir Shansab. Kalt und knapp erläuterte Chaleb, dieser Verfluchte habe einen vom Stamme der Parhez, der zudem wehrlos gewesen sei, getötet. Dies sei nun schon sieben Wochen her. Endlich habe man ihn ausfindig machen können. Der Gesuchte, vor kurzem noch in Berlin ansässig, befinde sich auf der Flucht nach Süden. Das

Netzwerk aus weitläufigen Familienmitgliedern und Freunden sei vollständig aktiviert.

Dschamal trat der kalte Schweiß auf die Stirn. Eigentlich wusste er schon, was kommen würde, als er flüsternd fragte: „Und was soll ich dabei tun?"

„Du Narr!", fauchte ihn der Vermittler an. „Du bist an der Reihe. Du wirst ihn töten. Eine andere Möglichkeit gibt es nicht."

Verstört verbarg Dschamal sein Gesicht in den Händen.

„Ich habe den andern schon gesagt", provozierte Chaleb, „dass du wahrscheinlich ein Feigling bist."

Dschamal fuhr auf und wollte seinen Beleidiger schlagen. Doch schon hielt dieser sein Handgelenk umklammert und drückte so fest zu, dass der Student aufheulte.

Als Chaleb das Auto verließ um zu telefonieren, beugte sich einer der beiden Begleiter nach vorne, es war Daoud. „Sei vorsichtig. Er hasst dich."

„Warum denn? Ich kenn den doch gar nicht!", empörte sich Dschamal.

„Er ist der Meinung", erklärte Daoud, „ihm selbst stehe es zu, die Rache zu vollziehen. Seiner Ansicht nach bist du unwürdig, weil du außerhalb des Landes lebst."

„Dann soll er doch!", rief Dschamal verzweifelt. „Meint ihr, ich habe Spaß daran, jemanden umzubringen?"

„Es geht nicht, ganz und gar nicht. Der Älteste, dein eigener Großvater, hat es so bestimmt. Chaleb ist ein Bastard. Er gehört nur halb zur Familie. Aber er selbst ist der Ansicht, weil er am längsten – und am erfolgreichsten – für uns gekämpft hat, sollte man dich in der Rangfolge übergehen. Außerdem ist er ein Sadist. Er hasst nicht nur dich, sondern jeden."

Kaum hatte Daoud den Satz beendet, kam Chaleb zum Auto zurückgestürmt. „Wir müssen sofort los. Er ist in Wolfsburg."

Während der Autofahrt vergrub sich Dschamal in seinen Sitz. Er schloss die Augen. Dachte nach. Betete. Nie zuvor war er einem so unangenehmen Kerl wie diesem Gewaltmenschen begegnet, der neben ihm am Steuer saß und, kaum hatten sie die Autobahn erreicht, rücksichtslos von Lücke zu Lücke preschte. Was hatte sich der Großvater nur dabei gedacht, ausgerechnet so einen Typen zu seiner Begleitung auszuwählen? Dass es am Ziel der Reise nichts zu deuteln gab, war ihm bewusst. Er musste sich überwinden, dieses eine Mal. Damit hätte er das Recht erworben, das Oberhaupt aufzusuchen und ein ausführliches Gespräch zu verlangen. Auge um Auge! Aber ja, da mochte es Zeiten gegeben haben, als die Befolgung dieses Gesetzes die einzige Möglichkeit war, frei zu bleiben, nicht versklavt, nicht ausgelöscht zu werden. Aber Dschamal lebte in anderen Tagen; sehr wohl hatte er gelernt, dass es andere, bessere Traditionen gab, im Westen wie im Osten. Mit einem wie Chaleb würde darüber nicht zu reden sein. Aber sein Großvater war ein Mann von Geist, da sollte es wohl ... Aber nein! Kaum, dass er diesen widerwärtigen Auftrag ausgeführt haben würde, wäre ja schon mit der Rache der Gegenseite zu rechnen. Müsste er selbst nicht damit aufhören, jetzt, auf der Stelle?

Solche Gedanken quälten ihn unaufhörlich, während Dschamal durch die nächsten Tage taumelte. Weder in Wolfsburg noch in Braunschweig fanden sie den Flüchtigen. Auch aus Göttingen, wohin sie der Anruf eines Freundes der Familie gelockt hatte, war er bereits verschwunden. Auf der Fahrt schwiegen sie meist. Ab und zu fluchte Chaleb vor sich hin. Am schlimmsten waren die Nächte. Dann parkten sie irgendwo auf freiem Feld, kurbelten die Sitze zurück und schliefen miserabel. Nur wenn Chaleb austreten musste, traute sich Daoud, mit Dschamal zu sprechen. Daouds Onkel Massud, der dritte der Begleiter, den sie Triefnase nannten, sagte grundsätzlich nichts. Er war der Einzige der Männer, der die Gebetszeiten einhielt; Chaleb nervte das, weil es Zeit kostete. Auf unkomfortabelste

Weise stießen sie in Richtung Süden vor, kamen über Würzburg, Heilbronn schließlich nach Sinsheim.

Da Nasir Shansab lange nichts von seinen Verfolgern bemerkt hatte, traf er bald keinerlei Sicherheitsvorkehrungen mehr. Er wollte zu seinem Freund, dem Marquis; an mehr dachte er nicht. Als er am Sinsheimer Bahnhof den Skoda entdeckte, geriet er in Panik. Besser wäre es gewesen, sich irgendwo zu verbergen, doch mit wehenden Rockschößen hetzte er zum Bus ins Angelbachtal. Dann aber bekam er Bedenken. Er stieg in Dühren aus und rannte, so gut es ging, über einen mit Streuobst bestandenen Hügel. Auch das war kein guter Einfall, denn seine Feinde hatten ihn längst entdeckt. Chaleb parkte das Auto am Ortsrand. Sie wollten Shansab auf freiem Feld erwischen, ihn niederstrecken ... und schnellstmöglich zurückfahren. Ganz so einfach war das aber nicht, denn als sie über den Hügel kamen, war kein Mensch mehr zu sehen. Chaleb fluchte, Dschamal, der schon präzise vor sich gesehen hatte, wie er einem Wehrlosen ins Genick schießen muss, atmete auf.

Da streckte Triefnase seine Hand aus. Weit, weit entfernt schlingerte eine einzelne menschliche Gestalt ein Landsträßchen entlang. Das war er. Unverzüglich stürmten sie hinterher. Es war schon dunkel, als sie einen abseits der nächsten Ortschaft gelegenen Hof erreichten. Hatte sich Shansab dort drinnen verborgen? Sie gingen bedachtsam vor, drangen von vier Seiten zugleich ein. Hinter einem Fenster brannte Licht, sonst war nichts zu sehen. Ein Pferd wieherte. Ein Hund schlug an. Ein Mann kam aus dem Haus, sah sich um, beruhigte den Hund und ging wieder nach drinnen. – In diesem Augenblick gewahrte Dschamal, wie ihn Chaleb aus einer Tür zu einem Schuppen herbeiwinkte. Gleichzeitig trafen die vier im Weinkeller zusammen. Chaleb wies auf eine Reihe von Edelstahltanks. Dort kauerte etwas Dunkles. Zweimal nickte er Dschamal zu. Gehorsam zog dieser den Revolver aus der Jackentasche. Der Schalldämpfer war lang und verbesserte die Präzision.

Einen Augenblick wartete er noch, dann trat er vor. Doch auf einmal bewegte sich dieses dunkle Etwas, kam aus seinem Eck hervor und humpelte zu einer Tür an der Rückseite des Kellers. Dschamal zielte. In diesem Moment wandte sich Nasir Shansab um. Die Beleuchtung war schlecht, doch konnte der Schütze das Gesicht des Verurteilten weißlich schimmern sehen.

„Schieß!", fauchte ihn Chaleb an.

Aber Dschamal stockte. Er brachte es nicht fertig. Es ging nicht! Dschamal keuchte. Während er immer noch geradeaus zielte, öffnete der Fliehende die Tür und hastete hinaus. – Chaleb, als er merkte, dass der Stammhalter versagte, zog einen Dolch aus der Tasche. Gleichzeitig griff er nach Dschamals Waffe und schob ihm das Messer unter die Jacke. Der junge Mann spürte etwas Spitzes, es war wie ein elektrischer Schlag. Doch statt des Schmerzes, den er erwartete, spritzte ihm etwas Heißes gegen's Ohr. Chalebs Waffe hatte zwar sein Ziel erreicht, war aber nicht mehr durch die Bauchdecke gedrungen – denn Daoud hatte schneller reagiert und ihm aus nächster Nähe in den Hals gestochen. Der Sterbende kippte über Dschamal und schlug auf den Kellerboden auf.

„Und jetzt kommt die Sache, wofür Sie mich wahrscheinlich verabscheuen", schaut Dschamal zum dem Reichsgrafen hinüber. „Es war nämlich meine Idee, die Leiche in den Tank zu stecken."

„Na so was ...", schüttelt der Graf den Kopf.

Nachdem Massud geklärt hatte, dass Chaleb tot war, musste schnell eine Lösung gefunden werden: Die Leiche einfach liegen zu lassen, war zu riskant. Den Toten mitzunehmen, erschien nicht praktikabel. Also suchten sich die drei einen der geräumigsten Tanks aus, schraubten ihn auf und bugsierten die Leiche unter enormen Mühen oben hinein. Triefnase hatte einen Wasserschlauch entdeckt; damit säuberten sie den Boden,

den Tank und ihre Hände und verließen den Ort so schnell wie möglich.

„Dass wir von alledem nichts mitbekommen haben ..."

„Herr von Hoensbroech, entschuldigen Sie bitte, ich wusste mir keinen anderen Rat. Wir kaufen Ihnen selbstverständlich einen neuen Tank. Bitte schätzen Sie, was Sie für den Wein bekommen hätten. Ich werde Ihnen das ersetzen, und wenn ich's abstottern muss."

„Das halte ich für einen guten Vorschlag", versetzt der Marquis knapp.

„Warum", schaltet sich Nasir Shansab ein, „haben Sie mich danach denn nicht einfach in Ruhe gelassen?"

„Daoud meinte, wenn wir den Auftrag nicht selber beenden, zieht das noch mehr Gewalt nach sich. Dann wären wir drei Abtrünnige und hätten dasselbe Schicksal zu befürchten."

„Und wer kam auf den Gedanken, den Jägersitz unter mir anzuzünden?"

„Triefnase."

„Ah, Triefnase. Sympathischer Bursche." Nasir blickt zu seinem Freund hinüber. „Was werden wir von denen zu erwarten haben?"

„Das ist es ja!", fährt Dschamal dazwischen. „Ich muss so schnell wie möglich Bescheid sagen, dass es vielleicht einen Ausweg gibt! Leider haben die kein Handy. Nur Chaleb besaß eins. Das haben wir vergessen aus der Tasche zu nehmen, als wir ihn in den Wein ..."

„Es ist gut jetzt!" Graf Hoensbroech mag von der Geschichte offenkundig nichts mehr hören.

Noch einmal ergreift Shansab das Wort. „Herr Parhez, auch Sie haben wirklich viel Schreckliches durchgemacht. Trotz allem, ich möchte Ihnen danken, dass Sie im Keller nicht auf mich geschossen haben."

„Das war nicht mein Verdienst, glaube ich. Das war irgendwas da drinnen."

„Da machen wir aber doch keinen Unterschied, oder? Das da drinnen sind wir doch auch, nicht wahr?“

Dschamal bemüht sich zu lächeln.

„Wenn ich Sie richtig verstehe“, wirft der Marquis ein, „haben Sie im Augenblick ja noch mehr zu verlieren als ihr eigenes Leben. Sie haben eine Beziehung. So etwas verpflichtet, unbedingt auf sich Acht zu geben. Sie heißt bestimmt Semiramis oder Scheherezade, ja?“

„Nein, Erich. Er ist Weißrusse.“

Weder Graf Hoensbroech noch Nasir Shansab wagen es, ihrer Verblüffung Ausdruck zu geben. Diskret schauen sie unter sich.

„Verstehen Sie jetzt“, fragt Dschamal verzweifelt, indem er ein letztes Mal sein Glas leert, „dass meine Schwierigkeiten sehr viel weiter reichen? Wir kommen aus Afghanistan, nicht aus New York.“

II.

Alte Heimat *oder* die Kunst, sich selber zu bestehlen

Der Herr, der schickt den Jockel aus:
Er soll den Hafer schneiden ...

(Fontane)

Der Versuch der Koalitionäre

Als Graf Adrian zu Hoensbroech ins Angelbachtal heimkehrt, zeigt er sich von der augenblicklichen Lage wenig begeistert. Gepeinigt von tagelangen Präsentationen auf der Münchener Messe, sehnt er sich nach nichts als nach ein paar Stündchen Ruhe. Wie oft mag sich zuletzt seine Rechte um kühle Flaschenkörper geschmiegt, wie viele Male der Arm sich gehoben haben, um Probeschlückchen in Degustationsgläser einzugießen, gefolgt vom sofortigen Zurückstellen der Bouteille in die Kühlvorrichtung, und schon wird das nächste Glas flehend vorgestreckt und all dies in ewigem Wechsel. Ist man dazu auf Erden gesandt worden? Die latente Schleimbeutelentzündung im Ellenbogen, lästiger, manchmal schmerzhafter Begleiter so vieler Winzer bei ihren Arbeiten, die doch noch immer zu vielen Teilen Handarbeiten sind, macht sich wieder bemerkbar. Eine halbe Tube Voltaren-Salbe wurde bereits verbraucht. Und jetzt? Neue Unruhe, keine Aussicht auf ein wenig Erholung. Im Gegenteil, je mehr der junge Graf von den Geschehnissen der letzten Stunden vernimmt, desto stärker erlebt er die Qualen retrospektiver Sorge. Dass immerhin geklärt werden konnte, wer da im Weißburgunder schwamm, vermag Graf Adrian nur vorübergehend zu beschäftigen; was hätte nicht alles geschehen können inzwischen – und was würde demnächst nicht noch alles über Michelfeld hereinbrechen?

Ganz anders Paraskevi Pampukidis. Die alerte Praktikantin ist begierig darauf, jedes Detail zu erfragen. Je mehr sie erfährt, desto deutlicher zeigt sich eine für Außenstehende kaum nachvollziehbare Regung in ihrem Mienenspiel: Sie ist enttäuscht, ja beinahe beleidigt. Kann das denn angehen? Kaum begibt sie sich einmal in die Welt hinaus, schon gehen zu Hause die abenteuerlichsten Dinge vor? Evi ist sich sicher, wäre sie anwesend gewesen, die beiden abgängigen Kompagnons des Dschamal Parhez befänden sich längst in Gewahrsam. Im Gegensatz zu Graf Adrian hat sie keine Ermüdungserscheinungen von der Weinmesse davongetragen; es hat ihr einfach nur riesigen Spaß gemacht, mit internationalen Spezialisten zu fachsimpeln, fabelhafte Verträge mit Gastronomen auszuhandeln und schließlich von einem Mitarbeiter der Zeitschrift Vinum stundenlang interviewt zu werden. Abends dann der Ball im Hofgarten ... Was für ein Leben! Da kann man doch nicht müde sein; nein, sogleich bietet sie ihre Hilfe an, um die Dinge wieder ins Lot zu bringen.

Auf ihre Frage, ob sich im Hause nicht noch eine alte Flinte befände, mit der sie sich auf die Jagd nach den Bösewichten begeben könne, schüttelt Reichsgraf Rüdiger nur leise das Haupt. „Wir müssen jetzt erst einmal abwarten, welche Nachrichten Herr Parhez uns bringt."

„Abwarten? Wie kann man da abwarten? Vorwärtsverteidigung, das wäre das Gebot der Stunde!"

Wohl respektiert man den Widerspruch als Ausdruck eines vor Temperament überschießenden Naturells, enschließt sich einstweilen jedoch, nichts Voreiliges zu unternehmen. Sowohl der Marquis als auch sein alter Freund Nasir Shansab nutzen den Augenblick, um sich ein wenig auszuruhen. Graf Adrians Hoffnung, es den beiden vielleicht gleichtun zu dürfen, wird durch den Einspruch der Mutter bedroht.

Gräfin Maria legt ihm eine zweiseitige Namensliste vor. „Die wollen alle angerufen werden. Einige haben wohl schon mehrmals versucht, dich per E-Mail zu erreichen."

„Wenn ich nicht da bin, bin ich nicht da." Adrian von Hoensbroech stützt das Haupt schwer auf seine Hand. Rasch überfliegt er die Liste. „Das kann warten."

Nur einen Anruf will er noch tätigen, dann ist Schluss für heute. Während er sich ächzend hinter seinen Schreibtisch schiebt, stapft die Praktikantin in den Weinberg. Noch immer hadert sie mit ihrem Schicksal: Nein, vollkommen untätig kann sie jetzt nicht bleiben. Zum Glück gibt es auf einem Weingut immer übergenug zu tun; unter Müßiggang muss keiner leiden. So schnappt sie sich eine Rebschere und widmet sich den an der Rückseite vereisten Ranken des blauen Limbergers. Aber so richtig zügig kommt sie heute nicht voran. Unablässig muss sie daran denken, was sie vielleicht anders gemacht hätte als der Senior, dem es doch immerhin gelungen war, eine Art Separatfrieden herzustellen; wäre es nicht besser gewesen, diese Eindringlinge gehörig unter Druck zu setzen? Hätte man nicht hartnäckiger die Umgebung abkämmen müssen, um die Entlaufenen zu fassen? Und was hat dieser Nasir Shansab eigentlich ausgefressen, dass man seinetwegen die Polizei aus dem Spiel lässt? – Indessen sie sich durch die Reihen arbeitet, schickt Evi immer wieder den Blick über die Landschaft hin. Allein, bis auf einen Traktor, womit ein in der Gegend wohlbekannter Zwiebelbauer seinem Acker zutuckert, will sich bei der Kälte heute niemand draußen zeigen.

Graf Adrian freilich muss sich mit anderen Dingen herumplagen. Ganz besonders erfreut es ihn stets, wenn schnippische Sekretärinnen, die den Herrn Direktor als aushäusig vermelden, ein künstliches Erstaunen in ihren Tonfall mischen, so, als habe man die Hoffnung auf einen Rückruf längst aufgegeben oder sich mit dem Ableben des Gesprächspartners längst abgefunden. Verärgert über den Weinhändler aus Oberschwaben, der wieder einmal unverschämte Rabatte fordert, beendet Adrian das Telefonat und sagt stattdessen einem Hamburger Kunden, der die Hoffnung bereits aufgegeben hatte, die Lieferung einer Restmenge Grauburgunder zu. – Seine Gedanken schweifen ab zu jenem sagenhaften Kästchen, dessen Existenz ihm zuletzt mit elf oder zwölf Jahren Fragen aufgegeben hat. Ist es nicht leichtsinnig, alle Hoffnungen auf ein so fragiles Gut zu werfen? Erweist sich die Faktenlage nicht als überaus dünn? Und was, wenn sein Vater beim Diebstahl erwischt wird? Der Sohn sieht die Balkenüberschrift schon vor sich: Graf zu Hoensbroech bei Überfall auf Stammburg festgenommen!

Nach und nach senkt sich das gräfliche Haupt auf die Schreibtischplatte nieder. Der Schlummer währt keine halbe Stunde, da ruft ihn Evis Stimme in den Empfangsraum. Welch grässlichen Unsinn hat er da geträumt! Anfangs befand er sich noch auf der Weinmesse, wobei die Größe der zu stemmenden Flaschen immer weiter angewachsen war und schließlich, zur Unbill einer wenig geduldigen Kundschaft, sich auch beidhändig nicht mehr bewältigen ließ. Schließlich hatten sich die Verkostungstische in einen Schützengraben verwandelt. Gemeinsam mit zum Teil grauenhaft verstümmelten Kollegen, schoss er Sektkorken auf eine feindliche Reiterei ab, worunter er – oh Himmel, sei gnädig! – auf einmal den eigenen Vater, einen Krummsäbel in Händen, ausmachte. Doch nein, es handelte sich nur um einen Entlastungsangriff von der rechten Flanke her, merkwürdigerweise von hutzeligen Gnomen unterstützt, die sämtlich dreinblickten wie kategorisch verneinende Sekretärinnen, Niederlagen beschwörend. – Angesichts derartiger Kapriolen des Geistes kann man den Gentechnikern aller Länder nur viel Glück wünschen, das menschliche Gehirn endlich in einen funktionstauglichen Apparat umzubasteln, sinniert Graf Adrian und verfügt sich gähnend nach unten.

Um den großen Tisch haben sich bereits versammelt: seine Eltern, Nasir Shansab und Paraskevi Pampukidis. Am Kopfende steht ein dünner Mann und erzählt aufgeregt. Das muss dieser Dschamal Parhez sein, kein uninteressanter Typus. Adrian von Hoensbroech geht auf den Fremden zu und reicht ihm die Hand. – Dschamal bringt nur mäßig erfreuliche Neuigkeiten. Immerhin, der Großvater, den er nach etlichen vergeblichen Versuchen telefonisch erreichen konnte, habe nicht auf der Stelle abgelehnt. Es sei keineswegs leicht gewesen, ihn von der Vertrauenswürdigkeit ihm persönlich unbekannter Heiden zu überzeugen. Freilich verlangt der Clanchef eine Prüfung des vermeintlichen Heiligtums von höchster Stelle; außerdem habe er sich eine Frist zum Nachdenken auserbeten, die er noch festzusetzen gedenke.

„In der Zeit können wir das Ding doch schon mal holen", mischt sich Evi Pampukidis ein. Da man ihr nicht sogleich Recht gibt, legt sie nach: „Ist auf jeden Fall viel besser als nur rumhängen und abwarten."

Aber so rasch können sich die Grafen zu keinem Entschluss durchringen. Betrübt schildert Dschamal Parhez, die Suche nach seinen Begleitern sei ergebnislos verlaufen. Der Stammesobere vermute, sie befänden sich längst auf dem Heimweg, um neue Instruktionen einzuholen. Zum Tod von Chaleb habe er gar nichts verlauten lassen; vielmehr, es sei Dschamal so vorgekommen, als habe der alte Mann mit so etwas gerechnet.

„Wie wahrscheinlich ist das denn, dass diese beiden, die unseren Freund hier immerhin verbrennen wollten, wirklich nach Hause zurückgekehrt sind?", will der Marquis wissen.

„Ich habe keine Ahnung", gibt Parhez zu. „Kann sein, vielleicht auch nicht. Jedenfalls sollte man vorsichtig bleiben."

„Gibt es denn keine Mittelsmänner, niemanden, den Sie erreichen könnten, um weitere Übergriffe zu verhindern?", beharrt die Gräfin.

„Ich wüsste keinen. Wir sind über alle Kontinente verstreut. Leute, die was zu sagen haben, halten sich in Deutschland derzeit nicht auf."

„Klingt prachtvoll", seufzt Graf Adrian. „Dann müssen wir also permanent damit rechnen, dass hier jemand mit der Kalaschnikow reinrennt? Nett, wirklich nett."

„Auch der Fall ist leider denkbar", zuckt Dschamal die Achseln und schaut in die Runde.

Viele Varianten werden an diesem Abend noch durchgesprochen, wie man am besten weiter vorgehen solle. Evis Vorschlag, gemeinsam mit Graf Adrian dieses Schlösschen namens Hoensbroek einfach zu stürmen, findet zu ihrer Bestürzung keine Mehrheit. Allgemein hält man es für besser, Dschamal Parhez bleibe bis auf weiteres auf dem Weingut, um im Falle eines Angriffs einzugreifen.

„Weiß nicht, ob das so sinnvoll ist", zeigt sich Adrian von Hoensbroech wenig überzeugt. „Wenn wir hier in die Luft fliegen, bleibt ihm auch keine Gelegenheit zu erklären, dass man damit noch hätte warten können ..."

Der Gesichtsausdruck seiner Mutter sagt ihm eindeutig, schwarzer Humor zieme sich zu diesem Zeitpunkt durchaus nicht.

Dass Nasir Shansab bei der Entwendung des Guts der Ahnen dabei sein muss, steht außer Frage. Soll es sich tatsächlich um ein Sühnegeschenk handeln, ist seine Beteiligung absolut erforderlich. Dschamal fühlt sich hin- und hergerissen; einerseits sieht er es als seine Aufgabe an, das Haus bis auf weiteres zu schützen, andererseits drängt es ihn, Nasir zu begleiten.

Schließlich ist es an Rüdiger Graf zu Hoensbroech, einen beschlussfähigen Plan vorzulegen: „Evi, mir gefällt Ihre Idee, dass nicht ich, sondern Adrian stärker involviert werden sollte. Machen wir's doch so: Wir beide, natürlich gemeinsam mit dir, Maria, verteidigen hier den Hof, während eine furchterregende Streitmacht von drei Recken in den Norden aufbricht, um den Schatz zu stehlen: Adrian, Nasir – und Sie, Herr Parhez."

„Ich weiß wirklich nicht, ob das die beste Lösung ist", überlegt der junge Graf.

„Nun, wenn einer ausfällt, kannst du immerhin in die Bresche springen. Wie einst unser Vorfahr bei der Bateille von Baesweiler."

„Wenn ich mich recht entsinne", grummelt Adrian, „hat der zu früh den Helm abgezogen und einen Pfeil in den Kopf bekommen."

„Ah, das kann sein. War mir entfallen."

„Vater, ich danke dir. Du machst mir Mut."

Das Erscheinen der Maybach-Stretchlimousine auf der Landstraße zwischen Waldangelloch und Michelfeld bewirkt mannigfach bewunderndes Augenaufreißen. Geräuschlos zieht die apfelgrüne Sonderanfertigung für einen ehemaligen pakistanischen Provinzherrscher am Wasserschloss zu Eichtersheim vorbei, umkurvt den Park und biegt vor dem Michelfelder Schlosshotel in Richtung des reichsgräflichen Weinguts ab.

„Natürlich, da hin", nickt eine Passantin vor der Bäckerei. „Hätte man sich auch gleich denken können."

„Bestimmt irgendein hochgestellter Verwandter", vermutet der Briefträger. „Vielleicht haben die wieder so ein Fest."

Nasir Shansab, als er den Wagen bei einem seiner Mitarbeiter bestellte, hatte nicht erwartet, dass man ihm das luxuriöseste Modell schicken würde.

„Das ist so auffällig, da schöpft in Holland bestimmt keiner Verdacht", kommentiert der Marquis.

Sowohl Graf Adrian als auch Dschamal Parhez beäugen das Wageninnere mit einem Anflug von Respekt vor den Erbauern. Es gleicht einem kleinen Caféhaus: Polstersessel, bezogen mit hellem Wildleder, ein verschnörkeltes Tischchen, Rosenholzfurnier und weiche Teppiche lassen vergessen, dass man sich im Inneren eines Fahrzeugs befindet. Der Fahrer, distinguiert auftretend wie ein geschulter Butler, weist auf verschiedene Annehmlichkeiten hin, worunter der Bordkühlschrank sogleich das Interesse des jungen Hoensbroech erregt.

„Einen Augenblick, ich hole noch was."

Der Wagen gleitet durch die sonnige Kälte. Hin und wieder, bei gar zu grellem Licht, werden die lindgrünen Vorhänge zugezogen. Unverzüglich breitet sich eine behagliche Stimmung aus, die zu dem Anlass der Reise nicht so recht passen will. Während Adrian und Nasir sich einem erquickenden Auxerrois vom Himmelberg zuwenden, wählt Dschamal aus über zwanzig Sorten Tee einen stark geräucherten aus Tibet aus. Keiner der drei denkt in diesem Augenblick daran, dass ihr Unternehmen neben verschiedentlichen Komplikationen beträchtliche Gefahren mit sich bringen könnte. Stattdessen kommt man ins Plaudern, neckt einander und streckt die Beine aus. Nachdem eine Weile über Herkunft und Potenziale des Auxerrois den Mittelpunkt des Gesprächs bildeten, versucht Graf von Hoensbroech den schweigsamen Dschamal Parhez ins Gespräch miteinzubeziehen.

„Ich habe gehört, Sie sind verliebt?"

Der Angesprochene unterdrückt den sachten Schreck; er ist es nicht gewöhnt, so direkt auf intime Dinge angesprochen zu werden, schon gar nicht von Fremden.

Vorsichtig antwortet er: „Wir haben uns so lange nicht gesehen."

„Da macht man sich Sorgen, nicht wahr?"

Dschamal nickt.

Tatsächlich, überlegt Graf Adrian, dieser Junge sieht ziemlich gedrückt aus, den muss man dringend auf andere Gedanken bringen. Und da die Reise in die Niederlande geht, in alte Stammlande derer zu Hoensbroech, fallen dem Adelsspross gleich dutzendweise Anekdoten aus der Familienchronik ein.

„Wissen Sie, ich kann das ja nachvollziehen. Aber irgendwie hat uns das neunzehnte Jahrhundert komplett versaut. Diese Gefühligkeit auf einmal, diese sonderbaren Vorstellungen über Liebe und Treue – ich glaube, das war ein Fehler. Statt sich daran zu erfreuen, dass man auf der Welt ist, meint man, unter ihr leiden zu sollen. Merkwürdig. Dabei, es geht auch anders. Nehmen Sie zum Exempel die Gräfin Ernestine, mit uns in direkter Linie verwandt, wie man annimmt: eine überaus lebenslustige Person, noch deutlich geprägt vom Rokoko, obwohl um sie herum bereits die wildeste Romantik tobte. Aber nicht nur Ernestine, der ganze Hof damals in München hatte so was Heiteres, Sinnenfrohes ... Und man hat einander von Herzen alles gegönnt, was irgendwie mit Lust und Schönheit und Eleganz zu tun hatte."

Dschamal weiß nicht so recht, was er von diesen Einlassungen halten soll, aber Nasir ermuntert den Erzähler, doch bitte schön fortzufahren. – Gräfin Ernestine, berichtet Adrian von Hoensbroech, seinerzeit Anfang dreißig, verheiratet mit dem Grafen Montgelas, konnte sich bei all ihren Eskapaden auf die Liebenswürdigkeit und Diskretion ihres Gatten, seinerzeit als Staats- und Außenminister gewissermaßen des Königs rechte Hand, vollauf verlassen. In der Wahl ihrer Hausfreunde bewies sie stets Feingefühl und Geschmack, dafür war sie bekannt. Eine Zeit lang war sie mit einem Hompesch liiert, Johann Wilhelm, zu diesem Zeitpunkt Finanzminister, der ganz selbstverständlich im Hause Montgelas verkehrte und mit dem Grafen auf gutem Fuße stand. Doch bei aller Aufgeschlossenheit und Libertinage, es gab auch Grenzen. Zumindest Gräfin Ernestine empfand dies bisweilen lebhaft – und zeigte ihren Schmerz auch öffentlich mit aller Leidenschaft.

Eines Tages tauchte eine ehemalige Geliebte von Hompeschs in München auf, für Ernestine ein veritabler Skandal. Lange überlegte sie hin und her, welche Reaktion denn angemessen wäre. Schließlich entschloss sie sich, einen Selbstmord zu inszenieren. Das war nicht ganz einfach: Einerseits sollten Hompesch und der Hof von ihrer Verzweiflungstat erfahren, andererseits wollte sie unbedingt weiterleben und die Reaktionen der mitleidenden Hofgesellschaft auskosten. Ins Wasser zu gehen, erschien ihr als eine sehr gefühlsbetonte Variante, die überdies den Vorteil bot, nicht gar zu gefährlich zu sein, da sie schwimmen konnte. Zudem, die Isar führte nicht allzu viel Wasser in diesem Sommer; dem Versuch, sich in das Flüsschen zu stürzen, hätte leicht etwas Lächerliches anhaften können. Die Gräfin begab sich in die Isarauen, entledigte sich ihrer Kleider – und tat ihr Bestes. Als sie genug hatte vom Sich-Ertränken, stapfte sie ans Ufer und suchte die Stelle auf, wo sie Handtücher und ihre Kleider deponiert hatte.

Allein, das Versteck war nicht gut gewählt. Eine übereifrige Wäscherin hatte die prunkvollen Stücke längst hinweggetragen und bei der Polizei abgegeben. Man tippte – beinahe richtig – auf Selbstmord oder gar Schlimmeres. Da stand sie nun, die schöne Gräfin, in ihrem Hemdchen, pudelnass und von Frösten überlaufen. Doch sogar ihre Wehklagen musste sie unterdrücken, aus Angst, der Falsche könne herbeieilen und ihre Hilflosigkeit missbrauchen. Ernestine kauerte hinter einem Busch und weinte still, bis sie von weitem eine Käsemagd herannahen sah. In Ängsten rief sie das Mädchen herbei, das freilich nichts Besseres zu tun hatte, als ausgiebig in ihre Schürze zu kichern. Als die Gute endlich glaubte, dass eine echte Gräfin vor ihr bibberte, setzte sie sich hurtig in Bewegung und verständigte Ernestines Zofe. Zuvor aber, voller Ungestüm in ihrer Hilfsbereitschaft, zog sie einen jungen Schäfer zu Rate, der in der Nähe seine Herde weidete. Der Bursche schob seinen Karren, worin er die Nächte zuzubringen pflegte, herüber und rief nach der Gräfin. Sie hieß ihn sich umdrehen und schlüpfte in das Wägelchen hinein. Als nach Ablauf einer üblen Stunde die Zofe endlich mit neuen Kleidern erschien, war bereits ganz München über den Hergang unterrichtet.

Dem Grafen Montgelas bereiteten solche Skandale auf die Dauer freilich kein Plaisir. Man darf nicht vergessen, Ernestine war zu dieser Zeit bereits Mutter dreier Kinder, stand im Fokus der Öffentlichkeit und vernachlässigte ihre gesellschaftlichen Pflichten keineswegs. Diese bestanden jedoch, wie sie dies interpretierte, vornehmlich in der Ausrichtung von Festen und der Teilnahme an Bällen. – Bisweilen sorgte die adelige Dame auch für politische Unruhen. Die Zeitläufte waren kriegerisch, Napoleon hieß der launische Despot, der in Bayern Teile seiner Armee von beträchtlicher Truppenstärke stehen hatte. Dies kostete das Land natürlich Unsummen. Erzürnt verfasste Gräfin Ernestine einen Brief, in fabelhaftem Französisch selbstredend – und sandte ihn an keinen Geringeren als den französischen Außenminister Charles-Maurice de Talleyrand-Périgord. Sie forderte darin den kompletten Abzug aller Soldaten aus Bayern. Immerhin, Talleyrand war ein Mann von Takt; er antwortete verständnisvoll und enthielt den Brief Napoleon vor. Wenige Jahre später, nach der russischen Katastrophe, äußerte er bekanntlich auf dem Wiener Kongress dem Zaren gegenüber: „Verrat, Sire, ist nur eine Frage des Datums."

Heikler gestalteten sich die Verhältnisse, als Gräfin Ernestine eine mehrjährige Liaison mit dem Fürsten Bariatinsky einging. Während Napoleon bereits gegen Russland zog, hielt sich ihr Geliebter immer noch in München auf; es handelte sich also gewissermaßen um eine Staatsaffäre. Montgelas musste ein diplomatisches Debakel fürchten: ein Feind der Franzosen, geduldet und verwöhnt in seinem Hause! Doch auch der französische Gesandte in München, ein Graf Merci-Argenteau, bewies viel Sinn für noble Gesten und schützte die Zweisamkeit der Liebenden nach Kräften. Das Schlimmste, was Ernestine zunächst widerfuhr, war die Absage eines Diners „à cause des mauvais temps". – Dann aber, der Krieg war längst in vollem Gange, wurde Bariatinsky doch noch genötigt abzureisen. Das tränenreiche Ende vollzog sich in aller Öffentlichkeit. Zwei Abschiedsbriefe schrieb der Fürst an den Grafen Montgelas, die voller herzlicher Zuneigung für den Gatten seiner Geliebten waren. Nach dem ersten aber blieb er noch volle acht Monate. Im letzten Augenblick nahm er Reißaus. Der zweite Brief zeugt von tiefster Dankbarkeit. Fürst Bariatinsky sandte heiße Wünsche für Montgelas' Vaterland und seine liebenswürdige Familie.

„Oh, schon der Rhein!“, deutet Nasir Shansab auf die blitzende Wasserfläche zur Seite. „So schnell kommt man voran, wenn einem die Zeit auf so charmante Weise vertrieben wird“, nimmt er den Tonfall der Erzählung aus galanten Tagen auf.

Dschamal beschäftigt etwas ganz anderes: „War er denn niemals eifersüchtig, dieser Graf Montgelas?“

„Hm, das weiß man nicht. Ich zumindest habe nicht die leiseste Ahnung davon“, beteuert Adrian von Hoensbroech. „Aber warum nicht? Vermutlich schon; aber gewöhnt man sich nicht irgendwann auch daran, wenn's nun mal nicht zu ändern ist? – Da wir gerade Bingen passieren: Vis-à-vis, im Rheingau, hat sich die gute Ernestine von den Strapazen erholt. Das heißt, ganz alleine war sie dabei natürlich nicht. Franz Xaver von Zwackh hieß ihr neuer Gesellschafter, späterhin übrigens Erster Generalkommissär des bayerischen Rheinkreises.“

Anlässlich zahlreicher Theaterbesuche in Frankfurt, Darmstadt, Wilhelmsbad verflog allmählich der Kummer der Gräfin. Sie genas so weit, dass sie sich sogar ihrer Kinder erinnerte, die in München verblieben waren. Von Zwackh jedoch riet dazu, nicht vorschnell den lästigen Haushaltsgeschäften sich auszusetzen und organisierte noch ein paar Landpartien und Lustbarkeiten auf dem Strome. – Nachzutragen gilt es, dass weder Bariatinsky, wie versprochen, direkt in die Schweiz abgereist noch Ernestine ohne Umweg in den Rheingau gekommen war. Die beiden hatten sich zuvor auf dem Gute der Montgelas' nahe Heilbronn getroffen und lange und herzlich voneinander Abschied genommen. Auch das blieb nahezu folgenlos. Selbst der König schien ein gewisses Verständnis für die sanguinische Dame und ihre Neigungen aufzubringen; es waren ja andere Zeiten, die trotz erheblicher sozialer Zwänge mancherlei Freiräume für die individuelle Entwicklung ließen und – ungeachtet der außenpolitischen Härten – den menschlichen Schwächen, zumal des weiblichen Geschlechts, manchen Reiz abzugewinnen vermochten.

Die weitere Fahrt verläuft ausnehmend geruhsam, was nicht zuletzt darauf zurückzuführen ist, dass zuerst Nasir Shansab und kurz darauf Graf Adrian ins Polster hineinrutschen und einnicken. Dem Auxerrois wurde erfolgreich zu Leibe gerückt, Mittagslicht, mild und schläfrig, schaukelt in den Gardinen. Dschamal Parhez aber findet keine Ruhe. Alle Viertelstunde schlägt seine Stimmung um; eben noch sah er sich als Helden, vom Großvater gelobt für eine unvergleichliche Tat der Aussöhnung, schon schieben sich grelle Ängste vor Strafe und Vergeltung dazwischen. Was, wenn sie herausfänden, wer ihm am liebsten auf der Welt ist? Dschamal weiß nur zu gut, welche Greueltäten an Schwulen in der Region seiner Vorfahren seit jeher und noch immer verübt werden ... Seine Sehnsucht nach Erich wächst von Stunde zu Stunde. Wie fern ist ihm das studentische Leben in Frankfurt gerückt – illusorisch die Hoffnung, dass sie einmal zusammen nach New York gehen werden, selbstständig und inkognito für immer.

Als Adrian und Nasir erwachen, ist Köln erreicht. In einer Parkbucht mit Blick auf die Türme der Domstadt hält der Chauffeur kurz an, um einen vorzüglichen Espresso zu servieren. Mittlerweile hat sich Dschamal entschlossen, allen Eifer dem gemeinsamen Projekt zu widmen – welche Alternativen blieben ihm denn auch? Um die Schläfer nicht zu stören, hat er sich in den geräumigen Fond des Wagens zurückgezogen und mehrere Telefongespräche geführt. Ein Vorteil des weitgespannten familiären Netzwerks: Einer kennt immer irgendwen, der behilflich sein könnte. So vermag er auch prompt mit einem weiterführenden Vorschlag aufzuwarten: Am besten, sie würden in Maastricht übernachten. Begeisterte Zustimmung ist ihm gewiss, wenngleich aus ganz anderen Gründen.

„Ah, Maastricht! Da war ich immer gerne", schwärmt Shansab. „Diese hübschen Gässchen! Haben Sie dort Verwandte?"

„Indirekt. Immerhin wohnen da Leute, die sich auf das verstehen, was wir selber nur amateurhaft durchzuführen in der Lage wären."

„Das stimmt", bestätigt Hoensbroech, „in Maastricht, Brüssel, Luxemburg gibt es haufenweise Experten für Diebstahl, Wahrheitsbeugung und weit schlimmere Delikte."

Bedauerlicherweise finden sie in dem Städtchen an der Maas kein einziges hübsches Pensionszimmer mehr. So müssen sie mit einem dieser unsinnig teuren, anonymen Hotels vorlieb nehmen, die komplett elektronisch funktionieren und dem Gast statt Behagen das Gefühl permanenter Kontrolle vermitteln. – Immerhin, der Blick über den Fluss versöhnt ein wenig. Hurtige Radlerinnen sausen über die Brücken, erstaunlicherweise teilen sich meist zwei dieser langhaarigen Studentinnen ein Fahrrad; Lenker, Stange, Gepäckträger, sämtliche Transportmöglichkeiten werden genutzt. Eine regionale Spezialität, wie es dem Grafen vorkommt. – Das Abendessen nimmt er gemeinsam mit Nasir in einer weißgekalkten, hanseatisch anmutenden Weinstube mit Treppengiebel ein. Indessen Dschamal irgendwo in den Vororten unterwegs ist, um sich mit Knowhow und Logistik zu versehen, verplaudern die beiden die halbe Nacht bei Butterfisch, St. Peterfisch, grünem Hering, Chablis, Sancerre und reichlich Genever von hervorragender Qualität.

„Erste Inaugenscheinnahme", nennt Shansab den kurzen Ausflug am nächsten Morgen zum Kasteel Hoensbroek, gelegen im gleichnamigen Stadtteil des Städtchens Heerlen im Südosten der Provinz Limburg. Einen guten Kilometer entfernt lassen sie sich vom Fahrer absetzen und spazieren auf das Schloss zu. Der Bau wirkt bei weitem monumentaler als sie sich dies der Fotografie nach vorgestellt hatten. Dunkle Quadersteine formen ein Quadrat, dessen Ecktürme wuchtig emporragen.

„Na, Heimatgefühle?", fragt Sadiz den Grafen ironisch.

„Quatsch.Wie soll man denn aus so einem Tower eine Schatzkiste klauen?" Graf Adrian legt den Kopf in den Nacken und die Hand halb über die Augen. „Puh ... Warum mussten die damals eigentlich immer so hoch bauen? Der dritte Stock, das sind ja wohl an die zwölf Meter!"

Grübelnd stehen die beiden neben dem Haupteingang, blicken über den burggrabenartigen Teich und schweigen beklommen. Dschamal hat sich auf einen Rundgang begeben. Als er zurückkommt, schmunzelt er.

„Gibt es irgendeinen Anlass für Ihre gute Laune?", will der Graf wissen.

Statt einer Antwort deutet der junge Mann in Richtung des Weihers. Achselzuckend folgen ihm Adrian und Nasir. Als sie ums Eck biegen, verbreitet sich unwillkürlich ebenfalls ein Lächeln auf ihren Gesichtern: Ein Baugerüst umrahmt den Mitteltrakt hinauf bis zur Dachrinne. Verstohlen blickt Nasir Shansab auf ein Plänchen, das ihm der Freund mitgegeben hat. Zweifellos, das fragliche Zimmer befindet sich exakt an der Stelle, wo ein grünes Staubnetz über einer Strebe baumelt.

„Es scheint", grinst Shansab, „die höheren Mächte stehen unserer Mission positiv gegenüber."

„Ja, das muss ein Zeichen sein", strahlt der Graf.

Dschamal Parhez spricht so leise wie möglich. „Ich habe ein wenig nachgeforscht. Die wertvollen Sammlungen – zumindest das, was sie dafür halten – sind in den unteren beiden Stockwerken untergebracht. Da gibt es Alarmanlagen. Oben, im Heimatmuseum und bei dem Zeug, von dem sie nicht wissen, wo sie's hinstecken sollen, Vermischtes aus der Türkenzeit et cetera, offensichtlich nicht."

„Offensichtlich ...", schmeckt Adrain von Hoensbroech dem Wort nach.

„Naja, so genau weiß man das halt nie. Ich bräuchte mehr Zeit, um präzisere Informationen einzuholen. Zu viel Zeit."

Zurück im Hotel, entbreitet Dschamal Parhez eine faszinierende Sammlung von Einbruchswerkzeug vor den Augen der Mitstreiter. Auf dem Doppelbett liegen Bohrschrauber, Hämmer, Zangen, Schlüsselbünde, aber auch seltsamste Apparaturen von undefinierbarer Bestimmung, nebeneinander geordnet von klein nach groß.

„Schauen Sie mal", hält Dschamal mit beiden Armen einen schwarzen Apparat in die Höhe, von dem feste Schnüre in Schlaufen herabhängen. „Bis zu zweihundert Meter kann man damit schießen. Es saugt sich irgendwo fest, und man kann hinübersausen, angekettet an diese Sicherheitsösen hier."

„Unglaublich, das ist ja schon fast James Bond!", staunt Nasir. „Wie konnten Sie das alles nur so schnell auftreiben?"

„Wie gesagt, Maastricht ist ein gutes Pflaster. Freunde von uns leben hier schon dreißig Jahre lang."

Unangenehm berührt, hebt Adrian von Hoensbroech das Gerät hoch und lässt es wieder sinken. „Aber dieses Ding brauchen wir jetzt nicht, oder?"

„Nein, nein, zum Glück", beruhigt ihn Parhez. „Wir haben ja das Gerüst. Andernfalls ..."

Den Nachmittag über planen die drei ihr Vorgehen so genau wie möglich. Immer wieder wird das Plänchen hervorgeholt. Zeitabläufe werden geschätzt und eingetragen. Schließlich geht es an die Rollenverteilung.

Der Graf zuckt die Achseln, als sich Nasir und Dschamal vordrängen, am Gerüst emporzuklimmen und durchs Fenster einzusteigen. „Also wenn ihr unbedingt die Helden spielen wollt ... Ich komm dann rauf, wenn ihr feststeckt."

Umsichtig packt Dschamal zwei Glasschneider, mehrere Saugpfröpfe und ein Sortiment eiserner Hebel in die Tasche. Vier Stunden haben sie jetzt noch Zeit. Alle ziehen sich auf die Zimmer zurück, doch keinem gelingt es, Ruhe zu finden. Zu ungewohnt, unsicher, unwägbar erscheint ihnen das Kommende. Wachleute könnten auftauchen, Scheinwerfer aufflammen, Polizeiautos vorfahren, Sirenen jaulen, Alarmanlagen schrillen, Schüsse fallen ... War die ganze Aktion nicht naiv, das Werk von Amateuren? Aber ja. – Drei Stunden. Unabhängig voneinander, kommen die Einbrecher in spe auf denselben

Gedanken; vor allem ein Faktor wird vonnöten sein, wenn das heikle Werk gelingen soll: Glück. – Zwei Stunden. Dschamal verlässt das Hotel. Adrian von Hoensbroech versucht zu lesen. Unterlässt es. Nasir Shansab telefoniert. Streitet sich mit seiner Frau. Das Ferngespräch nach Kanada wird unterbrochen.

Eine halbe Stunde vor der Abfahrt verdichtet sich die Nervosität ins Unerträgliche. Vor dem Hotel parkt Dschamal einen klapprigen Kleinwagen, den er sich am anderen Ende der Stadt ausgeliehen hat. Unauffälliger als der Maybach ist dieses Auto ganz bestimmt; andererseits kann man, wie der Besitzer orakelte, nicht immer davon ausgehen, dass es auch anspringt. Dschamal entschließt sich, diese Pikanterie unerwähnt zu lassen. – Gleichzeitig treffen die Teilnehmer der Expedition in der Hotelhalle ein. Adrian und Nasir beschließen, noch ein, zwei Genever zu trinken.

„Vielleicht ist es ja der letzte", säuselt Shansab wehmütig vor sich hin.

„Aber bitte", wehrt Parhez ab. „Was kann schon passieren?"

Von Hoensbroech breitet die Arme aus. „Eigentlich nichts. Außer, dass euch ein übersensibler Wachmann vom Klettergerüst ballert."

Keinerlei Schwierigkeiten beeinträchtigen die Hinfahrt. Adrian Graf zu Hoensbroech steuert das Auto durch die Vorstädte bis zu einem Seiteneingang des Schlossparks. Die Männer steigen aus. Dschamal trägt die Werkzeugtasche. Er bewegt sich auf das Parktor zu – und stutzt. Es ist verschlossen. Ist das denn die Möglichkeit? Da planen sie und organisieren mit mindestens semiprofessioneller Umsicht den Diebstahl ... und die einfachste, naheliegendste Bedingung lassen sie unbeachtet! Übler noch, vermittels der von den Freunden der Familie bereitgestellten Werkzeuge wäre es ein Leichtes gewesen, das Tor aufzustemmen; aber das passende Gerät hat man wohlweislich im Hotel gelassen. Ein Glasschneider – und sei es der leistungsstärkste – nützt bei schmiedeeisernen Toren wenig. Ohne Hoffnung auf Erfolg versucht Dschamal, mit einem Stemmhebel zwei Pfosten auseinanderzubiegen, doch das alte Eisen ermüdet nicht im Geringsten. Auch hindert ihn die Armverletzung noch immer, so dass er nicht mit voller Kraft zu Werke gehen kann. Kein Wort wird gewechselt, als die drei am Zaun entlangspazieren. Stabil, hoch und spitz sieht der aus, unübersteigbar für miserable Kletterer wie sie.

Endlich, nach einigen hundert Metern, gelangen sie an eine Stelle, wo die festgefügte Absperrung in ein Drahtgeflecht übergeht. Ohne zu fragen setzt Dschamal Parhez eine Zange an und fetzt hastig mehrere Rauten durch. Gewaltsam biegt er das Geflecht auseinander und bittet die Begleiter, ihm zu folgen.

„Ist ganz schön weit zum Auto, von hier aus", flüstert Graf Adrian. „Soll ich's nicht lieber holen und nachkommen?"

Nasir nickt.

Unbehaglich wird Hoensbroech zumute, als er den dunklen Weg zurückeilt. Das muss man jetzt schnell hinter sich bringen ... und später reflektieren, was man da eigentlich angestellt hat. – Immer noch schweigend, nähern sich Nasir und Dschamal dem Schloss. Zu ihrer Erleichterung ist nur die Vorderfront beleuchtet. Wachleute sind keine zu sehen, kein Bewegungsmelder flammt auf. Unter dem Baugerüst angekommen, suchen sie nach dem Aufstieg. Sie finden nichts. Waren da nicht immer Leitern, Sprossen zwischen den Stockwerken? Wohl könnte Dschamal hier heraufklimmen, aber auch nur ein paar Meter weit, dann würde es lebensgefährlich. Aber Nasir? Verlegen schauen sie einander an. Da entdeckt Dschamal am Rande des Gestänges eine Metallleiter, die an der Wand lehnt. Bald findet er die dafür vorgesehene Halterung, Nasir deutet einen Applaus an, und zügig steigen sie hinauf. – Die Bretter der ersten Lage scheinen gut verankert. Das ändert sich in der zweiten und dritten gleich gar. Viel wackliger als sie erwartet hätten ist es hier oben. Nasir Shansab gibt dem jungen Mann ein Zeichen.

„Was ist?"

„Ich ... bin nicht schwindelfrei."

„Das darf nicht wahr sein! Warum haben Sie das nicht früher gesagt?"

„Ich ... konnte mich nicht daran erinnern. Es ist furchtbar. Ich weiß gar nicht, wo ich bin ..."

Ratlos sieht sich Dschamal um. „Dann muss ich alleine hoch. Oder sollen wir warten, bis der Graf da ist?"

„Nein, auf keinen Fall. Ich muss das schaffen. Ich ... brauche nur noch einen Moment. Muss mich erst wieder dran gewöhnen. Im Gebirge ... Egal. Vielleicht ..."

Sechs, sieben Meter mögen sie sich inzwischen über dem Erdboden befinden, nicht höher. Das ist gerade einmal die Hälfte. Dschamal sieht die Angst im Gesicht seines Begleiters, der ihm mit einem Mal viel älter erscheint. Verzweifelt blickt er nach oben: eine schier endlose Folge von Brettern und Streben, an der unwirtlichen schwarzen Hauswand emporkriechend. Kaum setzt er dazu an, Nasir zum Umkehren zu überreden, als dieser sich ein Herz fasst und die nächste Leiter hochsteigt. Stetig, ohne noch ein einziges Mal anzuhalten, strebt der Tuchhändler hinauf. Erst vor der Fensterreihe der zweiten Etage macht er Halt.

„Sind wir da? Ist es das?", keucht Nasir.

„Nein. Wir müssen noch eins höher."

„Warum ist das alles so furchtbar hoch hier? Ich kann nicht mehr. Nein, ich muss verschnaufen."

„Nicht nach unten sehen!"

Für einen Augenblick scheint es, als verlöre Shansab den Halt. Dschamal packt ihn am Arm, hält ihn fest.

„Bitte! Wenn es nicht geht, ich bring Sie runter."

„Doch, doch, es muss."

Außer Atem kommt Adrian von Hoensbroech am Auto an. Er blickt sich um, dann öffnet er die Tür und schiebt sich auf den kalten Sitz. Wie weit mögen die beiden schon gekommen sein? Am Ende vielleicht schon durchs Fenster eingestiegen? Hoffentlich stürzt keiner ab, dann hätte er eine gehörige Mitschuld zu tragen, das ist mal sicher. Was ist nur mit dieser Karre los? Zweimal, dreimal versucht er den Motor zu starten – es tut sich nichts. Richtig, Parhez hatte zwischendurch angedeutet, mehr zum Spaß wohl, dass es da Schwierigkeiten geben könnte. Welche Narretei! Wie kann man so eine Unternehmung mit einem dermaßen unzuverlässigen Auto wagen! Adrian versucht alles, um den Motor in Gang zu kriegen. Einmal ist ein weicher, tuberkulöser Husten aus dem Motorraum zu vernehmen, dann gar nichts mehr. Kopfschüttelnd steigt er aus, geht um den Wagen herum, öffnet die Motorhaube. Tja, die Taschenlampe haben natürlich die anderen mitgenommen. Ob ein Kabel lose ist? Meine Güte, was für ein Gewirr ... Über Grundkenntnisse verfügt er ja, aber Mechatronik hat Graf Adrian nun nicht studiert. Wenn Dschamal doch hier wäre! So leise wie möglich schließt er die Haube. Man muss es noch einmal probieren, immer wieder. Schließlich sind sie ja auch hergekommen.

Eiskalt und taufeucht sind die Metallstangen, um die sich Nasirs Hände legen, Meter für Meter. Er hat nicht mehr den Eindruck, dass hier ein von professionellen Handwerkern errichtetes Gerüst an einer stabilen Hauswand lehnt, sondern es kommt ihm vor, als balanciere er auf einem Türmchen aus Zahnstochern, fragil in unsäglicher Höhe angebracht, ein Spezialfall für Artisten. Wie leicht könnte sich so eine Strebe lösen, ein Brett nachgeben, ein Fuß abrutschen ... Die Vorstellung, hier hinunterzustürzen, erfasst ihn mit vollem Entsetzen. Womit schlägt man eigentlich zuerst auf? Mit der Schulter, dem Kopf?

„Nasir! Vorsicht!"

In Panik umklammert Shansab den schmächtigen Körper Dschamals. Der legt den Arm um den von Höhenangst gepeinigten Mann. Unmöglich können sie auf diese Weise über den

Spalt in ein Fenster einsteigen. Sie müssen wieder runter, es geht nicht anders. – Momentelang fühlt sich Nasir getröstet, auf einmal gibt es da etwas, das ihn hält. Doch dann kommt ihm zu Bewusstsein, wie unmöglich das ist, einen anderen Mann so lange umarmt zu halten. Unbeholfen löst er seine Hände, zieht sie zurück. Dschamal kann ihn nicht mehr halten, der Schreiende fällt. Hart schlägt er auf die Schaltafeln auf, rollt zur Seite.

„Nein!“, keucht Dschamal, springt nach vorne, um seine Füße zwischen gestürzten Körper und Abgrund zu bringen.

In Höhe der Bretter nützt die zur Sicherheit angebrachte Diagonalstrebe, an der sich Dschamal festklammert, gar nichts – dort ist nur Abgrund, bodenlos. In dieser Sekunde, da er, selbst unsicher geworden, ob er noch genügend Halt findet, den Wehrlosen vor einem Sturz bewahren will, fällt ihm sein Auftrag ein. Was für eine unmögliche Situation! Dieses ängstliche Bündel dort unten, wimmernd auf klappernden Brettern, wurde ihm vom Großvater als Ziel bestimmt, als Ziel der Familienrache. Wie leicht könnte er sich nun doch noch dieser Aufgabe entledigen! Was spricht eigentlich dagegen? Es besteht ja doch wohl keine Freundschaft zu diesem Mann, nicht wahr? Ohnehin sonderbar, diese letzten Tage. Wie in Trance muss er gehandelt haben, schockiert noch immer von Chalebs Tod, unfähig, einen klaren Gedanken zu fassen, ein willfähriges Objekt in den Händen dieser Grafenfamilie ... und jenes alten Mannes, der mit seiner rechten Hand ins Leere greift.

Kaum zu glauben, aber Adrian ist es gelungen, den Motor doch noch zu starten. Keineswegs hat er noch mit einem Erfolg gerechnet, als er zum wer-weiß-wievielten Male den Schlüssel herumdreht. Da kommt es, satt und grummelnd, wie von selbst: Der Motor läuft, Hoensbroech legt den Gang ein und fährt ohne Licht den Kiesweg entlang. – Schweißnass sind seine Hände geworden, so ein verfluchter Ärger! Das ganze Ding hier hängt in der Luft. Eine Ahnung von Misslingen und kommenden Unersprießlichkeiten bemächtigt sich des Grafen. Wo ist nur diese idiotische Lücke hin, die Dschamal vorher in den Draht gezwickt hat?

Als von Hoensbroech endlich durch den Zaun in den Schlosspark einsteigt, kommt es ihm vor, als laufe er den Hütern des Gesetzes direkt in die Arme. Haben sie nicht schon viel zu viel Glück gehabt, heute Nacht? Längst hätte jemand vorbeikommen können – wenn kein Security-Mitarbeiter, so doch immerhin ein später Spaziergänger, ein Hundebesitzer. Scheußlich laut knirscht der Kies auf dem weiten Platz vor Kasteel Hoensbroek. Adrian sucht das Gerüst mit den Augen ab. Nichts. Sie sind bestimmt schon drin, heben im Augenblick das heilige Kästchen von seinem Postament und sacken es ein ... Hoffentlich schrillt jetzt keine Alarmanlage auf. Ungläubig wendet sich der Graf um; noch immer keine Passanten. Welch ein Dusel! – Allerdings, es dauert nun schon sehr lange. Was treiben die bloß dort oben? Da hört er ein fürchterliches Geräusch, etwas Polterndes, Krächzendes, gefolgt von einem Angstschrei. Als er nach oben blickt, gewahrt er einen langen, dünnen Schatten, der mit unwiderstehlicher Geschwindigkeit auf ihn zukommt. Adrian hat keine Zeit mehr, zur Seite zu springen. Das Ding streift seinen Ärmel und schlägt neben ihm ein. Tief steckt das Eisenteil im Erdboden und schwankt hin und her. Ein paar Zentimeter weiter nach drüben, und er wäre gepfählt worden. – Mit zittrigen Beinen wankt er zurück, wendet den Blick nach oben. Kann das wahr sein? Es baumelt ein Körper über der Tiefe! Wer, ist nicht zu erkennen. Graf Hoensbroech will rufen, unterlässt dies aber, um niemanden herbeizulocken. Permanent klappert und rumpelt es oben, als wäre ein Kampf im Gange. Vielleicht hat das Sicherheitspersonal im Schloss auf die Einbrecher gewartet, und man versucht gerade, die Flucht zu verhindern?

Dschamal ist es nicht gelungen, den Körper Nasirs auf den Brettern zu halten. Für einen Moment wollte er das auch gar nicht mehr: Mochte er doch fallen, dann wäre alles wieder in Ordnung; er könnte in Ruhe sein Studium vollenden, Erich wiedersehen, schon morgen. Und in der Familie bliebe er gut angeschrieben. Chalebs Tod erschiene plötzlich in einem anderen Licht: Der Auftrag war schließlich riskant, da kann es immer vorkommen, dass einer dran glauben muss. – Kaum aber war ihm dieser Gedanke gekommen, hatte Nasir Shansab aufgeschrien und den Halt verloren. Er kullerte vom Brett, einfach so, ins Schwarze hinein. Dschamal fuhr der Schreck durch den Leib: Das hatte er denn doch nicht gewollt, nein, das war gar zu furchtbar mitanzusehen. Undeutlich gewahrte er, dass der Stürzende mit einer Hand nach einer Strebe griff. Tatsächlich, da baumelte er noch! Sofort versuchte Dschamal nach der Hand zu greifen, doch es war unmöglich, den Mann nach oben zu ziehen. „Nasir! Bitte! Ich komm runter!“, schrie er wie von Sinnen, während der andere grauenerregende, japsende Laute von sich gab.

Unbekümmert um die eigene Sicherheit, rannte Dschamal zurück zum Treppchen. Irgendeine Stange löste sich und schoss hinab, ein Eimer mit Schrauben stürzte um, eine Schaltafel klingelte durch die Stäbe hinunter in die Tiefe. Alles war gleichgültig, wenn er nur rechtzeitig zu diesem Menschen kam, der hilflos am Baugerüst strampelte. – Als Dschamal die kleine Leiter hinunterspringt, ist von Nasir nichts mehr zu sehen. Dschamal ruft seinen Namen, hetzt zu der Stelle, wo er hängen muss ... und bekommt ihn eben noch zu fassen. Unter beide Achseln schiebt er seine Arme, selber gehalten einzig von einer senkrechten Stange. Nasir hängt an ihm mit seinem ganzen Gewicht. Das Gerüst schwankt, scheint nach vorn zu kippen. Es ist mühsam, unendlich anstrengend, den Körper über die Querstange zu bugsieren. Nasirs Bewegungen erschweren den Vorgang mehr als ihn zu unterstützen. Doch irgendwann glückt es, das Hauptgewicht auf die Wandseite zu verlagern. Dschamal zieht den Abgestürzten hinüber und legt ihn langsam auf die Bretter. Nasirs Gesicht ist verzerrt, die Augen aufgerissen.

Kurzatmig presst er hervor: „So was tu ich nie wieder. Danke, Dschamal."

In diesem Moment flammen Scheinwerfer auf. Der gesamte Bau liegt miteins in gleißendem Licht. Stimmen von mehreren Männern werden vernehmlich. Sofort wissen die beiden auf dem Gerüst, ein Fluchtversuch würde ihnen nichts nützen, nur neue Gefahren mit sich bringen. – Adrian von Hoensbroech, der mit Schauder und Mitleid die Errettung des väterlichen Freundes verfolgt hat, hat die Wachleute schön früher gehört. Ohne zu zögern ist er hinter eine Hecke gesprungen. Ratlos und bitter sieht er dem Aufmarsch der Wachmannschaft zu. Sechs Personen sind es, gekleidet in schwarze Uniformen. Gutturale niederländische Laute sind zu hören.

Einer ruft nach oben: „Stopp! Aftakelen!"

Es hat keinen Zweck. Graf Adrian muss sich in Sicherheit bringen, sonst ist das ganze Unternehmen verloren. Hastig ersteigen die Wachleute das Baugerüst. Da kommt, als der Letzte auf der Leiter verschwunden ist, ein plumper Gegenstand heruntergesaust. Natürlich, die Tasche! Wenn die zwei mitsamt einer Tasche voller Einbruchswerkzeug erwischt werden, ist es mit ihnen vorbei, da gibt es kein Vertun. Noch ein paar Sekunden zögert Adrian, dann rennt er zu der Tasche hinüber, ergreift sie und rast zurück ins Dunkel. Bei dem Lärm, den die Security-Leute auf dem Gerüst veranstalten, entgeht ihnen offenbar, was zu ihren Füßen passiert. – So schnell ist der Graf seit Jugendtagen nicht mehr gelaufen. Wiederum muss er eine Weile suchen, bis er das Loch im Zaun findet. Inbrünstige Stoßgebete murmelt er, der Motor möge doch anspringen, nur dieses eine Mal noch! Fast ohnmächtig vor Anstrengung und Aufregung, lehnt er sich im Sitz zurück, das vordringliche Gefühl jedoch ist doppelte Erleichterung: Zuallererst, Nasir und Dschamal sind noch am Leben! Und dann ... der Motor erweist den alten Gebietsrechten der Grafen zu Hoensbroech seine Reverenz und geruht tatsächlich, auf Anhieb loszubrummen.

Der Versuch des jungen Grafen

Mehrmals verfährt sich Adrian Graf zu Hoensbroech auf dem Rückweg zum Hotel. Kaum hatte er den Schlossbereich verlassen, als ihm klar wird, was im Begriff ist zu geschehen: So schnell als möglich würden die Wachdienstler die Personalien der Gerüstkletterer erheben und an die Polizei übermitteln. Die würde natürlich sogleich danach forschen, von woher die verhinderten Einbrecher aufgebrochen waren. Ob Nasir und Dschamal im Augenblick so klug reagieren können, dass sie verschweigen, wo sie Logie bezogen haben, besser noch: überhaupt nicht verraten, was sie auf einem Baugerüst mitten in der Nacht zu suchen haben? Adrian von Hoensbroech rechnet mit allem. – Immer wieder sucht er nach Hinweisschildern, alle paar Kilometer muss er sich neu orientieren: Wo war noch mal dieses dämliche Hotel? Es dauert ihm viel zu lange, bis er in der Nähe des scheußlichen Baus das Auto abstellt und sich eilends, die Tasche im Arm, zum Haupteingang begibt. Der Nachtportier behauptet zuerst, es sei nicht möglich, zu dieser Stunde die Rechnung zu bezahlen. Auch ein Zwanzig-Euro-Schein kann ihn nicht von der Existenz dieser Möglichkeit überzeugen. Erst als eine Fünfzig-Euro-Note vor ihm niederflattert, fährt der muffelige Kerl das Computersystem hoch und druckt die Rechnung aus.

Damit ist beileibe noch nicht alles erledigt. Es kostet einen weiteren Schein, bis sich dieser Mensch bereit erklärt, Adrian die Hotelzimmer der bereits abgereisten Kollegen aufzusperren. Da fällt dem Grafen ein, dass die Polizei auf alle Fälle hier aufkreuzen wird – wenn sie nicht bereits in den Zimmern wartet. Ganz gewiss nämlich wird es inzwischen zu einer Leibesvisitation gekommen sein; die Chipkarten verraten zweifelsohne den Aufenthaltsort! – Nervös blickt der Graf immer wieder aus dem Fenster, zunächst aus Nasirs, dann aus Dschamals kleiner Suite, wo er in Hast sämtliches Werkzeug in einen Koffer räumt. Als er aus seinem eigenen Fenster schaut, zuckt er zusammen: Ein Einsatzwagen der niederländischen Polizei bremst scharf ab. Es entsteigen ihm vier Uniformierte. Hurtig streben sie auf den Haupteingang zu. – Drei Koffer und eine Reisetasche balancierend, humpelt der Graf zum Aufzug. Er muss den Moment abpassen, da die Polizisten nach oben kommen, anders hat er keine Chance, unentdeckt zu bleiben. – Mit höhnischer Geruhsamkeit schließt sich die Aufzugstür. Dann dauert es noch einmal mehrere Sekunden, bis dieser blödsinnige Apparat Luft geholt hat und still nach unten zuckelt.

In der Hotelhalle befindet sich niemand, selbst die Rezeption ist leer. Unter der Last des Gepäcks ächzend, bewegt sich Graf Adrian Richtung Seiteneingang. Einen der Koffer vermag er zu ziehen; die anderen, vollgepackt bis zum Platzen, zerren fürchterlich an Sehnen und Gelenken. Wer weiß, überlegt er, vielleicht ist die Maybach-Limousine, die sogleich auf Zuruf vorfährt, keine so schlechte Tarnung. Ob die Niederländer gewisse Adelsprivilegien auch heute noch zu akzeptieren gewillt sind? Immerhin, es herrscht ja noch die Monarchie, wenngleich degradiert zu einem Operettenhofstaat. – Kein Polizeibeamter zeigt sich, als der Wagen am Seiteneingang startet. Nur schnell hinaus aus der Stadt, auf den Ring der Ausfallstraßen! Der Chauffeur wundert sich, als der Fahrgast ihn nicht den Weg Richtung Grenze einschlagen, sondern dreimal, viermal um einen Kreisverkehr herumfahren lässt. Dann ist die Entscheidung gefallen: Sie nehmen die Ausfahrt nach Geleen. Von dort geht es weiter nach Roermond und auf schmalen Straßen in den Brachter Wald. Auf seinem iPhone hat Graf Adrian ein ausnehmend nobles Resort-Hotel ausgemacht, ein neuer Stützpunkt. – Es ist vier Uhr dreißig. Der Übermüdete bittet den Fahrer, in einem Seitenweg zu halten und das Licht abzuschalten. Zwei, drei Stunden Schlaf werden ihm jetzt guttun. Inzwischen soll der Bedienstete Nasirs Familie, wofern erreichbar, über die neuesten Entwicklungen in Kenntnis setzen.

Doch zahllose Grübeleien verleiden dem Grafen die Ruhepause. Was passiert, wenn die Ermittler die Handys von Nasir und Dschamal abhören? Werden dann nicht ihre Ausreden, die sie gewiss mit orientalischer Ausschmückungslust erfunden haben, entlarvt werden? Wie soll er selbst überhaupt in dieses Kasteel, wo seine Vorfahren einst glanzvolle Tage verbrachten, hineingelangen? Oder hat sich eventuell etwas Neues ergeben, dazu angetan, die ganze Misere zu beenden? – Ein Telefongespräch mit seinem Vater bestätigt Adrian von Hoensbroechs Befürchtung, dass sich bislang keine Alternative aufgetan hat; umso wichtiger ist es nunmehr, in den Besitz dieser Truhe zu gelangen – andernfalls hat man überhaupt nichts in der Hand, müsste tatenlos zusehen, wie sich das Schicksal vollzieht.

Hinreißend reinlich und wohlgestalt empfängt das Landhotel den neuen Gast. Es ist ein ehemaliges Herrenhaus, das einst einer den Hoensbroechs in Freundschaft verbundenen Familie gehörte. In perfektem Englisch wird Graf Adrian begrüßt. Rasch werden die Formalitäten geklärt; er erhält eine Suite mit Blick auf das weite Gartengelände. Zuerst aber bekommt er ein echt niederländisches Frühstück, serviert von einem seltsam lächelnden philippinischen oder indischen Kellner: in einem Wintergarten mit Kaminfeuer, in jeder Hinsicht geeignet, Lebensenergien zu erneuern, Gedankenkräfte zu schärfen und den Leib für Heldentaten zu stärken. – Bevor sich der Graf zur Ruhe begibt, überantwortet er seinen Körper sämtlichen Annehmlichkeiten, die der Spa-Bereich zu bieten hat. Vor allem ein mit vierzig Grad heißem Quellwasser gefülltes Marmorbecken mit Massagedüsen hat es ihm angetan. Als er dem Brunnen entsteigt, fühlt er sich in der Lage, wenn es sein muss, auch den Kronschatz zu stehlen. Er unterlässt dies jedoch aus alter Verbundenheit dem Hause Oranje gegenüber.

Frühstück und Entspannungsbad, das sind wahrhaft die richtigen Maßnahmen! Bis zum Nachmittag schläft der Graf in seiner Suite wonnig und bequem. Noch einen starken Kaffee, dann bittet er den Chauffeur, eine bestimmte Tasche nach oben zu bringen. Als er sie in Empfang nimmt, wundert er sich, wie es ihm gelingen konnte, dieses wuchtige Etwas nachts durch ein Maastrichter Hotel zu hiefen. – Mit Akribie breitet er die zahlreichen Gegenstände auf dem Doppelbett aus, ganz so, wie Dschamal es vor kurzem getan hat. Sinnend setzt sich der Graf in einen Sessel, betrachtet die meistenteils schwarzglänzenden, eisernen Geräte und lässt seine Einbildungskraft spielen. Zunächst erscheint ihm diese monströse Apparatur am sympathischsten – er hat nicht einmal eine Ahnung, wie man so etwas nennt –, die geschaffen wurde, vermittels Saugpröpfen, Drähten und Halterung mittlere Distanzen im Luftraum zu überbrücken. Doch dergleichen wäre ihm vermutlich selbst in voll austrainiertem Zustand gar zu abenteuerlich. Nein, solange das Gerüst dort aufgebaut ist, bietet es konkurrenzlos den besten Zugang. Man darf sich eben nicht erwischen lassen, das ist alles. Niemals werden die Wachleute mit einem neuerlichen Überfall rechnen, nicht so rasch jedenfalls.

Die Verblüffung ist vollkommen, als Adrian von Hoensbroech am Abend gegen zehn Uhr vor dem Schlosse eintrifft. Immerhin, die Zaunlücke existiert noch; das kann nur heißen, dass man den Vorfall als minder bedeutsam einstuft. Aber als der nächtliche Parkbesucher auf die gekieste Fläche hinaustritt, raubt ihm ein unerwarteter Anblick für Momente das Zutrauen in seine Wahrnehmungsfähigkeit: Das Baugerüst steht nur noch zur Hälfte! Kann das wahr sein? So ein Ärger ... Man wird doch nicht mit dem Abbau begonnen haben, nur weil zwei verdächtige Subjekte darauf ihre Turnübungen vollführt haben? Nein, es steht zu vermuten, dass die Renovierungsarbeiten bereits abgeschlossen waren; nur das Gestänge musste noch entfernt werden. Verdattert eilt der Graf über dunkle Wege zurück zum Wagen, wo ihn der Fahrer mit fragendem Ausdruck im Gesicht empfängt.

„Wir müssen noch einmal zurück. Tut mir Leid."

Graf Adrian schließt die Augen. Was er jetzt vorhat, dürfte mit Leichtsinn nicht mehr zu entschuldigen sein. Sorgenvoll denkt er an seine Familie; wie oft müssen sie ihn ohnehin entbehren, wenn er für das Weingut unterwegs ist in aller Welt. Jedoch sich selber in Gefahr zu bringen, nur um eine kaum kalkulierbare Möglichkeit auf friedliche Beilegung fremder Konflikte zu wahren, das scheint ihm doch kaum vermittelbar.

Adrian von Hoensbroech seufzt. „Es muss wohl sein. Da fragt einen keiner."

„Bitte? Entschuldigung, ich habe Sie nicht verstanden", wendet sich der Fahrer nach hinten.

„Nichts, gar nichts. Ich habe nur ausgeatmet."

Eine dreiviertel Stunde später befindet sich die Limousine wieder an derselben Stelle, unterwegs in umgekehrter Richtung. Im Hotel hat man keine Notiz von seiner Visite genommen, bis auf diesen beständig lächelnden, irgendwie unheimlich dreinschauenden indischen Kellner. – Voller Bewunderung studiert Adrian die Skizzen, die dem Instrument beigefügt sind. Was sich die Leute nicht alles einfallen lassen, um einander auszuplündern: einfach fabelhaft. – Dass er weit hinauf muss, fast bis zum Dach, stört ihn wenig; seit Kindertagen nahe schwindelfrei, was er zum Horror seiner Eltern bei Ausflügen ins Gebirge immer wieder mit Eifer erprobte, stellt die schiere Höhe kein Hindernis dar. Die Bedenken gelten eher der komplizierten Vorrichtung: Wird es ihm gelingen, das Gerät fachmännisch anzubringen? Und wenn nicht? Dann droht ein Sturz, den man, wenn überhaupt, nur mit fantastischen Splitterbrüchen überlebt.

„Oh weh, oh weh, oh weh ..."
„Bitte? Ich verstehe hier vorne so schlecht", entschuldigt sich der Chauffeur abermals.
„Ich sagte: Ich brauche noch einen starken Kaffee."
„Aber gerne. Sofort."
„Hoffen wir mal, dass es nicht der letzte ist", murmelt Adrian.
„Bitte?"
Überwach, hochkonzentriert nimmt der Graf die Örtlichkeit noch einmal in Augenschein. Dann schleppt er die über zwanzig Kilogramm schwere Apparatur durch den Schlosspark. Aber diesmal hat er Pech: Ein Liebespärchen durchstreift die Nacht, offensichtlich keineswegs gewillt, die Stätte vor dem Morgendämmer zu verlassen. Hinter einem immergrünen Gebüsch mit ledrigen Blättern verborgen, durchdenkt Adrian von Hoensbroech sämtliche Varianten: Wie kann man junge Leute, die sich lieben, dazu bewegen, sich schleunigst aus dem Staub zu machen? Bedauerlicherweise versteht er sich nicht auf die Kunst der Stimmenimitation, sonst hätte er ein Werwolffauchen oder Kojotengeheul extemporiert. Schade. Nun, was bleibt ihm übrig? Unter dem Eindruck, ein Sakrileg zu begehen, klaubt er schließlich ein paar Tannenzapfen auf und wirft sie in Richtung des Paares, das schon wieder stehen geblieben ist, um sich zu umarmen. Freilich, damit hätte er nicht gerechnet, dass die Dinger so weit fliegen: Bereits der erste Wurf trifft das Mädchen am Hinterkopf. Adrian hört ihren Aufschrei. Erzürnt will der junge Mann nach dem Übeltäter forschen, doch seine Freundin zieht ihn mit sich fort. Eine Weile hört er die beiden schimpfen, dann ist es still.

Es folgt die zweite Schwierigkeit der Unternehmung. Irgendwie muss es von Hoensbroech gelingen, auf diesen mächtigen Baum hinaufzukommen, welcher, dem Schloss gegenüber, auf der anderen Seite des Wassergrabens wurzelt. Verdrossen schaut er hinauf: Die Äste beginnen sehr weit droben; es ist ein Hochstammgewächs, mit Sicherheit zweihundert Jahre alt, gepflegt von Generationen sachkundiger Landschaftsgärtner. Geplagt von Befürchtungen, sich bei der Aktion selbst zu erdrosseln, bindet er sich das Gerät um den Leib und wirft einen Karabinerhaken, woran das Stahlseil befestigt ist, nach oben. Schon beim zweiten Versuch glückt es – doch der Eisenhaken saust so geschwinde wieder herab, dass er dem Grafen beinahe den Kopf einschlägt. – Besonders elegant kommt er sich keineswegs vor, wie er nun, die Füße am Stamm, das Seil in den Händen, Zentimeter für Zentimeter nach oben klettert. Wenn jetzt einer auftaucht, kann er sich umstandslos einbuchten lassen.

Aber für den Moment bleibt der Graf allein. Es hat zu nieseln begonnen, der kalte Wind riecht nach Salz. Der Aufstieg ist äußerst mühsam. Binnen kurzem wird ihm heiß. Als er endlich den ersten tragenden Ast erreicht und sich mit äußerster Anstrengung hinaufzieht, glaubt er sich am Ende seiner Kräfte. Es dauert lange, bis er wieder zu Atem gelangt. Dann geht es höher hinauf, immer weiter, von Ast zu Ast, wie ein Schulbub beim Kirschenklauen. Immerhin, auf diese Weise erreicht er verhältnismäßig schnell eine Höhe, die ihm ausreichend erscheint. Zweimal rutscht Graf Adrian mit den Füßen ab, doch die professionellen Handschuhe, die Dschamal besorgt hat, geben guten Halt. – In einer Astgabel schöpft er Atem. Der Blick nach unten zeigt ein dichtes Gezweig, das, obgleich unbelaubt, den Boden vollkommen verdeckt – Abermals vergehen mehrere Minuten, bis die verschiedenen Teile des Geräts entheddert sind. Ähnlich aufwändig gestaltet sich die Installierung der Schussvorrichtung. Wozu sind all diese Schlaufen da? Um alle die Sicherheitsvorkehrungen zu montieren, wäre es vermutlich nötig, den ganzen Tag über in der Baumkrone zu verbringen. Man muss eben improvisieren. Perfektionismus ziemt sich beim Weinbau; wer sonst noch Anspruch darauf erhebt, bitte hinten anstellen!

Ungeduldig, an einigen Punkten vielleicht ein wenig ungenau, befestigt Adrian von Hoensbroech die verschiedenen Halterungen, zieht dort, ruckelt da – geht doch! Jetzt noch rasch den Zylinder mit der Elektronik aufgeschraubt: Tatsächlich, das Gewinde passt. Nicht ohne Stolz schaltet der Graf am Ende der Prozedur das Messgerät ein. Es funktioniert! Und, welch Wunder, der Akku scheint aufgeladen. Was sich dem Grafen zu Hoensbroech nun im Display zeigt, übersteigt für Momente sein Fassungsvermögen: Haarklein, aufs Präziseste ist die gegenüberliegende Front des Schlosses abgebildet. Vermittels einfacher Drehbewegungen glückt es ihm innerhalb von Sekunden, das Ziel ins Visier zu bekommen: jenes Fenster im dritten Stock. Fehlt noch was? Nach wohlwollender Überprüfung erklärt Adrian die Vorrichtung für tauglich. Bevor er aber auf den Auslöser drückt, erklettert er die nächste Etage im Geäst. Wer weiß, falls sich irgendeine Schlaufe in der anderen verfängt und die Geschichte nach hinten losgeht, will er lieber außer Reichweite sein. Den Anblick eines erhängten Grafen im Morgenrot möchte er den freundlichen Niederländern doch gern ersparen.

Noch einmal hält er inne. Dann berührt er den Knopf mit der Fußspitze. Was nun geschieht, entbehrt nicht einer gewissen Erhabenheit: Als hätte ein extraterristrischer Handwerker eine Linie vorgezogen, surrt ein speerspitzenartiges Eisenstück geradeaus durch die Luft und zieht ein Stahlseil hinter sich her. Geschwinde, ohne Widerstand wickelt sich der Draht von der Trommel, Umschlingung für Umschlingung, bis mit einmal Mal ein Klacken zu vernehmen ist. Augenblicklich rastet eine Halterung ein ... und drüben, weit drüben durchschlägt der Eisenpfeil das Fenster. – Angespannt erwartet Graf Adrian den Einsatz der Alarmanlage. Nichts. Kompliment, Dschamal, da hast du prima recherchiert! Euphorisch ob der Reibungslosigkeit der Abläufe, hakt Adrian zwei Kugellagerösen, woran sich Handschlaufen aus gefüttertem Kunststoff befinden, in das Drahtseil ein. Im Display sieht er, dass die Klammer im Schlossfenster perfekt eingerastet ist. Mehrmals prüft er kraftvoll, ob die Seile wirklich halten. Kein Zweifel, die Apparatur scheint vollendet ausgeklügelt: Nicht ein Millimeter Spielraum! Problemlos könnte hier ein Kommando Luftpiraten gleichzeitig hinübergleiten.

Die Bedenken, ob der Schwung für die Distanz ausreicht, lassen sich nicht leicht zerstreuen. Die Erfinder dieses High-Tech-Werkzeugs haben zwar jeglichen Widerstand eliminiert; es steht zu vermuten, dass man eher mit zu viel als zu wenig Geschwindigkeit auf der anderen Seite eintrifft. Andererseits, es fehlt jegliche Erprobung. Das Risiko bleibt beträchtlich. Doch wie merkwürdig, es ergreift den Grafen eine wüste Abenteuerlust, die kleingeistige Bedenken schlankweg ignoriert, darin so manchem seiner Vorfahren verwandt, die im Zweifelsfall dem Reiz des Unerkundeten nicht widerstehen konnten. Kurzentschlossen schiebt er die Hände in die Schlaufen, greift nach, einmal, zweimal, stößt sich ab ... und, einem Knaben gleich, der sich zum ersten Male traut, vom Zehnmeterbrett zu hüpfen, flitzt Adrian von Hoensbroech davon in die Nacht.

Wie erwartet, schießen die gefetteten Ösen mit sinnenraubendem Tempo über das Drahtseil. Sicher fühlt sich das an, tadellos durchgeplant, ein Kinderspiel. Schwerelos wird der Körper über die Wasserfläche getragen, in einer einzigen eleganten Bewegung auf den Korpus des Schlosses zu. – Kaum fällt dem Wagemutigen ein, dass er mit dieser Geschwindigkeit wie ein verirrter Vogel gegen das Fenster oder die Steinmauer prallen wird, bremst die Fahrt allmählich ab. Fabelhaft, welche Technik! Ein Hochgefühl bemächtigt sich seiner, als er sich unaufhaltsam dem Ziel nähert. Fast möchte er jauchzen, doch belässt er es bei einigen Worten, die er zu sich selber spricht.

„Auf, Ikarus! Mach es besser, diesmal!"

Wer weiß, möglicherweise war dies die falsche Assoziation. Denn nach ungehinderter, rascher Reise geht es auf einmal, etwa vier, fünf Meter vor dem durchbrochenen Fenster, gar nicht mehr voran, im Gegenteil, trotz eifriger Versuche, vermittels wurmartiger Verrenkungen neuen Schwung zu holen, rutscht die Gleitvorrichtung wieder nach hinten, erst langsam, dann schneller, dann wieder langsam ... und kommt mitten über dem Wassergraben zum Stehen. Entgeistert blickt Graf Adrian nach oben. In demselben Moment spürt er das Einschneiden der Kunststoffschlaufen. Verzweifelt bemüht er sich abermals, mit den Beinen Schwung zu holen – und tatsächlich beginnt es droben wieder zu rollen. Doch nur wenige Meter weit, dann rutscht es wieder zurück, wohl an denselben Platz, wo er soeben zum Stehen gekommen war.

Jetzt werden die Schmerzen in den Handgelenken schnell unerträglich. Angstvoll wagt es der Graf nach unten zu schauen. Tief, sehr viel tiefer als die Poolfläche, betrachtet von einem Zehnmeterbrett aus, schimmert es drunten schwarz und silbern. Mein Gott, wie viel Wasser mag so ein Burggraben führen? Welche Verletzungen drohen einem, wenn man aus solcher Höhe hineinstürzt? Hat das Wasser am Ende nur eine Tiefe von anderthalb Metern? Soll er versuchen, aus den Schlaufen zu schlüpfen und per Hand zum Fenster hinüberhangeln? Oder doch lieber zurück zum Baum?

All diese Erwägungen werden durch ein Splittergeräusch samt nachfolgender Erschütterung unterbrochen: Ohne dass Adrian von Hoensbroech davon etwas mitbekommt, löst sich die nachlässig angebrachte Verankerung im Baum, sogleich schwingt das Seil nach unten aus, seine Hände werden aus der Verankerung gerissen und ohne Aussicht auf Halt beginnt der Sturz ins Schwarze. – Seltsamerweise wohnt seinem letzten Gedanken eine Art Erleichterung inne: Wie gut, so schießt es ihm durch den Kopf, dass die mittelalterlichen Toilettenerker heute nicht mehr genutzt werden. Seinerzeit mag die Brühe, in die er sogleich hineinstürzen wird, noch weitaus widerwärtiger gewesen sein als heutigentags ...

Der Versuch des Marquis'

Wie die meisten Gefühle, Trauer etwa oder Freude, bedarf auch die Empfindung, unter Beobachtung zu stehen, gelegentlich neuer Nahrung – umso mehr, als sie dem Kontinent der Angst zuzuzählen ist, welche für sich genommen, ohne Anlass, sozusagen als Grundtatsache menschlicher Weltwahrnehmung nur hochsensiblen, psychisch gefährdeten Menschen zugänglich ist. Anders verhält es sich mit dem Hass; als verbissenste Unterdisziplin der Wut gehört es zu seinen Eigenheiten, auch im Stillen vor sich hinzuköcheln, wie die Volksweisheit sagt, ja, im Laufe der Zeit sogar immer noch zuzunehmen, um anderweitige, hellere Eindrücke vollständig zu verdrängen. – Für unsere Geschichte, die auf dem Weingut des Reichsgrafen und Marquis zu Hoensbroech ihren Anfang nahm, bedeutet dies, dass auf der einen Seite die Anspannung allmählich nachlässt, da nicht der geringste Hinweis zu finden ist, noch immer von Unbekannten ausspioniert zu werden; aber auch auf Seiten der anderen, die sehr wohl gegenwärtig sind, noch stets im Umkreis sich aufhalten, kann von einer gewissen Vernachlässigung der Disziplin gesprochen werden. Denn das Zentrum der Tat, Dschamals Widersacher Chaleb, hat schon länger das Zeitliche gesegnet. Damit fehlt der Motor der Rache. Seine sterblichen Überreste befinden sich in Polizeigewahrsam; der Fall ist keineswegs zu den Akten gelegt.

Nur auf dem Wege der allmählichen Erschlaffung der Aufmerksamkeit lässt sich erklären, dass an ein und demselben Tag Gräfin Maria zu Hoensbroech die zwei Männer in dem altmodischen Skoda auf dem Rückweg von der Bäckerei nicht auffallen, aber auch eben diese beiden die Ankunft der grünschimmernden Stretchlimousine Marke Maybach nicht bemerken. Freilich, hätten sie ihren Beobachtungsposten im Wäldchen auf dem Himmelberg, ausgerüstet mit Feldstechern von bester Qualität, nicht verlassen, wäre ihnen dieses im weiten Rund goutierte optische Spektakel keinesfalls entgangen. – Die Sache lag an diesem Tage so, dass sie endlich, nach zahlreichen Fehlversuchen, Kontakt zur Führungsebene bekommen hatten. Seit Chalebs und Dschamals Ausfall pendelten Massud, den sie Triefnase nennen, und Daoud einigermaßen orientierungslos zwischen Himmelberg und Auto, das sie zwei Kilometer entfernt auf einem Waldparkplatz abgestellt hatten. Selten wird die Monotonie unterbrochen von Einkaufstouren, die sie stets alleine unternehmen, einander ablösend. Bei den kurzen Abstimmungsgesprächen geraten sie meist in Streit.

Nun aber war ihnen Hilfe zugesagt worden. Ein hochrangiges Mitglied des Clans der Parhez hatte sich angesagt. Übereilt waren sie gemeinsam nach Heidelberg aufgebrochen. Statt einer Begrüßung zischte ihnen der Bote entgegen, wer denn im Augenblick die Observierung übernehme? Als sie nicht antworteten, sondern, einigermaßen verlegen, einander ansahen, schien es für einen Moment, als würden sie ein paar Ohrfeigen bekommen. So rasch wie möglich instruierte sie der gestrenge Mann, sie sollten auf keinen Fall abziehen, sondern, vermittels zweier neuer Mobilfunkgeräte täglich Bericht erstatten. Sodann wollte er präzise wissen, wo sich Dschamal gegenwärtig befinde. Auf die hervorgestotterte Aussage hin, das sei nicht sicher, aber vermutlich halte sich der Sprössling noch immer im Hause derer zu Hoensbroech auf, bekam der Gesandte einen Wutanfall. Warum sie das nicht genauer wüssten? Was sie überhaupt getrieben hätten in den vergangenen Tagen? Dass sie hier nicht auf Erholungsurlaub seien – und dergleichen mehr.

Seit der Wüterich abgezogen ist, bemühen sich Daoud und Triefnase um strikteste Disziplin. Bisweilen geht ihr Eifer so weit, dass sie sogar auf die Ruhepausen verzichten; stattdessen verfolgt stets einer der beiden die Angehörigen der Familie Hoensbroech auf Wegen quer durch die Region, während der andere treu auf seinem Posten ausharrt und jede Regung verzeichnet. – Nach wie vor ist die Stimmung miserabel. Wenig Aussicht besteht, alsbald wieder nach Hause zurückzukehren, erlöst von dieser scheußlichen, mit so vielen Unannehmlichkeiten verbundenen Aufgabe. Nein, es existiert nur die eine Möglichkeit, vermittels minutiöser Diensterfüllung zum schnelleren Ende der Aktion beizutragen; besondere Rücksichten können dabei nicht genommen werden, weder gegen sich noch gegen andere.

An einem Sesamkringel kauend, blickt Daoud einmal mehr durch das Okular auf den sattsam bekannten Hof des Weinguts. Heute Morgen ist noch nicht viel passiert. Diese junge Frau mit der schwarzen Mähne hat sich mehrmals sehen lassen, Schläuche und silberne Gefäße, deren Zweckbestimmung Daoud rätselhaft sind, hin- und hertragend. Einmal ist die Gräfin zu den Pferden hinübergegangen und hat sie gefüttert. Jetzt aber, die Uhr zeigt kurz vor neun, kommt Bewegung auf. In Begleitung seiner Frau tritt der weißhaarige Graf vor das Hauptgebäude, die beiden nehmen offensichtlich Abschied, und langsam, einen Koffer in Händen, begibt er sich zu seinem Auto. Er steigt ein. Das Keuchen des Motors ist bis hinauf ins Wäldchen zu hören. Noch ein paarmal wiederholt sich das Geräusch, dann verlässt der Graf den Wagen, öffnet die Kühlerhaube, umkreist das Gefährt ... und geht zurück ins Haus.

Er kehrt zurück, zusammen mit seiner Frau und der Schwarzhaarigen. Daoud beobachtet, wie sie der Reihe nach in den Motorraum starren. Das Heben und Senken der Schultern ist gut zu erkennen. Keine fünf Minuten, und alle kehren ins Gutsgebäude zurück. Daoud überlegt, ob er Triefnase wecken soll.

Noch aber wartet er ab. Erst als ein Taxi das Sträßchen zum Gut hinaufrollt, zückt er sein Handy und gibt dem Schläfer Bescheid. Zwar haben sie dem Sendboten der Parhez zugesichert, dass von nun an stets mindestens einer von beiden in der Nähe des Guts verbleibe, doch für diesmal scheint das Vorkommnis eine Ausnahme zu rechtfertigen. Kaum hat das Taxi den Hof wieder verlassen, trifft Massud mit dem Skoda ein. Noch einmal vergewissert sich Daoud, welche Richtung der weiße Mercedes einschlägt, schon holpern sie über einen Feldweg auf dieselbe Landstraße und folgen dem Auto in gebührendem Abstand.

Während der Fahrt beratschlagen sie, ob es nicht an der Zeit sei, endlich selber aktiv zu werden. Es hat doch keinen Zweck, auf Ereignisse zu warten, die vielleicht niemals eintreffen werden – oder bereits ohne ihr Wissen längst stattgefunden haben! Womöglich werden sie diesmal sogar gelobt und nicht beschimpft, wenn sie endlich Aufklärung geben können. Rasch einigen sie sich: Der Graf muss heute noch entführt werden! Sie werden ihn ausgiebig verhören und hernach gegen Dschamal austauschen. Daouds Englischkenntnisse dürften ausreichen. Sobald Dschamal wieder frei ist, wird er ohnehin die Führung wieder übernehmen wollen. – Während das Taxi durch Dühren auf Sinsheim zufährt, überlegen die Verfolger, ob sie es nicht mitten auf der Landstraße zum Anhalten zwingen sollen. Aber der Gegenverkehr wird stärker; man muss auf eine bessere Gelegenheit warten.

Rüdiger Reichsgraf und Marquis zu Hoensbroech lässt den Taxifahrer vorm Sinsheimer Bahnhof halten. Missgestimmt begibt er sich zum Gleis. Ein Anruf, üble Nachrichten beinhaltend, hat ihm seiner Stimmung den Rest gegeben. Adrian hat sich nicht mehr gemeldet, seit anderthalb Tagen. Was mag dafür nur der Anlass sein ... Es hilft nichts, offenbar bleibt es dem Marquis selber vorbehalten, den Dingen wieder einen ordentlichen Verlauf zu geben. Sei's drum, er wird das regeln; auf welche Weise, davon hat er allerdings noch keine Vorstellungen. Möglicherweise wird er schon am Nachmittag einen Verwandten, der ihm behilflich sein könnte, aufsuchen. Andererseits, dieser Großcousin wohnt weit ab von Heerlen. Da er gezwungen ist, mit der Bahn zu fahren, würde dies natürlich erhebliche Umstände bedeuten. In der Hetze heute Morgen hat der Graf die Landkarte auf dem Schreibtisch liegen lassen. Spätestens in Aachen wird er sich eine neue besorgen.

Mit dem Ausdruck nimmer verzagter Gottergebenheit vernimmt er die Lautsprecherdurchsage: „Der Regionalzug nach Heidelberg hat in der Ankunft voraussichtlich sechsunddreißig Minuten Verspätung. Grund ist eine Streckensperrung im Raum Bad Rappenau ..."

Na wunderbar, somit verpasst er natürlich den Anschluss nach Köln. In früheren Zeiten, als er noch öfter mit der Bahn unterwegs war, galten zehn Minuten Verspätung als das Äußerste. Die gesamte öffentliche Organisation scheint aus den Fugen geraten, in Auflösung begriffen; wo soll das noch alles hinführen ... Die extreme Kälte auf dem Bahnsteig veranlasst den Grafen von Hoensbroech, nach einem Warteraum Ausschau zu halten. Immerhin, ein ordentliches Bahnhofsrestaurant haben sich die Sinsheimer gegönnt. Für eine Tasse Kaffee reicht die Zeit allemal.

Doch kaum hat der Graf den Wintergarten der Restauration betreten, ertönt eine erneute Durchsage: „Die Ankunft des Regionalzugs nach Heidelberg verzögert sich auf unbestimmte Zeit. Grund ist eine Stellwerksstörung im Raum Eppingen."

Ja, was denn nun: Kann man sich nicht einmal über den Grund für diese Unverschämtheit einigen? Wenigstens diesmal kein Personenschaden, schüttelt Graf Hoensbroech den Kopf. Wobei, so genau weiß man das bei diesen mit spießiger Ausführlichkeit vorgetragenen Pseudoinformationen nie. Eher steht zu vermuten, dass ein gewisses Sortiment an Ausreden vorliegt, woraus man sich nach vorgegebenem Turnus bedient. – Ergrimmt verlässt Rüdiger von Hoensbroech das Bahnhofscafé und begibt sich in die Fußgängerzone. Für den Fall, dass er seinen Großcousin tatsächlich besucht, könnte er ihm doch wenigstens ein Geschenk mitbringen; dann hätte man die Wartezeit wenigstens sinnvoll genutzt. Über das Flüsschen, vorbei am Gasthaus zur Linde, spaziert der Graf die Bahnhofsstraße hinab. Vor der Buchhandlung Doll überlegt er, ob er dem Verwandten etwas zum Lesen mitbringen soll, doch dann fällt ihm ein, dass der Gute eher eine Schwäche für Süßes hat und weder für höhere noch niedere Literatur je viel Sinn bewies. – Als der Marquis kurz darauf die Chocolaterie in der Hauptstraße wieder verlässt, ein schleifenverziertes Pralinenpäckchen in der Hand, bleibt er unschlüssig stehen; wer weiß, vielleicht setzt die Deutsche Bahn in ihrer Gnade soeben einen Ersatzzug ein? Dann wäre es angeraten, den nicht zu verpassen.

Im Weitergehen wandert sein Blick an der Fassade des Freiheitsmuseums entlang. Ist es schon so weit gekommen, dass man für die Freiheit ein Museum einrichten muss, denkt der Graf belustigt, wohl wissend, wem die Ausstellung gewidmet ist: dem Wirken des Eichtersheimers Friedrich Hecker und keinem abstrakten Menschenrecht. – In diesem Augenblick stutzt der Marquis. Was ist das nur für eine seltsame Gestalt, die ihn da von der Seite her fixiert? Es kommt ihm so vor, als habe er diesen Menschen schon einmal gesehen. Aber wo? Jedenfalls, dem Reichsgrafen wird unbehaglich zumute. Beschleunigten Schritts setzt er sich in Bewegung, Richtung Bahnhof. So unauffällig wie möglich wendet er sich um. Kein Zweifel, dieser Mensch mit dem schwarzen Bart geht ihm nach! Miteins wird dem Marquis bewusst, in welcher Situation er ihm begegnet ist: Oben auf dem Himmelberg, als er, mit gezogenem Säbel, auf diesen Feigling zuritt!

Zu ihrem gesteigerten Missbehagen müssen Daoud und Massud feststellen, dass der Wagen, dem sie hinterherfahren, in die

Straßen einer Stadt einbiegt. Hier wird es freilich weitaus schwieriger, von der Öffentlichkeit unbemerkt einen Menschen in Gewahrsam zu nehmen. Daoud flucht, als der Graf ausgerechnet auf den Bahnhof zusteuert. Was soll geschehen, wenn er in einen Zug einsteigt und einfach davonfährt? Damit hatten sie nicht gerechnet. Erst als das Beobachtungsobjekt wieder aus dem Bahnhofsgebäude heraustritt und auf die Fußgängerzone zustrebt, hellt sich die Stimmung der beiden auf. Sie beschließen, Triefnase soll im Auto bleiben und Daoud die Verfolgung aufnehmen. – Es erweist sich als schwierig, unbemerkt zu bleiben. An diesem kalten Vormittag ist nicht viel los in Sinsheim. Die wenigen Einkäuferinnen huschen von Geschäft zu Geschäft, verweilen nur möglichst kurz im Freien. Zweimal fürchtet Daoud, dass ihm der hochgewachsene Herr entwischt ist. Doch dann sieht er ihn wieder, vor diesem Schokoladengeschäft. Sogleich gibt er Massud telefonisch Entwarnung. Jetzt müssen sie sich beeilen, bevor er abermals in einem Gebäude verschwindet.

Das ist der Moment, da sich Daoud zu erkennen gibt. Dieser Mann, der Dschamal gefangen genommen hat, soll es ruhig ein wenig mit der Angst bekommen; vielleicht wird ihn das zu unüberlegten Handlungen verleiten. Daoud lässt sich nicht abschütteln. Ohne sich weiterhin hinter Litfaßsäulen und Werbeschildern zu verbergen, hält er nun Schritt im Abstand von weniger als fünfzig Metern. – Als Graf Hoensbroech die Fußgängerzone verlässt und in eine Gasse abbiegt, zieht Daoud sein Handy und beordert Triefnase vom Bahnhofsplatz in die Nähe des Fliehenden. Die Schlinge zieht sich zu. Zufrieden steckt Daoud das Handy wieder ein. Seine Hand wandert in die Manteltasche und schließt sich um die Pistole. An den unterschiedlichsten Ladengeschäften vorbei geht es hinaus auf einen weiten Platz. Für Augenblicke ist der Weißhaarige wiederum verschwunden, dann taucht er hinter einem Lieferwagen auf. Wenn Triefnase jetzt um die Ecke biegt, haben sie ihn. Man wird behutsam vorgehen. Auf keinen Fall darf das Opfer Hilfe herbeischreien.

Durch die Rosengasse ist Graf Hoensbroech auf die wenig anheimelnde Fläche zwischen den Resten der Altstadt und der Stadthalle hinausgetreten. Da sich sein Freund Nasir ohnehin in Polizeigewahrsam befindet, könnte man mittlerweile eigentlich die Hilfe der Exekutive in Anspruch nehmen. Besser wäre es allerdings, es gelänge ihm, dem Verfolger zu entkommen, ohne Alarm zu schlagen. Zwischen parkenden Autos hastet der Graf entlang. Die Ampel steht auf Rot, doch er nutzt eine Verkehrslücke und springt hinüber. Ein Lastwagen hupt und fährt in unvermindertem Tempo weiter. Wo könnte man sich am besten verbergen? Irgendwo in der Grünanlage? Unsinn, da ist alles kahl um diese Jahreszeit. In der Stadthalle? Dann säße er da drin gefangen. Kurz entschlossen wendet er sich nach rechts, geht um den ausladenden Bau herum und verschwindet in der Stadtbibliothek.

Daoud und Massud haben Sichtkontakt. Der Wagen biegt auf den Parkplatz ein. In knappen Worten besprechen die beiden das Vorgehen. Sofort macht sich Daoud auf und rennt zur Stadthalle hinüber. Schon wieder ist es dem Verfolgten gelungen, aus dem Sichtfeld zu entschwinden. Daoud spurtet von Eingang zu Eingang, rüttelt an den Türen. Die sind alle verschlossen. Hektisch zückt er sein Handy, schreit Triefnase an, er solle augenblicklich zu ihm herüberkommen. Von zwei Seiten her umrunden sie das Gebäude, um den Mann in die Enge zu treiben ... und ihn so schnell wie möglich ins Auto zu verfrachten. Mit sehr viel Widerstand ist in diesem Augenblick eher nicht zu rechnen.

Außer Atem passiert Rüdiger von Hoensbroech die langen Tische an der Ausleihe. Den Gruß der Bibliothekarin erwidert er knapp. Ein paar Zeitungsleser sitzen im Raum verteilt, zwischen den Regalen suchen ältere Damen nach Lektüre. Der

Geräuschpegel ist höher als gewöhlich: Eine Schulklasse bekommt soeben eine Führung durch die Kinderbuchabteilung. Aufgeregt quatschen die Kleinen durcheinander, die Ermahnungen ihrer Lehrerin lassen sie unbeachtet. – Endlich, zwischen großformatigen Bildbänden, die den Wundern der Erde gewidmet sind, und bunten Ratgebern für Fragen der glückhaften Alltagsgestaltung verschnauft der Reichsgraf ein paar Sekunden. Von hier aus hat er eine gute Übersicht. Außerdem kann er den Eingang überwachen. – Nun gilt es, scharf nachzudenken. Vielerlei Eventualitäten muss er berücksichtigen; kann er seine Gattin auf dem Weingut zurücklassen oder sollte er nicht besser augenblicklich heimkehren? Nein, all dies erscheint ihm viel zu vage. Die Situation hat sich dermaßen zugespitzt, es ist jetzt an der Zeit, die Polizei zu verständigen. Alles andere wäre Vabanque. Doch der Marquis kommt nicht mehr dazu, seinen Plan auszuführen. Denn kaum hat er sich entschlossen, an der Ausleihe nachzufragen, ob er ein Telefonat führen dürfe, fühlt er etwas Unangenehmes, Hartes in seinem Rücken. Den Impuls, sich rasch umzuwenden, unterdrückt er mit Mühe.

„Quiet. You be quiet. Otherwise you make the children to die."

Gefasst, doch innerlich zornbebend, schreitet der Reichsgraf durch die Regalreihen auf den Ausgang zu. Er wagt es nicht, sich umzudrehen. Im Hintergrund hört er das Gelächter der Schulklasse. Scheinbar hat die Bibliothekarin gerade etwas Lustiges erzählt. Langsam öffnet Graf Hoensbroech die Tür und geht nach draußen. Einen Augenblick lang überlegt er, ob er losrennen soll. Doch schon vernimmt er, wie hinter ihm eine Autotür aufgeht und jemand herauskommt, der leise hustet.

Der Versuch der Damen

Niemand, der gebrechlichste Zeitgenosse nicht, hat je so lange gebraucht, um von der Michelfelder Hauptstraße hinaus zum Weingut des Reichsgrafen und Marquis zu Hoensbroech zu gelangen wie jene hohe, fragile Gestalt, die sich im Morgenlicht Schrittchen für Schrittchen die Landstraße entlangschiebt. Freilich, da wären mehrere Gründe zu nennen, weshalb Erich Fichtenhauer nicht schneller vorankommt. Am frühen Nachmittag des gestrigen Tages ist er von Frankfurt aufgebrochen, keineswegs zu Fuß, durchaus nicht: Mit einem Pappschild in der Hand, worauf „nach Süden" mit rosiger Farbe gemalt war, stand er drei oder vier Stunden lang an einer Ausfallstraße zwischen Gallusviertel und Rödelheim. Bis sich schließlich eine Grundschullehrerin aus Freiburg erbarmte, glaubte Erich schon, den Kältetod zu erleiden. In den ersten Minuten der Fahrt brachte er kein Wort hervor. Stummen Dank nickend, stieg er ein und schloss die Augen. Am liebsten hätte er geheult, so sehr schmerzten die Füße, die Hände, die Stirn. Im Halbschlaf der Erschöpfung zitterte er dermaßen, dass die junge Frau einer Mitleidsregung nachgab und an der nächsten Tankstelle anhielt.

„Einen Kaffee vielleicht?"

Erich stakste mit nach draußen. Am Automaten hatte er freie Auswahl. Er wählte Gemüsesuppe. – Bereits in Höhe Darmstadt begann sich die Fahrerin zu fragen, ob es ein so guter Einfall gewesen war, den schmalen Kerl zu reanimieren. Denn jetzt erzählte er unaufhörlich ... und dies in einer schnarrenden, dabei überweichen, auf alle Fälle stark gewöhnungsbedürftigen Weise, unterbrochen von sehr häufigem Naseputzen, Räuspern, Schnauben. Seltsame Dinge höchst privater Natur breitete er vor ihr aus, interne Spielregeln der Szene, in der er sich seit seinem siebzehnten Lebensjahr, kurz nachdem ihn sein Vater hinausgeworfen hatte, beheimatet fühlte. Als sie Wiesloch passiert hatten, glaubte sich die Lehrerin unterrichtet über jedwedes Detail, das man hinsichtlich Kleidungsfragen, Musikgeschmack, Parfüm und Schminke zu berücksichtigen hatte, wollte man als vollwertiges Mitglied jenes nachtschwärmerischen Kreises gelten, als dessen glitzernder Mittelpunkt Erich Fichtenhauer gilt.

Amüsiert, aber müde, bog diese herzensgute Frau sogar noch von der Autobahn ab und kutschierte ihren Gast nach Bad Schönborn hinein. Das musste so ungefähr in der Nähe des Angelbachtals sein, sagte ihr die Erinnerung. Erich bedankte sich minutenlang und winkte ihr noch nach, als von dem roten Opel schon längst nichts mehr zu sehen war. Damit hatte es denn auch ein Bewenden hinsichtlich der Annehmlichkeiten, die ihm das Schicksal für diesen Tag zuzumessen geneigt war. Bad Schönborn war dunkel, kein Mensch mehr auf der Straße, kein Gasthaus hatte mehr geöffnet, niemand hielt an, als Erich den Daumen rausstreckte. Bis nach Mitternacht wanderte er die B 3 entlang, zunächst von Kronau in den vermeintlichen Ortskern hinein, dann immer weiter, selbstredend nicht in der Richtung seines Ziels, sondern über Langenbrücken nach Stettfeld. Hier nun verweigerte sein Leib den Dienst; Erich brach zusammen, fiel hin, direkt auf den Bürgersteig, wo er liegen blieb. Da niemand mehr wach war, konnte ihm auch keiner aufhelfen; so war das Schicksal der Vagabunden. Nach ein paar Minuten wurde ihm so kalt, dass er sich zum wiederholten Male auf den Tod vorbereitete. Doch nicht einmal der kam zu ihm. So entschloss sich der junge Mann in seiner Verzweiflung, an Haustüren zu rütteln: Hauptsache ins Warme! Schnell!

Wie er alsbald feststellen musste, bestand die Bebauung fast zu hundert Prozent aus Einfamilienhäusern, welche lückenlos abgeriegelt waren. Weit über fünfzig Bewegungsmelder löste er auf diese Weise aus, einmal sogar eine echte Alarmanlage. In Panik rannte er davon, so gut ihm das noch möglich war. Auf diese Weise kam Erich immerhin in ein weniger privilegiertes Viertel, wo die Häuser nicht so weiß, dafür höher, nicht so gepflegt, dafür unverschlossen waren. Erich Fichtenhauer, als Schulabbrecher, monatelanger Herumtreiber zwischen den verschiedensten Städten und ehemaliger Lehrling einer Tischlerwerkstatt, wo er in einer zugigen Kammer wohnte, war in puncto Schlafgelegenheiten nicht eben verwöhnt. Er schleppte sich in einen Hausflur, fand in der Nähe der Müllbehälter einen zerschlissenen Teppich, bettete sich darauf und zog die Füße an.

Mit dem frühen Morgen begann es sich im Haus zu regen. Schlecht bezahlte Angestellte diverser Zeitarbeitsfirmen tapsten schlaftrunken an Erich vorbei, so sehr mit ihren eigenen Anstrengungen beschäftigt, dass keiner auch nur einen Moment lang daran dachte, sich um die bunte Halbleiche im Hausflur zu kümmern. Schließlich bog ein schwerkranker Frührentner, gebürtig aus Kasachstan, in den gekachelten Gang ein, in Händen einen übervollen Mülleimer. Da wendete sich das Blatt.

„Herrje, wen ham wir denn da, nee so was, gib's ja nüch, sag mal, lebst du noch, Kleiner?“

Als der Mann erfuhr, dass Erichs Eltern aus Weißrussland stammten, es sich gewissermaßen um einen Schicksalsgenossen aus dem Osten handelte, wurde er zum zweiten Helfer auf der Reise. Ungeachtet des schrillen Äußeren, nahm er den Jungen mit in seine Wohnung, setzte ihm Tee und Aufbackbrötchen vor und beschrieb ihm so genau er es verstand, auf welchem Wege er ins Angelbachtal vordringen könne. Von Östringen, so glaube er zu wissen, fahre ein Bus hinüber; vielleicht aber irre er sich da. – Zurück in der Kälte, begann Erich Fichtenhauer, eifrig in Richtung des angewiesenen Ortes zu stöckeln. Immerhin, die Morgensonne kam heraus, wenngleich ohne auch nur ein bisschen Wärme zu verbreiten. Tatsächlich gelangte Erich nach Ablauf zweier Stunden nach Östringen. Mehrere Versuche musste er starten, bis jemand unerschrocken Auskunft gab. – Acht Euro hatte Erich noch. Dafür kaufte er sich in einer Metzgerei eine heiße Wurst und eine Flasche Bier und außerdem, nach einer Wartefrist von abermals fünfundvierzig Minuten, beim Busfahrer eine Fahrtkarte.

Neben der kolossalen Entkräftung stellt Erichs Schuhwerk den zweiten Grund für den gequält langsamen Gang dar, der überdies unterbrochen wird von häufigen Erholungspausen. Es sind die höchsten Schuhe, so behaupten Freunde, die sich in Frankfurt jemals ein männliches Wesen zu tragen gewagt hat. Erich ist ganz verknallt in Superlative; so sind denn auch seine Hosen, eigenhändig eingefärbt in neonorange, die engsten, die uns aus der Weltgeschichte bekannt sind. Ein ebenfalls sehr eng anliegendes Ringel-T-Shirt in Weiß-Violett, kombiniert mit einem stets offen stehenden zartgrünen Kunstlederjäckchen, unterstreichen den Eindruck des Exotischen, selbstredend dazu angetan, dem Wagemutigen im Frankfurter Nachtleben viel Aufmerksamkeit zu sichern.

Doch je deutlicher sich einer zu einem bestimmten Milieu bekennt, desto fremder muss er wirken, sobald er sich nach außerhalb begibt. Wohl hat Erich gelernt, mit dem Erstaunen, gar Erschrecken, ja mit sämtlichen Formen der Ablehnung durch seine Mitmenschen umzugehen; dass ihn Abwertung und Spott gleichwohl noch immer schmerzen, würde er nimmer zugeben. Im Gegenteil, eine Spielart seines Stolzes, ist der junge Mann längst dazu übergegangen, seine Andersartigkeit immer schärfer zu konturieren, wozu ihm gegenwärtig ein pinkfarbener Federohrring dient, der sich, gut zwanzig Zentimeter lang, vom Ohrläppchen fast bis zur Schulter herniederschlängelt. Ein – zugegebenermaßen drastisches – Gesichtspiercing, das einst aus Rache gegen einen Ex-Freund, der Piercings hasste, unter Kokaineinfluss entstand, erregt nur in den seltensten Fällen Bewunderung.

Vor diesem Hintergrund erscheint die Reaktion der Gräfin Maria zu Hoensbroech durchaus nachvollziehbar. „Das darf doch nicht wahr sein: Jetzt kommen die schon bis hier heraus um zu betteln!"

Kopfschüttelnd kramt die zuletzt vielgeplagte Hausherrin einen Fünf-Euro-Schein aus dem Portemonnaie und bittet Paraskevi Pampukidis, die aufgeweckte Praktikantin, den Paradiesvogel mit den besten Wünschen vom Hof zu jagen. Doch es dauert nicht lange, schon ist die junge Weinsachverständige wieder zurück, den Schein noch immer in Händen.

„Der – oder die? – will kein Geld."

„Ja, was denn sonst? Sollen wir eine Zeitschrift abonnieren?"

„Auch nicht. Geht um Dschamal. Es ... ist sein Freund."

Indessen Evi den Frierenden in den Empfangsraum bittet, führt Maria von Hoensbroech noch rasch zwei Telefongespräche. Seit Gatte und Sohn nicht mehr im Hause weilen, leidet sie nicht nur unter der Last der Sorge; ganz allein muss sie zusätzlich die Geschäfte des Weinguts weiterführen, da hilft nun einmal nichts. – Zwei Nachrichten haben die vergangenen Tage geprägt, beide alles andere als geeignet, Freude und Optimismus zu verbreiten. Zuerst der Anruf ihres Sohnes: Offenkundig in schlechem Zustand, teilte Adrian mit, er sei „ins Wasser gefallen" – keine große Sache, aber augenblicklich sei er leider nicht reisefähig.

„Ja, warum denn nicht, um Gottes Willen?", hatte die Mutter nachgefragt.

Die Antwort, einige unerfreulich voluminöse Prellungen verunmöglichten derzeit die Fortbewegung zu Fuß, erschien ihr sofort als Untertreibung. Wer weiß, was ihm wirklich passiert ist ... Doch immerhin, Adrian befindet sich in Sicherheit und wohlversorgt, einlogiert in einem kleinen Hotel mit Komfort und medizinischer Betreuung. Binnen weniger Tage wird er zurück erwartet – ganz im Gegensatz zu Reichsgraf Rüdiger. Überstürzt war dieser aufgebrochen, als er vom doppelten Scheitern der Maßnahme am Schloss zu Heerlen hörte. Sein ganzes Befriedungskonzept, worauf er so viel Fantasie und diplomatisches Geschick gewandt hatte, drohte sich in nichts aufzulösen.

Auf ihre mit Vehemenz vorgebracht Frage, ob er sich nicht überfordere, hatte er mehr fatalistisch denn unternehmungslustig reagiert: „Was soll man denn sonst tun?"

Als sich ihr Mann am Abend nicht, wie versprochen, aus Holland meldete, wusste Gräfin Maria bereits, dass etwas Schreckliches im Gange war. Die Nacht, die darauf folgte, überstand sie mit Hilfe einer Freundin, deren nahtlos geschmiedeter Optimismus gerade so ausreichte bis zu jenem Anruf am Morgen. In groteskem Englisch teilte eine männliche Stimme mit, ihr Mann befinde sich in Geiselhaft. Allenfalls werde man ihn austauschen gegen Dschamal, ansonsten verbleibe er bis auf weiteres in Gefangenschaft. Von da an wurde das Telefongespräch vollends absurd. Nur mit Mühe gelang es der Gräfin, dem Entführer begreiflich zu machen, dass sich Dschamal längst nicht mehr in Michelfeld befinde, mehr noch, über seinen gegenwärtigen Aufenthaltsort könne sie beim besten Willen keine Auskunft erteilen. Zwischenzeitlich kam es zu Dialogen, die jedem Theaterstück aus der Hochzeit des Surrealismus zur Ehre gereicht hätten.

„How much?", fragte Maria zu Hoensbroech, selbstverständlich das zu erwartende Lösegeld im Sinn.

„How much what?"

„How much do you want?"

„How much do you think?"

„What do you mean?"

„What?"
„What?"

Am Ende gewann sie den Eindruck, den offensichtlich nicht mit überragenden intellektuellen Fähigkeiten ausgestatteten Entführer erst auf die Idee gebracht zu haben, ein Lösegeld zu verlangen. Solide Erziehung und eine familieneigene Neigung zur Selbstdisziplin ließen die Gräfin nunmehr keineswegs den Verstand verlieren. Sie agierte kühl und überlegt und verstand es, diesen Menschen zu überreden, sie mit ihrem Gatten sprechen zu lassen – und sei es für dreißig Sekunden. Anschließend sicherte sie zu, alles zu tun, was ihr möglich sei, um herauszubekommen, wo Dschamal sich gegenwärtig aufhalte.

Adrian vermutete, sowohl Dschamal Parhez als auch Nasir Shansab befänden sich noch im Gewahrsam der niederländischen Polizei. Das war falsch, denn tatsächlich hatten die beiden eine zwar abenteuerliche, doch letztlich glaubwürdige Geschichte aufgeboten und somit eine mehrtägige Inhaftierung vermieden.

Der Schwerpunkt der Aussage beruhte auf zwei Glas Genever, die Nasir in der Hotelbar gemeinsam mit dem jungen Grafen zu sich genommen hatte. Dschamal behauptete erfolgreich, sein alter Freund sei als Muslim an Alkohol nicht gewöhnt und habe auf dem nächtlichen Ausflug zu randalieren begonnen; schließlich sei er auf das Gerüst hinaufgeklettert, wo er ganz und gar die Orientierung verloren habe. Die genervten Polizeibeamten überstellten die beiden schließlich an die Behörden des Landes, von wo aus sie eingereist waren. Für Nasir Shansab bedeutete dies allerlei Unannehmlichkeiten, denn er verfügte über keine Aufenthaltsgenehmigung. Dschamal geriet sofort unter Verdacht und wurde ausgiebiger Befragung unterzogen. Immerhin durfte er telefonieren. Nachdem er einige Freunde und Familienmitglieder angerufen hatte, die ihm einen guten Leumund ausstellen sollten, verständigte er zunächst die Familie Hoensbroech und sodann seinen Freund Erich über die missglückte Aktion.

Die Gräfin schwankt zwischen Mitleid und Befremden, als sie den zitternden Halbwüchsigen wahrnimmt, der vornübergebeugt auf einem der handgeschnitzten Stühle hockt. Evi hat ihm ein Glas Tee eingeschenkt, wovon er unausgesetzt in kurzen Schlucken schlürft.

„Sie hat Dschamal Parhez geschickt?“, beginnt Maria von Hoensbroech das Gespräch.

„M-m“, schüttelt Erich den Kopf und schlürft. „Er hat. Nur angerufen. Und mir. Erzählt. Was passiert ist.“

„Schön. Und was wollen Sie jetzt hier?“

Seit jungen Jahren verfügt Erich Fichtenauer über ein dramatisches Talent. Vor allem dem Empfinden von Panik und Not vermag seine Mimik beredt Ausdruck zu verleihen. So unterstreicht er seine knappe Antwort mit einer Grimasse, die eines Stummfilmstars würdig wäre: „Wir müssen. Ihm helfen!“

„Ja, sicher“, blickt die Gräfin zur Seite, ein wenig angeekelt ob der ständigen Schlürferei. „Mir scheint, da sind einige, die augenblicklich Hilfe nötig hätten.“

„Hm-hm“, bejaht Erich und schlürft noch lauter. „Deswegen. Bin ich. Hergekommen.“

„Meine Güte, Sie sind ja ganz blaugefroren“, erschrickt die Hausherrin, als sie den Jungen näher in Augenschein nimmt. „Kommen Sie doch ein wenig zur Heizung herüber.“

„Gerne. Ja. Vielen Dank!“, freut sich der pittoreske Gast. Seine Miene wechselt von einem Extrem ins andere.

Derweil entwickelt sich in Paraskevi Pampukidis eine kaum mehr erträgliche Ungeduld. Von Anfang an war sie der Meinung, niemand sonst als sie selbst sei dazu ausersehen, den durch höhere Zwecke geheiligten Diebstahl auszuführen. Die prekären Ereignisse hatten ihr Recht gegeben. Während Erich Fichtenhauer von der Gräfin befragt wird, was er wisse, wer er sei und wie er die Situation gegenwärtig einschätze, spielen sich in Evis Fantasie die wildesten Szenarien ab. Ihrer Ansicht nach kommt es nur auf die richtige Methode, vereinigt mit Tempo und Fingerfertigkeit, an, um in den Besitz des ersehnten Gegenstandes zu gelangen. Im Gegensatz zu Gräfin Maria muss sie sich an den gleichsam manieristischen Anblick des Frankfurters mit russischen Wurzeln nicht erst gewöhnen; ihr sind die Gewächse der Großstadtnächte durchaus vertraut, selbst wenn diese, ihrem Medium entrissen, unter der Ausleuchtung des Tages welken.

„Ich verstehe aber immer noch nicht", hört Evi die Gräfin Hoensbroech insistieren, „warum Sie sich hierher bemüht haben ... und was Sie eigentlich von uns erwarten."

„Aber das ist doch klar!", wechselt Fichtenhauer sekundenschnell seinen Gesichtsausdruck von resigniert in enthusiastisch und stellt den leeren Teebecher ab. „Vier Männer haben es nicht geschafft, das hat Dschamal gesagt. Wer bleibt übrig? Jetzt ist es an uns Ladies, die Sache in Ordnung zu bringen!"

Im Gegensatz zu Maria von Hoensbroech, die einer solchen Vorstellung zunächst wenig Reiz abzugewinnen vermag, springt Paraskevi sofort darauf an: „Endlich mal ein guter Vorschlag. Ich bin dabei!"

Zu ihrem Grausen hört die Gräfin, wie spontane Pläne geschmiedet werden, einer waghalsiger als der andere.

„Einen Moment bitte", schaltet sie sich schließlich ein, „das geht mir alles viel zu schnell. Ich frage mich, ob man wirklich so stürmisch vorgehen sollte ..."

„Nur stürmisch!", bestätigt Evi.

Erich nickt hingerissen, wobei sein Federohrring heftig auf- und niederwedelt.

„Und außerdem, wenn ihr das wirklich riskieren wollt: Muss ich da unbedingt dabei sein? Ich meine, es hört sich an, als wäre das etwas für junge Leute."

„Ohne Sie geht es nicht", versichert Erich.

Und die griechische Praktikantin beharrt: „Ich glaube, wir schaffen es nur zu dritt. Ein jedes muss seine Talente voll ausspielen. Nur dann haben wir eine Chance. Sagt schon Paulus. Im Korintherbrief. Oder war's der an die Römer?"

In einem Zug, unbeirrbar, entwirft Evi Pampukidis den Angriffsplan nach erfolgreichem Ticketkauf im Schloss: Indessen Gräfin Maria die Truhe entwendet, soll Erich in einem anderen Teil des Gebäudes für Aufruhr sorgen, am besten in Form einer simulierten Ohmacht, eines Nervenzusammenbruchs oder dergleichen.

„Oh ja, das kann ich!", begeistert sich der Angesprochene.

„Und meine Rolle wird sein", fährt Evi fort, „alle Leute im Schloss zu mobilisieren, dem Ärmsten zu helfen. Das wird ziemlich laut werden, und da bin ich ziemlich gut."

„Und ihr glaubt, ich wäre zu so etwas fähig?" Gequält blickt die Gräfin vom einen zur anderen.

„Nein," schwenkt Evi ihre Locken. „Wir wissen es."

Noch einmal gebietet Gräfin Maria Einhalt, als im Verlauf der Planungen die Situation in den Fokus gerät, da sie das Kistchen vom Postament wegnehmen soll. „Selbst wenn mir das gelingt und das Ding tatsächlich so klein ist, dass ich es unter meinem Mantel verstecken kann, fällt das nicht sofort auf, wenn da ein Fleckchen leer bleibt, wo doch immer etwas stand?"

„Oje, das stimmt", gibt Paraskevi Pampukidis zu und seufzt. „Da weiß ich jetzt auch nicht ..."

„Man müsste es ersetzen", schlägt Erich vor. „Haben Sie keine Lebkuchendose, so aus Nürnberg oder so?"

„Doch, die haben wir sicher. Aber dann können wir gleich Weihnachtslieder singen, wenn wir ins Schloss hineinkommen, das wäre weniger auffällig. Die sind alle furchtbar bunt."

„Wie sieht der Kasten denn aus?"

Eine präzise Beschreibung ist weder der Gräfin noch der Praktikantin möglich. Doch einige Anhaltspunkte können gegeben werden.

Nach einem Moment des Stillschweigens überrascht Erich Fichtenhauer mit einer Frage: „Haben Sie eine Werkstatt hier im Haus?"

„Wie kommen Sie denn darauf?", versucht Maria von Hoensbroech die Ursache der Frage zu ergründen. „Natürlich gibt es Werkzeuge auf einem Weingut, aber was wollen Sie damit anfangen?"

„Ich hab mal eine Tischlerlehre abgebrochen", schwelgt der Gast in wehmütiger Erinnerung. „So ein Holzkistchen bauen, das kann ich bestimmt noch."

In den nächsten Stunden sind Maria Gräfin zu Hoensbroech und Evi Pampukidis unentwegt damit beschäfigt, Holzstücke, Hämmer, Nägel, Zangen, Leim und Schrauben in den Kellerraum zu schleppen, wo der junge Mann mit Leidenschaft und Feingefühl zu Werke geht. Am Ende herrscht neben einhelliger Bewunderung seiner Kunstfertigkeit tiefes Unverständnis, warum er die Lehre seinerzeit nicht beendet hat.

„Naja", zuckt Erich die Achseln. „Wie soll man das anstellen: Jeden Morgen um fünf Uhr aufstehen, wenn man um halb vier erst ins Bett kommt?"

Und noch eine Überraschung hat der begabte Tischler in Reserve: „Schaun Sie mal, ich hab's zusammenklappbar gemacht. Da können wir's besser reinschmuggeln. Hier ist die Vorrichtung ..."

In das Staunen hinein klingelt das Telefon. Übles ahnend, nimmt die Gräfin das Gespräch entgegen. Evi und Erich beobachten, wie sie immer wieder den Kopf schüttelt, kurze Fragen einwirft, ihrem Unverständnis Ausdruck gibt.

Dann starrt sie den Hörer an. „Aufgelegt."

„Was ist denn?", bohrt Evi.

„Was zu erwarten war. Sie haben ein Ultimatum gestellt."

„Wann?"

„Morgen Nachmittag."

„Ist das überhaupt zu schaffen?", will Erich fragen, da hat Evi Pampukidis bereits ein Taxi bestellt.

Über ihr Handy eruiert sie die nächste Zugverbindung im Laufschritt. Es ist ein ICE in Richtung Köln, Abfahrt Mannheimer Hauptbahnhof – in fünfunddreißig Minunten. Der Taxifahrer, ein gemütlicher Bosnier, wird diesen Auftrag niemals mehr vergessen. Indessen Maria von Hoensbroech und Erich Fichtenhauer auf der Rückbank ausruhen, um Kräfte zu sammeln, treibt Paraskevi Pampukidis den bedauernswerten Wagenlenker zu einem straßenverkehrsrechtlichen Dauerverstoß an. Vorfahrt und rote Ampeln werden abgeschafft. Kreisverkehre kann man, mit etwas Geschick, auch geradeaus durchfahren, selbst wenn sinnlose Rostkunstwerke dabei in Mitleidenschaft gezogen werden. Entgegenkommenden Fahrzeugen steht immerhin die Möglichkeit frei, auf Gehwege auszuweichen, wenn eine Kollision denn unbedingt vermieden werden soll. Doch dann: Der erwartete Stau auf der A 6. Die Gräfin und der Tischler sinken in ihre Sitze zurück.

„Wenn mich einer sieht ... Wenn mich einer sieht ... Ich kann meine Konzession gleich abgeben!", jammert der Fahrer fortwährend, indem er von Lücke zu Lücke hüpft.

„Feigling!" ist das einzige Wort, das die Griechin für den Mann parat hat. Und dann zwingt sie ihn, auf dem Standstreifen weiterzufahren. Die kilometerlange Wand aus Fernlastern begleitet das illegale Unterfangen akustisch ausdrucksvoll. Evi fühlt sich an Konzerte im Hamburger Hafen erinnert, der Fahrer halluziniert Gitterstäbe. – Als sie schließlich die Mannheimer Banlieu erreichen, bleiben noch acht Minuten. Mehrmals fordert Evi den gepeinigten Bosnier auf, doch endlich den Sitz zu räumen, damit sie selbst die Sache zu einem guten Ende bringe. Doch inzwischen hat sie ihn bei der Ehre gepackt.

„Ihr schafft euern elenden Zug", schreit er sie an, „das verspreche ich euch, und wenn ich durch die Halle auf den Bahnsteig fahren muss!"

Diese letzte Gefälligkeit muss glücklicherweise nicht erbracht werden. Ohne Fahrkarte, doch auf die Sekunde pünktlich, erreichen die drei Reisenden den Schnellzug. – Dampfend vor Erschöpfung, rutscht der Taxifahrer unterdessen von seinem Sitz. Doch er lächelt, in der Hand einen Packen Scheine. Ohne ein Wort hat die Gräfin den Fahrpreis von sich aus verdoppelt.

Ganz automatisch steuert Evi auf den Speisewagen zu. „Jemand außer mir noch einen Kaffee?"

Es erhebt sich kein Widerspruch. Die Fahrt nach Frankfurt nutzt die Griechin zu Schilderungen weitaus verwegenerer Autofahrten, in jüngsten Jahren, als sie den Führerschein eben frisch erworben hatte und diesen mehrmals vor eifrigen Streifenpolizisten in Sicherheit bringen musste ... Während Gräfin Maria zu Hoensbroech erschöpft vor sich hinlächelt, entdeckt Erich Seelenverwandtschaft. Kurz darauf schläft er ein. Den Augenblick, da sein Haupt seitlich auf die Schulter der Gräfin hinsinkt und diese dabei mit seinem Federohrring kitzelt, hält Evi Pampukidis für würdig, per Handykamera fotografisch dokumentiert zu werden. – Noch einmal, kurz hinter Limburg, kommt es zu einer Verzögerung „wegen Arbeiten am Gleis". Evi verflucht die Bahn und alle ihre Hadesdiener auf Griechisch. Doch die Zeit langt eben noch aus, um den Anschlusszug zur Grenze zu erreichen. Am frühen Nachmittag treffen sie in Maastricht ein und begeben sich, abermals per Taxi, unverzüglich zum Kasteel Hoensbroek.

Es ist noch eine gute Stunde Zeit bis zur Schließung, als die drei Besucher im Abstand von mehreren Minuten beim Pförtner Eintrittskarten lösen. Die Ausstellungen sind recht gut besucht. Familien und ein paar Touristen betrachten vor allem die Sammlungen in den unteren Stockwerken. Die Gräfin von Hoensbroech, gewandet in ihren weiten, knöchellangen Wildledermantel mit Fellbesatz, betritt das Schloss mit einem flauen Gefühl. Dann gibt sie sich einen Ruck und fragt den Angestellten hinter der Kasse, ob man um diese Zeit noch eine Führung buchen könne. Als der Mann bedauert, dazu sei es für heute längst zu spät, gibt sie sich zu erkennen: Ja, in der Tat, sie gehöre zu eben jener Familie, die für Jahrhunderte im Besitz dieses prachtvollen Hauses gewesen sei. Das zeigt Wirkung. Innerhalb von Sekunden ist die Museumsleiterin, eine eifrige, in Kulturschwarz gekleidete Intellektuelle, zugegen. Obwohl sie eigentlich, wie sie beteuert, bis zum Hals in Arbeit stecke, nehme sie sich gerne persönlich Zeit, den hohen Besuch durch die Räume zu führen.

Dienstfertig will sie der Gräfin aus dem Mantel helfen; erschrocken lehnt diese ab. Eine halbe Stunde vergeht unter akribischen Erläuterungen der Kunstgeschichtlerin – und noch immer haben sie das Parterre nicht verlassen. Als eine Glocke ertönt und die Besucher gebeten werden, sich zum Verlassen des Schlosses bereit zu machen, bittet Gräfin Maria darum, wenigstens noch die heimatgeschichtlichen Sammlungen im dritten Stock anschauen zu dürfen. Zwar ist dies ganz und gar nicht im Sinne ihrer Führerin, doch aus Rücksicht auf familiengeschichtliche Bezüge lässt sie sich herbei, auch diesen Wunsch zu erfüllen. Unablässig Details aus der Historie des Hauses zum Besten gebend, führt die Leiterin den Gast durch das jüngst renovierte Treppenhaus nach oben. Offenbar setzt die Fachkraft voraus, Gräfin Maria sei über sämtliche Vorfahren präzise unterrichtet; verschmitzt spielt sie auf Begebenheiten pikanten Gepräges an; die Besucherin bemüht sich, einen kundigen Eindruck zu hinterlassen. Wulstige Ahnenporträts sorgen für neuerliche Verzögerungen. Das Wissen der studierten Dame erweist sich als enzyklopädisch. Vor allem ihre Vorliebe für Jahreszahlen, bisweilen ergänzt um Tag und Stunde, beeindruckt ungemein.

Endlich gelangen sie in den oberen Teil der Sammlungen, wo die Exponate weniger glamourös in Szene gesetzt sind als in den unteren Stockwerken. Nicht mehr als zwölf Besucher befinden sich noch in diesen Räumen, darunter eine einzelne junge Frau mit schwarzen Locken, die sich offensichtlich vor allem für historisches Spielzeug interessiert und ein vogelbunt gekleideter Bursche, der vor einer Vitrine voller blauweißer Tassen verharrt. – Seit seiner Tischlerlehre hat sich Erich nicht mehr so fürchterlich gelangweilt wie inmitten all dieser Kacheln und Kostüme, Hauben und Holzschuhe, Ölgemälde und Kohlezeichnungen aus vergangenen Tagen. Mehrmals hat er Blickkontakt zu Evi gesucht. Ihr scheint es nicht besser zu ergehen als ihm. Ohnehin gehören Langmut und Geduld nicht zu ihren Kernkompetenzen; die Warterei in diesem braven, soliden Heimatmuseum empfindet sie als Zumutung.

Maria von Hoensbroech bemüht sich, nicht ein einziges Mal zu Erich und Evi hinüberzusehen; gleichwohl hat sie deren Anwesenheit in zwei aneinander grenzenden Räumen bemerkt. Da erklingt zum zweiten Mal der glockenuntermalte Hinweis, die Ausstellung werde in Kürze geschlossen. Beunruhigt sieht sich die Gräfin um: Wo um Gottes Willen steht diese alte Kiste? Die Beschreibungen ihres Gatten sind wenig hilfreich; was hier heroben aufgehäuft wurde im Laufe der Jahrzehnte, erscheint ihr in etwa so übersichtlich wie eine Haushaltsmesse am Tag der Eröffnung. Indessen die Museumsleiterin unverwandt ihr Konzept einer Neuinterpretation der Präsentation von Heimatkunst und Brauchtum im einundzwanzigsten Jahrhundert erläutert, linst Maria von Hoensbroech in den hintersten der Räume, der eindeutig denjenigen Gegenständen gewidmet ist, wofür man keine Rubrizierung finden konnte. Da: „Vermischtes aus der Türkenzeit" – wahrhaftig, ein Schildchen, versehen mit aus der Mode gekommenen Drucktypen, weist den Weg. In dem Moment, als ihr Blick auf ein holzgeschnitztes Kistchen fällt, schrickt sie zusammen: Ein grauenhafter Schrei hallt durch die Gänge, gefolgt von Entsetzen erregendem Röcheln, Wimmern, Hilfeschreien.

Sofort eilt die Museumsleiterin in den Flur. Der bunte junge Mann, der ihr kurz zuvor bereits aufgefallen war, vermutlich ein Punk oder dergleichen, windet sich auf dem Boden. Eine Frau kniet bei ihm, die Arme flehend zum Himmel gestreckt.

„Um Himmels Willen," schreit die Helferin, „ein Blutsturz! Ein Schlaganfall! Eine Herzattacke!"

Sämtliche Besucher und Aufpasser, die sich noch im Schloss aufhalten, stürzen herbei und umstellen den am Boden Liegenden. Zweimal zischt Evi ihm zu, nicht so fürchterlich zu übertreiben. Als er von seinem Schmierentheater nicht ablassen will, knufft sie ihn in die Rippen.

„He! Was tun Sie denn da?", fragt die Leiterin entgeistert.

„Ich versuche, ihn wieder zu sich zu bringen."

„Aber doch nicht so! Wir brauchen einen Arzt. Einen Arzt!"

Für Maria Gräfin zu Hoensbroech ergibt sich eine neue, unerwartete Schwierigkeit. Schon zieht sie den nachgebauten Kasten unter ihrem Mantel hervor und klappt ihn auf, da sieht sie auf einmal nicht eine Truhe, sondern derer zwei: eine eingedunkelte, mattschwarze und eine mit roten Zierleisten. Beide weisen silberne Ornamente auf. Nicht auszudenken, wenn sie die falsche klaut! Wie viel Zeit bleibt ihr überhaupt noch? In Hast tritt sie näher heran. Es ist zum Haare ausraufen: Bis auf die Farbe ähneln sich die Dinger auf geradezu unheimliche Weise. Davon hat ihr natürlich keiner was erzählt. Noch einmal wendet sie sich um und erspäht, wie die Museumsleiterin telefoniert. Hat sie nicht eben einen skeptischen Blick zu ihr hinübergeschickt? Jetzt wird es allerhöchste Zeit. Herrje, man kann doch nicht beide Truhchen rausschmuggeln!

In dem Augenblick, da sie ihr Mut zu verlassen droht, fällt ihr eine Verzierung ins Auge, die einen Ritter zeigt: dargestellt in eindeutig orientalischer Gewandung. Flink klaubt sie die Kiste vom Sockel herunter und platziert die Nachbildung dortselbst. Dann bückt sie sich, um die mattschwarze hölzerne Box tief unter den Mantel zu bergen. Sie ist größer, auch deutlich schwerer als die mitgebrachte. Maria von Hoensbroech verlässt das Zimmer und umkurvt die Menschenansammlung im Flur in einem großem Bogen.

Schon hat sie das Treppenhaus erreicht, da hört sie hinter sich die Leiterin rufen: „Wo wollen Sie denn hin?"

„Einen Arzt rufen!"

„Das haben wir doch schon."

„Im Auto ... hab ich einen Verbandskasten!", flunkert die Gräfin und jagt die Stufen hinab.

Etwas Besseres ist ihr in diesem Moment einfach nicht eingefallen. Vielerlei Befürchtungen ballen sich zu einem lastenden Klumpen. Schickt ihr die Leiterin jemanden hinterher? War ihr Verhalten nicht viel zu auffällig? Wann wird man den Austausch der Truhen bemerken; Erich Fichtenhauers Meisterwerk sieht ja viel heller aus als die beiden anderen ... Hat sie überhaupt die richtige Kiste erwischt? Ist es nicht denkbar, dass morgenländische Ritter auch auf europäischen Kunstwerken abgebildet wurden, als Feinde zumal? Müsste der Gegenstand nicht noch viel schwerer sein, wenn sich tatsächlich die Silberplatte mit Fußabdruck darin befindet? Und was geschieht jetzt mit Erich und Evi dort oben? Wird man sie in ein Krankenhaus bringen? Die Polizei einschalten? – Alles andere als zufrieden mit ihrem Werk, tritt die Gräfin aus dem Hauptportal des Schlosses. Wo war noch mal der Taxistand? Oh weh, so weit noch zu tragen ... Allmählich erlahmt der Arm, den sie um ihre Beute gelegt hat. Endlich kommt sie auf dem Parkplatz an. Doch da steht kein Taxi mehr. Wie um alles in der Welt ruft man in den Niederlanden einen Wagen herbei, vor allem, wenn man keine Nummer hat?

Nach und nach kommt Erich wieder zu sich. Rührend streichelt ihm Paraskevi übers Haar. Bis die Ärztin schließlich eintrifft, ist er tatsächlich vollkommen erledigt – von seiner Schauspielleistung. Kommt es ihm nur so vor, oder schauen die Neugierigen wirklich so kritisch und befremdet auf ihn nieder?

Hat man ihm die Show am Ende gar nicht abgenommen? Erich schließt die Augen und lässt sich zurückfallen. Mit dem Hinterkopf schlägt er aufs Parkett. Das war härter als beabsichtigt. Ein paar Schaulustige stoßen sachte Schreckensrufe aus.

„Können Sie ihn nicht besser festhalten?“, fährt die Museumschefin die bedauernswerte Evi an.

„Ich tu ja schon mein Bestes! Schließlich bin ich nicht seine Mama!“, verteidigt sie sich. „Sie können sich gerne selber um ihn kümmern.“

Nach einer mit raschen Bewegungen vollzogenen Routineuntersuchung entscheidet die Notärztin, den jungen Menschen sicherheitshalber in eine Klinik zu verfrachten. Zwar seien bis auf einen geringfügig erhöhten Blutdruck alle physischen Funktionen normal; da sie den Patienten aber nicht kenne, könne sie nicht ausschließen, dass es sich um eine ernstere Geschichte handelt.

„No clinic, please, no clinic! I'm afraid for ... of ... äh“, radebrecht Erich. Doch vergebens. Zwei vortrefflich geformte, blonde, lächelnde Pfleger helfen ihm auf eine Tragliege und bugsieren ihn durch das Treppenhaus nach unten. Mitsamt den übrigen Besuchern, deren Anspannung allmählich absinkt, verlässt Paraskevi Pampukidis das Kasteel Hoensbroek. Von der Ärztin erfährt sie immerhin, in welches Krankenhaus Erich gebracht wird. Ihre sorgenvolle Nachfrage, ob sie nicht mitfahren dürfe, wird abgelehnt, da kein verwandtschaftliches Verhältnis besteht. – So kommt es, dass Evi wenige Minuten nach der Gräfin an demselben Taxistand eintrifft. Maria von Hoensbroech hat inzwischen ein vorüberfahrendes Taxi herbeigewunken.

Evi schaut auf ihre Armbanduhr. „Das wird alles verflucht knapp!“ Dann läuft sie entschlossen los, zunächst einmal tapfer in die Richtung, die der Krankenwagen einschlägt.

Es ist eine zutiefst unerquickliche Situation für Gräfin Maria zu Hoensbroech, eingeklemmt zwischen zwei Gruppen biertrinkender Touristen, im Maastrichter Bahnhofsrestaurant den Abend zubringen zu müssen. Den Mantel hat sie über das Kistchen auf dem Sitz neben sich gebettet. Alle Augenblicke sieht sie zur Tür hinüber; immer wieder schrickt sie auf, weil sie Schatten hereindrängender Polizeibeamter wahrzunehmen vermeint. Die Kartoffelsuppe, die sie sich, ohne den geringsten Hunger, allein aus Gründen der Selbstdiziplin bestellt hat, besteht zu achtzig Prozent aus süßer Sahne. Schauderhaft. Warum nur ruft Evi nicht an? Zum wer-weiß-wievielten Male holt die Gräfin das Handy aus der Tasche. Da erst bemerkt sie, dass sie hier drinnen gar keinen Empfang hat! Ärgerlich eilt sie nach draußen, postiert sich vor der Tür und wartet. Endlich zeigen sich zwei dünne Balken. Und dann tickern schon die Anrufe ein: sechs Versuche ohne Nachricht.

Dann eine SMS: „Sind noch im Krankenhaus, die lassen uns nicht weg. So ein Mist. Evi."

Fahrig wählt Gräfin Maria die Nummer der Praktikantin. Jetzt gilt es zu hoffen, dass sich da drin niemand der Schatztruhe bemächtigt. Es klingelt leer. Verdrießlich begibt sie sich zurück auf ihren Platz. Es ist Viertel nach neun. Der letzte Zug fährt um zehn vor elf. Fürchterlich. Wo soll sie denn hin, wenn diese Kneipe zumacht? In die Bahnhofsmission? – Eine Stunde vergeht. Während der Zeit zwingt sich Maria von Hoensbroech, nur alle zehn Minuten vor die Tür zu treten, jedoch, leider, stets zum falschen Zeitpunkt. Zwei Anrufversuche werden verzeichnet. Warum spricht ihr die Praktikantin denn nicht aufs Band? Nach und nach verlassen die Ausflügler die Gaststätte.

„Jetzt geht's lo-hos!", grölen sie in der Halle. Grauenhaft.

Der Kellner beginnt, die Tische abzuräumen. Mit Geschick weicht sie seinem Blick aus.

Schließlich tritt er direkt an ihren Tisch heran und legt den Kassenbon neben die leere Suppentasse: „Sorry, Feierabend. Finito, l'addition."

Missmutig begibt sich Gräfin Maria hinaus in die Schalterhalle. Ein paar sonderbare Typen in Lederklamotten lungern neben dem Kiosk herum, schauen unablässig zu ihr hinüber. Verdammt noch mal, Evi, ruf endlich an! Der Zeiger rückt vor auf fünf nach halb elf. Jetzt ist es gleich zu spät. Und was dann? – Um 22.48 Uhr fährt ein Taxi in hohem Tempo vor dem Haupteingang des Maastrichter Bahnhofs vor. Aufgelöst, von Hektik gezeichnet, hetzen Evi und Erich auf die Gräfin zu.

„Handy leer! Scheiße!", ruft die Praktikantin von weitem. „Wohin? Welches Gleis?"

So geschwind wie nur möglich durchmessen die drei die Halle, mühen sich die Rolltreppe hinauf. Ums Haar stürzt die Truhe auf die gezähnten Stufen. Paraskevi Pampukidis ist die Erste auf dem Bahnsteig. Sie schaut sich um. Ein paar Bahnbeamten stehen im Raucherbereich und plaudern. Auf der Anzeige steht deutlich zu lesen: ICE Aachen – Köln. Eine Verspätung? Evi rennt auf die Beamten zu. Da bricht die Leuchtanzeige in sich zusammen. Die Tafel zeigt bläuliche Leere.

Verzweiflung im Antlitz, wendet sich die junge Frau an einen Schaffner: „Excuse me, the train ... to ... to Germany?"

Auf halbem Weg zwischen Amüsiertheit und Mitgefühl hebt der Schnauzbart die Schultern: „Tomorrow, lady. Ten past seven, platform number four."

Ein Blick auf die Zugverbindungen von Aachen aus genügt um klarzustellen, dass selbst eine weitere verwegene Taxifahrt über die Grenze nicht ausreichte, um den Nachtzug noch zu erreichen. – Weder Maria von Hoensbroech noch Evi Pampukidis finden Ruhe in dieser Nacht, in diesem vollklimatisierten Hotel in Bahnhofsnähe. Nur Erich Fichtenhauer schläft einen abgrundtiefen Erschöpfungsschlaf, so schwer, dass Evi beinahe die Tür einschlagen muss, um ihn am Morgen zu wecken. Auf das Business-Frühstück verzichten sie gerne, zahlen ingrimmig die absurd hohe Rechnung und verlassen schlaftrunken den Ort auf Nimmerwiedersehen. – Eine Viertelstunde vor Abfahrt stehen sie wieder am Gleis. Schweigend warten sie. Die Truhe wurde inzwischen in Paraskevis Reisetasche umgepackt, gepolstert von Strümpfen und Hemdchen.

„Wenn wir im Zug sind", bemerkt sie gähnend, „können wir uns ja mal einen Kaffee gönnen."

„Erst wenn wir von Köln losfahren", erwidert die Gräfin. „Vorher kriege ich nichts herunter."

Erich wirkt so aufgedreht, dass ihn Evi mehrmals beruhigen muss. Sie flüstert: „Du kannst langsam mal wieder aus deiner Rolle rauskommen. Wenn du hier weiter so rumhampelst, schicken die uns gleich wieder zurück ins Krankenhaus."

Der Aufgeregte schneidet eine Fratze und versucht, seine Hände, die zuvor unaufhörlich aneinander herumgepopelt haben, in die Hosentaschen zu stecken. Dies gelingt nur halbwegs. – Um kurz nach sieben füllt sich der Bahnsteig mit Reisenden. Hoffentlich ist der Zug pünktlich, dies eine Mal, lautet der einzige Gedanke, den Gräfin Maria jetzt zu fassen vermag. Um sieben Uhr zwölf kommt die Durchsage: Zehn Minuten Verspätung ... Sie kommt mehrfach, dreisprachig und immer, immer wieder. Mit Mühe Contenance wahrend, lässt sich Gräfin Maria zu Hoensbroech auf einen Sitz aus Drahtgeflecht nieder. Erich hippelt zwischen Mülleimern und Aschenbechern hin und her. Die Tasche fest umklammert, stiert Evi geradeaus, in Erwartung der Katastrophe. Ihre fatalistische Ahnung zeugt von Talent. Denn die alle Nervenfasern durchtrennende Nachricht lässt nicht mehr lange auf sich warten.

„Wegen eines Triebkopfschadens verzögert sich die Ankunft des ICE Wilhelm Meister über Aachen nach Köln auf unbestimmte Zeit ..."

Die Stimme ist noch nicht verhallt, da liegt die Reisetasche mit der kostbaren Fracht schon auf den Knien der Gräfin.

„Bin sofort wieder da", japst Evi und entschwindet in demselben Moment bereits fünfzig Meter entfernt im Orkus der Rolltreppen.

„Was ...“, beginnt Gräfin Maria. Doch schon bricht sie ab. Sogleich wird ihr bewusst, dass die flinke Griechin sich soeben entschlossen hat, den Parzen den Schicksalsfaden aus der Hand zu reißen. Als Erich, waidwund und wehklagend, sich umwendet, hat sie sich schon wieder unter Kontrolle.

„Lassen Sie nur. Statt zu jammern, sollten wir uns lieber schon einmal zum Ausgang begeben.“

Die Vermutungen der Gräfin treffen zu: Kaum sind die beiden am Hauptportal angelangt, schießt ein ferrarigelber Mazda MX5 heran. Evi bremst zwanzig Zentimeter vor Erichs Füßen: „Tut mir Leid, mein Freund, du fährst mit der Bahn.“

„Ja aber ... aber warum?“, fragt der junge Mann konsterniert.

„Hatten nur Zweisitzer, sorry.“

„Aber ...“

„Sei froh“, versucht sie ihn zu beruhigen, während sich Gräfin Maria in den Sportwagen hinabzwängt. „Du hast's viel gemütlicher als wir, das kann ich dir versprechen. Falls ich einen Unfall bau, bist du immerhin der einzige Überlebende.“

Dieser letzte scherzhafte Kommentar fällt zwar ganz und gar nicht nach dem Geschmack der Gräfin aus, jedoch, wie sie bereits nach wenigen hundert Metern bemerkt, beinhaltet er ein gewisses Wahrscheinlichkeitspotenzial: Paraskevi Pampukidis scheint entschlossen, die fünfhundert Kilometer bis ins Angelbachtal, wo auch immer möglich, in absoluter Höchstgeschwindigkeit zurückzulegen.

„Ich bitte Sie ...“, beginnt die Gräfin, als das Fahrzeug, kaum dass die Autobahn erreicht ist, auf zweihundertfünfzig Stundenkilometer beschleunigt.

Doch wohlgelaunt, geradezu hingerissen von ihrer Aufgabe, brüllt Evi gegen das Motorenjaulen an: „Keine Bange, hab ich vorher nur so gesagt. Ich bau grundsätzlich keine Unfälle. Also wenn die Fahrbahn frei ist.“

Jedoch, die virtuosesten Fahrkünste versagen vor den periodisch jede Autofahrt beeinträchtigenden Zivilisationshindernissen: Baustellen und Staus stoppen immer wieder den Schwung. Selbst die bereits am Vortag approbierte Standstreifenmethode lässt sich nur zweimal anwenden, denn an den meisten Engpässen flankieren rotweißgestreifte Absperrungen mit gelben Leuchten die Fahrbahn. Als der Alpha Romeo gegen Mittag am Frankfurter Kreuz in den elften Stau hineingerät, treffen sich die Blicke der Gräfin und der Praktikantin: Keine hegt mehr Zutrauen in die Gunst der Schicksalsgöttinnen. Vielleicht hätte man sie doch nicht provozieren sollen; wie schnell ist so ein Faden durchgeschnitten, selbst wenn es um einen von langer Hand geknüpften, durch die Jahrhunderte von Adelshaus zu Adelshaus weitergereichten sich handelt ...

Verzagt sieht Gräfin Maria nach draußen. Das Baustellenschild, worauf eine zwei Kilometer lange Fahrbahnverengung angekündigt ist, scheint nicht gerade dazu ausersehen, neue Hoffnungen zu wecken.

III.

Anspruch auf Rückerstattung

Solang man nüchtern ist,
Gefällt das Schlechte;
Wie man getrunken hat,
Weiß man das Rechte:
Nur ist das Übermaß
Auch gleich zu Handen,
Hafis, O lehre mich,
Wie du's verstanden!
Denn meine Meinung ist
Nicht übertrieben:
Wenn man nicht trinken kann,
soll man nicht lieben,
Doch sollt ihr Trinker euch
Nicht besser dünken:
Wenn man nicht lieben kann,
Soll man nicht trinken.

(Goethe / Hafis)

Retraite en Ordre

Wie seit Wochen schon, steht auch an diesem Nachmittag eine eisige Sonne über dem Himmelberg, jener sanften, rebenbestandenen Erhebung oberhalb von Michelfeld. Nach und nach, einem Sternmarsch ähnlich, nähern sich mehrere Parteien aus unterschiedlichen Richtungen einer schmalen Wiesenfläche, gelegen zwischen zwei heckenartigen Waldstücken jenseits der Kuppe des Weinbergs. An einigen Stellen schimmert das Gras weiß vom Reif. Kein Vogel fliegt, jeder Laut scheint eingefroren, als die erste Gruppe auf die Lichtung hinaustritt. Vorn gehen der Reichsgraf und Marquis zu Hoensbroech und sein Kamerad, der afghanische Tuchhändler und Diplomat Nasir Shansab, hinter ihnen zwei Abgesandte der Familie Parhez, Daoud und Massud, genannt Triefnase. Ohne Eile schieben sie sich bis zur Mitte des Wiesenstücks vor. Beständig suchen sie den Waldrand mit den Augen ab, bislang ohne Ergebnis. In einer Senke, ausreichend, um zehn oder zwanzig Personen Platz zu bieten, hält der Marquis inne.

Höflich wendet er sich an die Männer hinter ihm. „Hier?"

Daoud nickt. Der Graf hat nichts anderes erwartet. In den Tagen, seit Massud und Daoud Graf Rüdiger in der Stadtbibliothek zu Sinsheim unter Einsatz von Waffengewalt gestellt und mit sich fortgeschleppt haben, hat sich das Machtverhältnis gewissermaßen umgedreht. Auf Weisung der Familienoberen wurde eine Ferienwohnung unweit Weiler angemietet, wo man die adelige Geisel einstweilen festsetzte. Nachdem er eine Zeit lang seiner Unzufriedenheit über die missliche Lage kaum Herr zu werden vermochte, schickte sich von Hoensbroech bald darein und mühte sich, Ruhe zu bewahren. Es erschien ihm das Beste, zunächst einmal niemanden zu provozieren und keine voreiligen Unternehmungen zu wagen. – Das Zimmer im ersten Stockwerk, wo man ihn hineinkomplimentierte, war einigermaßen kommod. Wenn er sich weit vorbeugte, konnte er sogar den Bergfried der Burg Steinsberg erkennen. Die Fenster waren nicht einmal verriegelt. Mit etwas Glück wäre eine Flucht jederzeit möglich gewesen. Ein unerklärliches Vorgefühl sagte ihm jedoch, zu bleiben sei vorerst die schlechteste Lösung nicht. Als er, kaum eine Stunde war vergangen, eine ordentliche Mahlzeit erhielt, verstärkte sich dieser Eindruck.

Am ersten Tag sprach Daoud kein Wort mit dem Grafen. Triefnase Massud ließ sich überhaupt nicht blicken. Doch schon am Morgen ergab es sich, dass der Gefangene und sein Wärter ein paar Worte wechselten. Rasch fiel dem Grafen auf, dass es sich bei Daoud, nicht wie bei Dschamal, eher um einen unsicheren, heimwehgeplagten Menschen von eher friedfertigem Charakter handelte und keinesfalls um einen Berufsterroristen. Allmählich erhob sich die Frage, woraus sich all die Horden von Attentätern überhaupt rekrutierten, wenn es eigentlich so gut wie keinen gab, dessen Überzeugung es entsprochen hätte, sich oder andere in die Luft zu jagen. – So dauerte es denn auch nicht lange, bis Daoud anfing über seine Situation zu klagen. Schon bald waren die beiden so weit, dass sie einander freimütig erzählten, was ihnen über die Hintergründe der Geschehnisse bekannt war und einer somit das Wissen des anderen ergänzte. Dabei stellte der Graf fest, dass Daoud schwer daran trug, einen Menschen getötet zu haben – selbst wenn er damit Dschamals und womöglich das Leben mehrerer anderer gerettet haben sollte. Auch die Tatsache, dass er wochenlang Todesängste dieses Sadisten wegen ausgestanden hatte, genügte nicht zur Rechtfertigung. In jungen Jahren hatte Daoud gelernt, Mais anzubauen, manchmal auch Opium, einen Hof zu bestellen, mit Tieren umzugehen. Dass man sich in den Bergen sehr wohl auf alle möglichen Künste der Selbstverteidigung verstehen musste, war ihm ebenfalls von klein auf bewusst. Ja, er hatte oftmals Mut bewiesen und war wohl darum ausgewählt worden; ginge es nach ihm, würde er diesen Teil seiner Karriere umstandslos beenden und sofort nach Hause zurückkehren und heiraten.

Manchmal schien es so, als erschrecke Daoud selbst über die Offenheit, die er dem Gefangenen gegenüber bezeigte. Mitunter erwischte er sich dabei, dass er den Mann, der ihm Vertrauen einflößte, sogar befragte, welche Schritte er klugerweise als Nächstes wohl gehen sollte; freilich, sein Redebedürfnis ließ sich nur durch die wochenlange öde Zweisamkeit mit dem Schweiger Massud hinlänglich erklären. – Dann und wann aber erinnerte er sich wieder der ursprünglichen Aufgabe und versuchte, distanzierter zu reagieren, wenn Graf Rüdiger ihn ansprach. Doch das hielt nie lange; einmal entschuldigte er sich sogar dafür, seine schlechte Laune nicht kontrolliert zu haben. – Der Graf hinwiederum scheute sich ebenfalls nicht, ausführlich die Ereignisse der vergangenen Wochen zu reflektieren, wobei die Ausrichtung von Beginn an feststand; er wollte Daoud überzeugen, dass sie ein gemeinsames Ziel verfolgten: Beide beabsichtigten, möglichst bald und unbeschadet heimzukommen. Beide wollten, wenn möglich, vermeiden, dass bei den zu erwartenden Unterhandlungen weitere Menschen zu schaden kämen.

Nach einiger Zeit erlaubte Daoud dem Grafen sogar, Telefongespräche zu führen. Zwar verblieb er währenddessen im Zimmer, doch aufgrund mangelnder Deutschkenntnisse bedeutete dies keinerlei Zensur. So durfte es denn auch niemanden Wunder nehmen, als Graf Hoensbroech mit einer Bitte herausrückte, die der ursprünglichen Rollenverteilung deutlich zuwiderlief. Er ersuchte darum, für seinen Freund Nasir bei der Polizei vorsprechen zu dürfen, ungeachtet der möglichen Nachforschungen, die zu erwarten waren, da in der Sache der Weißburgunderleiche selbstverständlich noch keine Fortschritte erzielt worden waren. – Bezüglich der Verhandlungen sei es durchaus vonnöten, Nasir Shansab mit von der Partie zu haben – dies könne nur gewährleistet werden, wenn er, Graf Hoensbroech, für ihn bürge. So ausführlich wie möglich schilderte er die Besonderheiten des deutschen Aufenthaltsrechts.

Daoud zog sich zurück und dachte nach: In Ewigkeit würde er sich zum Gespött der Familie machen, wenn das hier schiefginge. Der Graf hatte ihm sein Ehrenwort gegeben; nichts von seiner Geiselhaft würde er erwähnen. Doch konnte er ihm denn so grundlegend vertrauen? Andererseits, was hätte der Gefangene gewonnen, wenn er Daoud verriete? Das bedeutete Krieg. Und danach, so glaubte Daoud sicher zu wissen, gelüstete es in diesen Breiten keinen allzu sehr.

Auf der Fahrt ins Polizeipräsidium bekam der Reichsgraf mit, wie sich die beiden Orientalen heftig stritten. Zu seiner Erleichterung setzte sich sein Gesprächspartner der vergangenen anderthalb Tage durch. Mit Sicherheit hatte ihnen die Nachricht in die Hände gespielt, die Daoud vor wenigen Stunden zugegangen war: Um die Angelegenheit endgültig zu klären, habe sich der oberste Familienrat in Marsch gesetzt – mit wie vielen Personen, das sei noch ungewiss. Ein Zusammentreffen sämtlicher Beteiligter sei „gewünscht“ – und zwar auf neutralem Boden. Einmal mehr erfragte Daoud bei Rüdiger von Hoensbroech einen Vorschlag. Nach einigem Nachdenken empfahl der Graf die Lichtung auf dem Himmelberg. Sogleich begab sich Daoud nach draußen um zu telefonieren – und kehrte umso schneller zurück. Was Himmelberg bedeute, wolle der Clanchef wissen; ob der Name einen für die Christenheit geweihten Bezirk bezeichne. Graf Hoensbroech, beeindruckt von den Sprachkenntnissen des großen Unbekannten, schmunzelte ein wenig und gab zur Antwort, die Weihe des Ortes sei auf keine Religion noch Rasse beschränkte. Das schien zu genügen. Die Örtlichkeit wurde bestätigt, die Stunde festgesetzt und der Reichsgraf zur Polizei gefahren.

Nicht eine Sekunde dachte er daran, die beiden Streithähne im Auto zu verpfeifen. Es genügten zwei Gespräche mit Polizeibeamten aus sehr unterschiedlichen Hierarchieebenen, die Nennung mehrerer – der Öffentlichkeit nicht ganz unbekannter – Namen, nachfolgend mehrere Telefonate, eines davon führten Graf Rüdiger und Nasir Shansab höchstpersönlich ... und der ferne Freund wurde auf freien Fuß gesetzt, wenngleich unter Auflagen. Nasir würde voraussichtlich am nächsten Vormittag eintreffen und solle so rasch als möglich das Land verlassen. Massud und Daoud begleiteten den Grafen von Hoensbroech zur Bahn nach Sinsheim – diesen Weg kannten sie alle drei nur zu gut. Sie holten Nasir ab und fuhren noch einmal zu der Ferienwohnung zurück, die der Marquis unerwarteterweise immer mehr ihrer ursprünglichen Bestimmung zugeführt hatte. Nach einem späten Mittagessen im Schlosshotel Michelfeld – Shansab und Hoensbroech ließen es sich nicht nehmen, die nachgiebigen Entführer einzuladen – fuhren sie zum Himmelberg hinauf. Sogar Massud entwickelte ob der Güte des Fischtellers, den man ihm bestellt hatte, vorübergehend eine Art Charme, der ihm nicht übel anstand.

Ganz anders hatte die zweite Gruppe die vergangenen Tage verlebt. Sie besteht aus nur zwei Personen, Adrian von Hoensbroech und Dschamal Parhez. Auffällig langsam bewegen sie sich über die Wiese; es scheint, als stütze der eine den anderen. Niemals hätte der junge Reichsgraf zu Hoensbroech erwartet, dass Hämatome derart langsam abschwellen. Jeder Schritt bereitet Schmerzen, wobei ihm immer wieder zu Bewusstsein kommt, dass dies wohl die glimpflichste aller Varianten seines abgrundtiefen Sturzes darstellt: Ganze Kohorten Schutzengel müssen sich während des Fluges unter seinen Leib geworfen haben, indes auf Tiefbau spezialisierte himmlische Kräfte in Windeseile den kaum einen Meter tiefen Burggraben um ein

Mehrfaches aushoben ... Vergleichbar denjenigen schwer unter Schock stehenden Unfallopfern, die unmittelbar nach dem Ereignis gewaltige Leistungen vollbringen – Wüsten durchmessen, Angreifer haufenweise erledigen, notfalls eigene Körperteile amputieren –, war der nasse Graf an Land gerobbt, hatte die raffinierte Apparatur für Hobbyeinbrecher ordentlich zusammengepackt – und war zusammengebrochen. Es bemächtigte sich seiner eine tiefe Ohnmacht, aus der er durch heftiges Rütteln gerissen wurde.

Er blickte auf und gewahrte eine ältere Frau in zerrissenem Mantel, weiße Haare standen ihr vom Kopf ab. Sie hatte einen Einkaufswagen dabei, halb gefüllt mit Mehrwegflaschen, Pappe und allerlei Unrat. Irgendwie schienen ihre Gesten ein Hilfsangebot zu beinhalten. Automatisch, ohne seiner Sinne mächtig zu sein, lud Adrian von Hoensbroech den Apparat in den Wagen, hielt sich daran fest und trottete nebenher. Dabei wurde kein Wort gesprochen. An die Behausung, wohin ihn die Nachtwandlerin führte, hatte er später keine Erinnnerung mehr. Er wusste nur noch, dass es in dem Zimmerchen grauenhaft stank. Seine Kleider hingen über einem Ölofen. Glücklicherweise war die Alte nicht zugegen; unter Schmerzen zog sich der Graf an und verließ vorsichtig das Gebäude. Es handelte sich um ein Hinterhaus auf einem Abbruchgrundstück. – Erst langsam erinnerte er sich an seinen Sturz. Wie viel Zeit mochte vergangen sein? Immerhin, seine Brieftasche war noch da, wenngleich ohne Bargeld. Sein Handy war nicht mehr gebrauchstüchtig.

Unter Umwegen gelangte er erst zum Hotel zurück. Erst als er auf seinem Zimmer angekommen war, realisierte er den Tathergang vollends. Er ließ sich einen Grog von Rum bringen. Dieser irgendwie grauenerregende Kellner indischer oder pakistanischer Herkunft kam und lächelte, brachte einen zweiten Grog und lächelte nicht minder. Den dritten schaffte der Graf schon nicht mehr. Ein gnädiger Schlaf hatte ihn überfallen, kein Heilschlaf, beileibe nicht. Es war ihm, als komme dieser Inder unaufgefordert in sein Zimmer, nehme am Fußende Platz und spiele auf einer gebogenen Flöte. – Adrian erwachte unter aberwitzigen Schmerzen. Er musste sich überwinden, die Blessuren nun selbst in Augenschein zu nehmen. Diesen Anblick, so mutmaßte er, würde die Freiwillige Selbstkontrolle, so es sich um einen Film handelte, erst ab achtzehn Jahren freigeben.

Durch Nasirs Fahrer ließ er sich allerlei Heilsalben und schmerzstillende Mittel besorgen. Wie nur konnte er dem Zimmerkellner entgehen? Ein jedes Mal, wenn dieser eintrat, überlief ihn ein kaum jemals zuvor gespürter Todesschrecken. War er vielleicht doch gestorben bei der Überquerung des Burggrabens und bildete sich sein Weiterleben nur ein? – Es war ihm unmöglich, einen zweiten Versuch zu starten. Zerknirscht rief er zu Hause an und berichtete über die zweite missglückte Unternehmung. Trotz extremer Schwierigkeiten beim Gehen verließ er das Hotel kurz darauf. Als er ins Auto stieg, meinte er den Schatten des indischen Kellners hinter den Gardinen zu sehen, wie er den Leib bog vor Lachen.

Am meisten litt wohl Dschamal unter den Misserfolgen. Schon immer empfand er die Art und Weise, wie Polizisten ihn behandelten, als respektlos. Stets schien ein übermächtiges Vorausurteil sämtliche Erklärungen zu ersetzen, ob er nun im Frankfurter Nordend von seinem unbeleuchteten Fahrrad oder in Holland von einem von halogengleißenden Baugerüst geholt wurde: Er sah aus wie ein Terrorist, also war er auch einer. Je mehr er sich aufregte, desto uneinsichtiger wurden die Beamten, wiewohl seine Papiere vollkommen in Ordnung waren. Nachdem er einen besonders groben Vollzugsbeamten einen „cholerischen Mindernickel“ geheißen hatte, was angesichts der Vorgänge als geradezu harmlos-poetische Pikanterie hätte durchgehen müssen, drohte ihm eine Beleidigungsklage. Vermutlich war es allein dem Umstand der literarischen Kenntnislosigkeit der diensthabenden Beamten zu danken, dass man die Sache nicht weiter verfolgte.

Nachdem Dschamal endlich freigekommen war, bemächtigte sich seiner die wildeste Verzweiflung. Vor seinem geistigen Auge sah er die grausamsten Szenen sich abspielen. Unweigerlich würde der Konflikt nun eskalieren; wie viele Unschuldige würden fürderhin sterben müssen, nur weil er zu plump gewesen war, dem Schicksal ein einziges Mal in den Arm zu fallen! Eine Zeit lang trieb er sich in Köln herum, wohin im letzten Semester ein paar Kommilitonen verzogen waren. Dann fuhr er nach Frankfurt zurück – grübelnd, depressiv, verstummt. Schließlich, nach einer Nacht, die er im Grüneburgpark spazierengehend verbrachte, resignierte er vollends und kehrte auf sein Zimmer ins Dietrich-Bonhoeffer-Haus zurück. Mochte sich doch vollziehen, was vorherbestimmt war; Rache bezwingt Milde, das Schwert ist schärfer als das Gebet ... Doch wie erstaunte er, als bald darauf nicht etwa vermummte Gesellen in seine Bude stürmten, sondern Graf Adrian sachte an die Türe klopfte, um ihn abzuholen. Mittlerweile hatte das Erstaunen das gesamte Wohnheim erfasst, denn vor dem Haupteingang parkte die Maybach-Limousine.

Der Hausmeister, ein grobschlächtiger Einheimischer, nickte bitter und verschmitzt drein und bemerkte einigen wie verzaubert dem Wagen hinterherstarrenden Studentinnen gegenüber: „Jaja, hier kassiere se Unnerstitzung, un dehaam sin se die Prinse ...“

Wiewohl Adrian von Hoensbroech den jungen Parhez ausgiebig befragte, wie er die Situation nunmehr einschätze, welche Verhaltensweisen es bei der Gegenüberstellung zu beachten gelte, wie man seinen Großvater überhaupt anzureden habe und dergleichen, also ernsthaft an einer erfolgversprechenden Planung arbeitete, ließ Dschamal nur noch den Kopf hängen. Gar zu gut kannte er die unerbittliche Sturheit seiner Familie; die einzige Möglichkeit, und war sie auch noch so klein, hatte darin bestanden, das Sühnegeschenk herbeizuschaffen. Zwar hob Graf Adrian immer wieder hervor, man dürfe weder seine Mutter noch seine Praktikantin unterschätzen, und immerhin, mit Erich Fichtenhauer sei ja ein kerniger Bursche mit von der Partie, doch Dschamal Parhez hatte aufgegeben. Ein uralter Fatalismus bemächtigte sich seiner, schlimmer noch, eine seit den ältesten Tagen die Kultur seiner Ahnen durchwirkende Erkenntnis: Sehr wohl ist dem Menschen die Gabe der Gnade, der Nachsicht und des Verzeihens mitgegeben; eine sündige Abgefallenheit, die Kapitulation vor dem allzu Irdischen jedoch lässt auf Dauer immer nur die teuflische Seite obsiegen. Hoffnung und Frieden sind eine Sache des Jenseits. Kismet.

Während sich auf der Lichtung Teile der Familie derer zu Hoensbroech wiedervereinigen und Dschamal mit schweren Gesten, wie anlässlich einer Bestattung, seine Getreuen begrüßt, beginnt sich auf der gegenüberliegenden Seite vom Wald her etwas Weißes auf die Gruppe zuzubewegen. Es sind drei Männer, die über den Rauhreif auf die bereits Versammelten zuschreiten. Einer von ihnen, ein hochgewachsener, wohlfrisierter Herr von besten Manieren, trägt offen eine Maschinenpistole. Neben ihm geht ein Weißbärtiger, vermutlich hoch in seinen Achtzigern, doch immer noch aufrecht; sein weißer Kaftan und seine schwarzweiße Kopfbedeckung zollen orientalischen Bräuchen Rechnung, indessen die schwarze Anzughose auf westliche Erfahrungen hindeutet. Ganz und gar nach Art der Geistlichen gewandet, ist die Gestalt neben ihm. Deutlich kleiner gewachsen als die beiden Nebenmänner, umweht diesen etwas unbestimmbar Bedrohliches, Bitteres: Da sich die anderen, als sie in der Senke eintreffen, immerhin knapp verneigen, bleibt jener regungslos stehen.

Adrian von Hoensbroech und sein Vater schauen bedenklich auf die Waffe in der Hand des eleganten Fremden. Nasir Shansab bedeutet ihnen, diesen Begleitumstand lieber zu ignorieren und verneigt sich abermals vor dem Oberhaupt der feindlichen Sippe. Unsicher löst sich Dschamal von Daoud und Massud und tritt zu seinem Großvater hinüber, der die Arme geöffnet hält. So verharren die drei Gruppen eine Weile, jeweils im Abstand von fünf bis sieben Metern postiert. – Eine Zacke des Sterns aber bleibt leer; immer wieder blicken die Grafen in die Runde, lauschen Motorengeräusche herbei, doch es geschieht nichts. Endlich flüstert Dschamals Großvater dem Enkel etwas ins Ohr, der sogleich ein paar Schritte auf die Hoensbroechs und Nasir Shansab zugeht.

Als er anfängt zu sprechen, klingt er wie ein Grabredner. „Mein Großvater möchte wissen, ob Sie das versprochene Geschenk nun überreichen wollen."

Einen Seufzer unterdrückend, antwortet Rüdiger Reichsgraf zu Hoensbroech, es sei zu Verzögerungen gekommen, was er zu entschuldigen bitte. Es könne sich nur noch um wenige Minuten handeln. Überdies wäre es ihm durchaus angenehm, man würde sich der schrecklichen Mordwaffe schnellstmöglich entledigen.

„Das übersetze ich lieber nicht", wispert Dschamal und kehrt zu seinem Großvater zurück.

Während er diesem Bericht erstattet, flüstert Adrian von Hoensbroech seinem Vater zu: „Was macht dich denn so sicher, dass sich hier in wenigen Minuten überhaupt etwas tut?"

„Nichts."

Dschamal übersetzt, sein Großvater sei bereit, noch wenige Minuten zu warten, genauer gesagt: zehn. Sollte bis dahin das Versprechen nicht erfüllt werden, sei der Waffenstillstand zwischen den Familien Parhez und Shansab beendet. – Dies war das letzte Wort für Minuten. Die Versammelten schauen unter sich. Ab und an fixiert Nasir Shansab den Leibwächter des Oberhaupts der Parhez. Dieser erwidert den Blick, jeder Zoll ein Gardist. „Bitte?" Der Marquis meint etwas vernommen zu haben.

„Das galt nicht dir“, erwidert Nasir. „War nur ein kleines Gebet. Traditionell gedacht für Gefahren, aber auch als Segen vor dem Ende dienlich.“

„Nichts weiter als angemessen,“ befindet der Graf.

Weitere Minuten vergehen. Mehrmals glaubt Adrian von Hoensbroech das Nahen eines Autos zu hören – bis das Rauschen auf einmal lauter wird. Auf der Straße von Waldangelloch her nähert sich ein PKW in überhöhtem Tempo und biegt in den Ort ein. Wiewohl die Wartenden innerlich nur noch darauf Acht haben, ob sich das Geräusch wieder verstärke, der Wagen näher komme, blicken alle weiterhin unter sich, zeigen keinerlei Regung, geben sich keine Blöße. Doch bald ist alles wieder still. Entferntes Grummeln, vermutlich Durchgangsverkehr zum Feierabend, sonst nichts. Der Patriarch blickt zu seinem Prätorianer hinüber. Dieser schaut auf die Uhr. Und gibt ein Zeichen: Noch sechzig Sekunden.

Dschamal sucht Nasirs Blick aufzufangen. Sollte er nicht lieber zu fliehen versuchen? Mithin, die Chancen stünden schlecht im offenen Gelände. Würde Dschamal dem Soldaten in den Arm fallen, wenn dieser auf den Wehrlosen dort drüben schießt? Ein Schnaufen entringt sich Dschamals Brust. Sogleich spürt er den tadelnden Blick des Großvaters. Da fängt er den Blick des jungen Grafen auf: rätselhaft und neugierig.

In diesem Augenblick tritt der Stammherr der Parhez einen Schritt zurück. Langsam nimmt sein Diener die Maschinenpistole vor, bringt sie in Anschlag. Eine einzige Garbe, und die drei Männer gegenüber lägen in der Wiese. – Niemand weiß, wo sie auf einmal hergekommen sind, doch mitten auf der Lichtung, keine hundert Schritt entfernt, hasten zwei Frauen durch das Gras.

„Halt! Stopp! Aufhören! Achtung! Vorsicht!“, schreit Paraskevi Pampukidis.

Die Gräfin zu Hoensbroech, im wehenden Mantel, das Kistchen in Händen, folgt ihr auf dem Fuße. Deutlich hörbar atmen die Grafen auf. Der Clan-Chef nickt. Der Bewaffnete lässt die MP sinken. Unverzüglich überreicht die Gräfin die Truhe ihrem Gatten. Einen Moment lang überlegt der Graf, ob er sogleich zu Dschamals Großvater hinübergehen soll, doch dann legt er den Schatz in Nasirs Hände. Dieser verneigt sich kurz vor Gräfin Maria und trägt die Kostbarkeit zu den Parhez' hinüber. – Der Geistliche breitet ein Tuch aus und gebietet, Nasir möge die Truhe darauf abstellen und sich zurückziehen. Ohne Widerrede folgt dieser der Anweisung und postiert sich wieder neben den Marquis. Hurtig macht sich der Schriftgelehrte an dem Kästchen zu schaffen, öffnet schließlich den Deckel. Ungläubiges Staunen macht sich breit. Das Familienoberhaupt schaut ebenfalls hinein – und schickt sofort zornige Blicke zu Nasir Shansab hinüber.

„Der doppelte Boden", bemerkt der Marquis. „Man muss ihnen das sagen."

Bedachtsam, starr legt Shansab ein zweites Mal die Strecke zwischen den Parteien zurück. Auch Daoud und Massud schieben sich nach und nach seitlich heran, wollen etwas über den Inhalt erfahren. In wenigen Worten setzt Nasir den Aufgebrachten auseinander, wessen es bedarf, um dem Geheimnis der Truhe näher zu rücken. Wiederum kehrt er zu den Hoensbroechs zurück. Eifrig beschäftigt sich der Gelehrte mit der Truhe, schiebt dort, rüttelt da, stellt sie sogar auf den Kopf – ohne Ergebnis. Eher enttäuscht als verärgert, sieht er zu Shansab hinüber. Der zieht die Achseln hoch und wendet sich verlegen an den Grafen.

„Es muss einen Mechanismus geben. Vielleicht eingerostet nach so langer Zeit. Ich trau mich aber nicht, da selber Hand anzulegen. Am Ende hauen sie mir die noch ab. Man muss, glaube ich, gleichzeitig an verschiedenen Ecken drücken. Oder ziehen. Was weiß ich."

Gräfin Maria kann nicht hinsehen. Außer Atem steht sie neben Evi. Mittlerweile ist sie sich sicher, dass sie das falsche

Objekt erwischt hat. Wie konnte sie nur! Nasir räuspert sich nervös und macht sich ein drittes Mal auf, um bei der Öffnung der Truhe behilflich zu sein. Als er danach wiederum neben dem Grafen Aufstellung nimmt, verspüren alle Beteiligte tiefe Beklemmung. Evi Pampukidis, in unerschütterlicher Gewissheit, mit ein paar Handgriffen die Kiste öffnen zu können, kann sich nur mit Mühe auf ihrem Platz halten; wohl wissend, was in ihr vorgeht, hebt und senkt Graf Adrian begütigend die Hände.

Da kommt auf einmal Bewegung in das Grüppchen auf der anderen Seite der Senke. Wie vom Schlag getroffen, fällt der Geistliche auf die Knie, singt Lobpreisungen, küsst immer wieder die Schatztruhe, hebt die Arme empor. Verzückt starrt das Familienoberhaupt in die Öffnung; er hält eine Holztafel in der Hand, offenbar der falsche Boden, der zum Schutz eingelassen worden war. – Unter sämtlichen Anzeichen der Erleichterung, derer Menschen fähig sind, beglückwünschen die Hoensbroechs einander. Dschamal umarmt seinen Großvater immer wieder, Daoud und Triefnase versuchen sich an einem Freudentanz und Paraskevi springt dem überrumpelten Nasir Shansab auf den Arm.

Nachdem sich die Gemüter beruhigt haben, wird die feierliche Aussöhnung der Familien vorbereitet. In der Mitte des Platzes treten Nasir Shansab und der alte Parhez' aufeinander zu. Was sie sprechen, können die Umstehenden nicht verstehen; doch am Ende kommt es zu mehrmaligen Umarmungen, was bei allen Rührung und Freude auslöst. Der Geistliche verwahrt das Heiligtum in dem Tuch und tritt damit hinter Dschamals Großvater zurück. Nach einem stillen Augenblick winkt dieser den Reichsgrafen und Marquis zu Hoensbroech zu sich heran. Überrascht macht sich dieser auf den Weg. Was kann man jetzt noch von ihm wollen? Der Patriarch reicht ihm die Hand und lässt seinen Leibdiener übersetzen.

„Unser Ältester dankt Ihnen von Herzen. Bis vor kurzem hat er nicht recht daran glauben können, dass es möglich wäre, nach so vielen Jahren die heilige Fußspur nach Hause zu bringen. Aber für ganz unmöglich hat er es nicht gehalten. Darum haben wir, für diesen Fall, ein Gegengeschenk mitgebracht. Wir hätten es natürlich wieder mitgenommen, wenn wir enttäuscht worden wären."

Mit diesen Worten zieht der Adjutant ein Ledersäckchen hervor und gibt es an den Familienältesten weiter. Dieser entnimmt dem Beutel eine Art Medaillon, das an einer Lederschnur baumelt, und hängt es dem Reichsgrafen um. In der Sekunde weiß der Graf, worum es sich handelt. Vorsichtig nimmt er das kleine Kunstwerk in die Hand: Es ist die alte Gemme, derer der wilde Karl von Hompesch auf seiner Orientreise einst verlustig ging.

Über die Maßen erstaunt, sieht der Graf Dschamals Großvater an. „Wie kann denn so etwas möglich sein? Wie konnten Sie nur wissen ..."

Doch weiter kommt er nicht. Sein Gegenüber lächelt. Er lässt ausrichten, der Westen solle doch nicht immer glauben, nur ganz allein im Besitz von Wissen und Wahrheit zu sein. Die Zeit sei nichts als ein Spiegel, der von beiden Seiten betrachtet werden will. Wie die Länder des Westens, so pflegen auch die des Ostens ihre Erinnerungen an ferne Zeiten, als die Kulturen unter kriegerischen Umständen aufeinanderstießen. – Sobald das Oberhaupt von der Sage gehört habe, einer der wenigen silbergefassten Fußabdrücke des Propheten befinde sich irgendwo in Europa auf einem Schloss und könne womöglich wiederbeschafft werden, habe er sich selbst auf die Suche nach einem Relikt aus versunkenen Tagen begeben, von dem die Rede ging, ein junger Adliger habe es gelegentlich einer ehrenhaften Tat verloren. Es habe nicht lange gedauert, bis man die Verwandtschaftsverhältnisse erkunden konnte; schwieriger sei es allerdings gewesen, in den Besitz der Gemme zu gelangen. Doch dies sei eine andere Geschichte, die bei einem Gegenbesuch derer zu Hoensbroechs erzählt werden müsse. Hierzu sei eine Einladung in aller Form ausgesprochen.

Beglückt und hochzufrieden begeben sich die Gäste aus dem Nahen Osten zurück zu einem gediegenen Geländewagen. Der Geistliche balanciert die Truhe auf seinen Knien; er weiß, dies ist der bedeutendste Augenblick in seinem Leben. Welch heiligen Aufruhr wird es geben, wenn er das Sühnegeschenk zu Hause präsentiert! Auch die Stimmung des alten Parhez hat sich sehr gebessert. Es durchflutet ihn ein exiqusites Wohlgefühl, das sich einzig und allein dann entwickelt, wenn man großmütig und gütig gehandelt hat. Dieses Land hier, einschließlich seiner Menschen, zumal der Graf und seine Familie, hat er beinahe lieb gewonnen. Vergnügt sieht er hinaus auf die Felder, die unter dem eisigen Himmel in der Sonne glitzern. – Da fällt ihm etwas ins Auge, was nun eher geeignet wäre, seine früheren Vorurteile über die Verderbtheit des Westens zu bestätigen: Ein merkwüdiges Bürschlein, gewandet wie eine zweideutige Tänzerin, stolpert die Landstraße entlang ... Ein Glück, dass weder seine Familie noch die der Grafen zu Hoensbroech mit solchen Individuen etwas zu schaffen hat, sinniert er und weist den Fahrer an, das Tempo zu beschleunigen.

Beständig gegen einen Brechreiz ankämpfend, welcher der Auszehrung und Aufregung geschuldet ist, stöckelt Erich Fichtenhauer auf das Weingut des Reichsgrafen zu. Das Auto, welches eben so dicht an ihm vorbeigejagt ist, könnte durchaus mit Dschamals Sippe in Verbindung zu bringen sein; doch warum fahren die so schnell? Bestimmt ist etwas vorgefallen, etwas Fürchterliches! Der Wagen war auf der Flucht, gar keine Frage ... Schon will Erich Laute der Selbstanklage ausstoßen, weil er zu langsam war, weil er sich das Kennzeichen nicht gemerkt hat, weil er im Krankenhaus nicht mehr auf die Tube gedrückt hat, da sieht er eine vertraute Gestalt die Straße hinabsausen. Mit einem Ausruf des höchsten Entzückens setzt sich Erich nun seinerseits in Trab und schließt alsbald seinen Liebsten, wie es der Brauch ist, in die Arme.

Indessen hat sich die Versammlung auf dem Himmelberg längst aufgelöst. Der Marquis und Gräfin Maria haben dem Freund der Familie ein Taxi gerufen, das Nasir unverzüglich zum Flughafen bringen soll. Er war zuversichtlich, die Abendmaschine nach Montreal zu erreichen, um schon am nächsten Morgen mit seiner Familie zusammenzutreffen. – Nach all den Zermürbungen der letzten Tage tut es den beiden sehr wohl, endlich wieder einen Abend in Ruhe zu Hause zu verbringen. Paraskevi Pampukidis und Adrian von Hoensbroech haben beschlossen, den außerordentlichen Erfolg dieser vergleichslos aufwändigen Unternehmung in einem griechischen Restaurant in Ketsch bei Mannheim zu feiern.

„Das soll den beiden gegönnt sein", befindet der Reichsgraf und Marquis, als er sich, zwei Gläser und eine Flasche Weißburgunder in der Hand, in seinen Sessel niederlässt. Auf dem Spieltisch liegt die Gemme des Prager Meisters. „Ich für meinen Teil bleibe lieber hier. Am liebsten ein paar Wochen am Stück."

„Das musst du auch. Zumindest morgen. Ein Herr von der Polizei hat sich angesagt", verkündet die Gräfin matt. „Habe eben das Band abgehört."

„Ach du lieber Gott. Hat man denn nie seine Ruhe?", fährt sich Graf Hoensbroech mit der Hand über die Augen.

Mit einem Blick, der ein Verdachtsmoment zu beinhalten scheint, sieht Gräfin Maria zu ihrem Mann hinüber. „Sag einmal, dieses Sühnegeschenk ... Ich mache mir da die ganze Zeit Gedanken: Gibt's so etwas denn wirklich?"

Rüdiger Graf Hoensbroech zuckt die Achseln. „Aber ja. Warum denn nicht?"

„Na ja ... Da und dort hat man das Wort wohl schon einmal gehört, aber – kann so etwas denn bei solch harten Gebirgssitten tatsächlich ein Blutopfer ersetzen?"

Der Graf schweigt.

„Jetzt sag doch mal!"

„Weißt du", wendet sich Graf Rüdiger seiner Frau zu, „ich habe keine Ahnung."

„Du hast dir das doch nicht etwa ausgedacht?" Maria Gräfin zu Hoensbroech schlägt die Hände vors Gesicht.

„Das wäre zu hart formuliert. Irgendwo müssen Traditionen ja auch ihren Anfang nehmen, oder? Das haben doch alle einmal, irgendwann. Und immer nur die alten nachspielen, ist auf Dauer doch langweilig. Nicht?"

„Ja, aber ... Wenn sie's gemerkt hätten? Also wenn sie sich nicht gleich von dem Wert des Geschenks hätten überzeugen lassen?"

„Dann säßen wir jetzt nicht hier."

„Sondern?"

„Gar nicht mehr. Weil man gewiss auf irgendeine Strafmaßnahme verfallen wäre, die uns das Sitzen auf Dauer unmöglich gemacht hätte, nehme ich an."

Gräfin Maria atmet tief durch. Ihr Gatte tut es ihr gleich, wenngleich möglichst unauffällig.

Dann legt er seine rechte Hand auf die ihre. „Es tut mir leid, wenn das alles nicht so ganz nach deinem Geschmack war. Ich allerdings muss zugeben: Ich habe mich hervorragend amüsiert."

„Das habe ich nicht gesagt, dass es nicht nach meinem Geschmack gewesen wäre", widerspricht die Gräfin. „Nein, eigentlich ganz und gar nicht. Es war halt einfach einmal ... etwas ganz anderes." Und versonnen nimmt sie die Gemme vom Tisch und lässt sie ein paarmal hin- und herschwingen.

Ordentlich Dramatik und Stimmung.

KA-NEWS

Faules Spiel beim KSC? Im Spiel gegen Hertha BSC bleibt der Nachwuchsspieler Jan Greiner nach einem harmlosen Foul auf dem Rasen liegen. Tot. Seine Freundin Silvia und sein Kumpel Pike, KSC-Fan seit Geburt, glauben nicht an ein natürliches Ableben. Mit der Hilfe von zwei anfangs wenig überzeugten Karlsruher Kommissaren nehmen sie die Ermittlungen auf und stoßen bald auf einen Sumpf voller dunkler Machenschaften.

2. Auflage · 214 Seiten · Paperback
ISBN 978-3-88190-456-8
12,80 Euro

Viel Lokalkolorit. Unterhaltende Urlaubslektüre.

BNN ZU „STRAFRAUM“

Skrupellose Geschäftemacher wollen vom geplanten Stadion-Neubau profitieren. Dabei sind ihnen alle Mittel recht – auch die brutalsten. Das Ermittler-Duo Daniela Kämmerer und Uwe Steiner bekommt es mit allerhand Schlimmen zu tun. Brennend aktuell, dabei spannend und literarisch ambitioniert, schaffen Nicklas und Hucke ein Karlsruher Panorama, das neben Lokalkolorit und Humor auch eine raffinierte Krimi-Handlung bietet.

222 Seiten · Paperback
ISBN 978-3-88190-599-2
12,80 Euro

Handfester Mord in idyllischer Umgebung.

BNN

Der Shooting-Star der Weinbranche, Henriette Jäger, bringt frischen Wind in den Kraichgau. Klar, dass das nicht allen gefällt. Als sie bei der Weinbergsarbeit stirbt, denkt niemand an Mord. Zumal: Beweise gibt es keine. Motive viele. Nur Henriettes Vater nimmt die Ermittlungen auf und lernt im Kraichgau nur gastfreundliche Menschen kennen, die nichts zu verbergen haben. Doch dann weckt der alte Matthaiser einen bösen Verdacht in ihm ...

2. Auflage · 192 Seiten · Paperback
ISBN 978-3-88190-587-9
13,80 Euro

Liebeserklärung an Menschen und Landschaft.

BNN

Der Kelterhof zwischen Kraichgau und Stromberg gelegen, ist ein Weingut, wie es idyllischer wohl kaum sein kann. Weshalb liegen eines schönen Morgens während der Weinlese gleich zwei Tote im Weinberg der Schäufeles? Johannes Hucke erzählt von einer schicksalhaften Freundschaft, einer romantischen Frühlingsfahrt, die durch das Neckartal schließlich ins beschauliche Großvillars führt, von allerlei Genüssen, die der Heimat heilig sind ...

180 Seiten · Paperback
ISBN 978-3-88190-651-7
13,80 Euro

Showdown in Bretten.

BNN

Bretten vor seinem Fest: Pierre Reiling, Spross einer Winzerfamilie, Nachwuchsspieler der TSG Hoffenheim, steht die Welt offen. Eine heikle Liebesgeschichte bindet ihn jedoch an Anina, „Braut" des Anführers einer Bande von Stuttgarter Kriminellen. Als Anina bei ihm Schutz sucht, beginnt eine wilde Hetztjagd durch den Kraichgau. Fatalerweise wird das legendäre Peter-und-Paul-Fest zum Mittelpunkt des Showdowns ...

192 Seiten · Paperback
ISBN 978-3-88190-587-9
13,80 Euro

Hucke versteht sich auf Pointen.

BNN

Unglaubliche Entdeckung unter einem Supermarkt nahe Maulbronn – Schwerwiegende Konflikte bei der Einstudierung eines Hermann-Hesse-Musicals. Direkt vor der Klosterschmiede graben rätselhafte Subjekte nach dem Weinkeller der Könige von Württemberg. Eine Mischung aus heimatlichem Schelmenroman, Gaunerkomödie und Ermittler-Krimi mit den buntesten Handlungsfäden, die sich mitten im Maulbronner Klosterhof verknoten.

192 Seiten · Paperback
ISBN 978-3-88190-676-0
13,80 Euro

Humorvoll und spannend!

WEIN & MEHR

Die Weinprobe mit dem Landrat ist ein voller Erfolg. Wäre da nicht die Ortschaftsrätin, die tot im Weinkeller liegt. Das Gerede im Ort lässt nicht lange auf sich warten; das ist einigermaßen unangenehm für Andrea Leuchte. Hatte ihr Mann nicht gerade noch eine Auseinandersetzung mit der Toten? Wenig später wird er selber niedergeschlagen aufgefunden. Da mischt sich Andrea, zur Freude des Kripobeamten, in die Ermittlungen ein.

2. Auflage · 144 Seiten · Paperback
ISBN 978-3-88190-602-9
12,80 Euro

Lebendige, spritzige Erzählweise zieht in den Bann.

KRAICHTALBOTE

Bei der Feier zu seinem Neunzigsten wird der alte Josef Richter vergiftet. Schnell verdächtigt man die Pfarrköchin mit ihrem selbstgemachten Likör. Allerdings fehlt jedes Motiv. Andrea Leuchte hört sich um, sehr zur Freude von Kommissar Blankenfels ... Brigitte Springer lässt die Heldin ihres ersten Kraichgau-Krimis auch im zweiten Fall, das ach so geruhsame Oberderdingen, wieder ganz gehörig aufmischen – jede Menge Lokalkolorit inklusive.

144 Seiten · Paperback
ISBN 978-3-88190-649-4
12,80 Euro

Lindemanns Bibliothek
Literatur und Kunst im Info Verlag
dieser Band herausgegeben von
Thomas Lindemann
Band 166

Titelfoto: Gert Steinheimer
Redaktionelle Mitarbeit: Kurt Fay

Bibliografische Information der Deutschen Nationalbibliothek
Die Deutsche Nationalbibliothek verzeichnet diese Publikation in der Deutschen Nationalbibliografie; detaillierte bibliografische Daten sind im Internet über http://dnb.d-nb.de abrufbar.

Käppelestraße 10 · 76131 Karlsruhe
www.infoverlag.de

ISBN 978-3-88190-688-3